火天之城

[日] 山本兼一 ◎ 著
高詹灿 ◎ 译

KATEN NO SHIRO by YAMAMOTO Kenichi
Copyright © 2004 by YAMAMOTO Hideko
All rights reserved.
Original Japanese edition published by Bungeishunju, 2004.
Chinese (in simplifed character only) translation rights in PRC reserved Chongqing Publishing House Co. Ltd., under the license granted by YAMAMOTO Hideko, Japan arranged with Bungeishunju Ltd., Japan through YOUBOOK AGENCY, CHINA.

版贸核渝字(2016)第034号
本简体中文版翻译由台湾商务印书馆股份有限公司授权使用，非经书面同意，不得以任何形式转载重制。

图书在版编目(CIP)数据

火天之城/(日)山本兼一著；高詹灿译. —重庆：重庆出版社，2020.7
ISBN 978-7-229-14017-5

Ⅰ.①火… Ⅱ.①山… ②高… Ⅲ.①长篇小说—日本—现代 Ⅳ.①I313.45

中国版本图书馆CIP数据核字(2019)第023035号

火天之城
HUOTIAN ZHICHENG
〔日〕山本兼一 著　高詹灿 译

责任编辑：李　雯
责任校对：郑　葱

重庆出版集团
重庆出版社 出版
重庆市南岸区南滨路162号1幢　邮政编码：400061　http://www.cqph.com
重庆一诺印务有限公司印刷
重庆出版集团图书发行有限公司发行
E-MAIL:fxchu@cqph.com　邮购电话：023-61520646
全国新华书店经销

开本：890mm×1240mm　1/32　印张：11.375　字数：300千
2020年7月第1版　2020年7月第1次印刷
ISBN 978-7-229-14017-5
定价：59.80元

如有印装质量问题，请向本集团公司调换：023-61520678

版权所有　侵权必究

目录

一	/ 3	十四	/ 91
二	/ 8	十五	/ 100
三	/ 11	十六	/ 111
四	/ 19	十七	/ 116
五	/ 25	十八	/ 124
六	/ 33	十九	/ 129
七	/ 45	二十	/ 140
八	/ 47	二十一	/ 152
九	/ 54	二十二	/ 161
十	/ 60	二十三	/ 171
十一	/ 67	二十四	/ 179
十二	/ 76	二十五	/ 184
十三	/ 85	二十六	/ 197

二十七	/ 203	三十九	/ 278
二十八	/ 209	四十	/ 283
二十九	/ 216	四十一	/ 288
三十	/ 222	四十二	/ 295
三十一	/ 230	四十三	/ 298
三十二	/ 235	四十四	/ 306
三十三	/ 239	四十五	/ 316
三十四	/ 247	四十六	/ 322
三十五	/ 252	四十七	/ 329
三十六	/ 258	四十八	/ 336
三十七	/ 263	四十九	/ 355
三十八	/ 270	附录	/ 360

火天之城

一

　　朝雾前方传来阵阵马蹄声。有五六匹马朝这里直奔。来者的驾马方式带有几声催促的吆喝，肯定是发生了战事。

　　冈部又右卫门以言每天一早的习惯，就是净身漱口，然后在神明前低头膜拜。他面向正殿的热田大神，迅速诵完经文，深深顶礼膜拜后，维持原姿倒退离开。

　　由于骏河的今川义元举兵来犯，所以此刻尾张就像捅了马蜂窝，上下乱成一团。今川军的先锋昨日已入侵尾张。他们攻陷国境的要塞，放火烧村。在热田，频频有身穿甲胄的武士来去。也有人收拾家财细软，连夜逃命。一旦今川大军涌入，城镇和海港都将化为一片火海，神社恐怕也将难逃大火。

　　一大清早，就有人快马加鞭赶来热田，此人一定是织田家的统领信长。又右卫门如此暗忖。

　　"决定要出击了是吧？"

又右卫门如此低语，引头（地位相当于副工头）弥吉领首。

"前途是吉是凶呢？"

在清洲城内，众武士对于该如何迎击重兵来犯的今川五万大军，有两派意见。只有信长主张出击，其他老臣几乎都主张守城。

如果来者是信长，那表示结果为出击，而非守城。这样的决定是吉是凶，他想先见大将信长一面之后再定夺。

五月中旬的热田森林，绿叶葱茏，仍残留昨夜的雨露。

在第一座大鸟居前看见马匹的身影。绯红的甲胄旋即已来到第三座鸟居处。五名武士骑马紧随在后。

武士拉紧缰绳，白马纵声嘶鸣，三度在拜殿前绕圈。又右卫门和徒弟们一起退至森林外围，伏身拜倒。

马背上的武士向冲出迎接的神官们高声唤道：

"吾乃清洲的织田上总介信长①，来此祈求旗开得胜。"

信长下马，摘下头盔，清秀的五官中，带有刚猛的野性。

他应该比年近四旬的又右卫门还年轻十来岁吧。面对今川的五万大军，却丝毫不显惧色。

在神官的带领下，信长走进客殿后，弥吉低语道：

"听说是个蠢材，但似乎不像传言说的那般。"

"颇具武者风范。如果是这样的话……"

未必赢不了今川。不，希望他能战胜。又右卫门实在不想眼睁睁看着这么多辛苦建造的宫庙，在战火中付之一炬。

---

①上总介是官名，为上总国（现今的千叶县）国司的次官。

不久,骑马武士陆续赶至。当集结至三四百人时,手持长矛和火枪的步卒也成群涌至。附近的居民纷纷以饭团、菜汤、酒、糕饼加以款待,神社前满是士兵们的嘈杂声。

信长再次现身时,现场马上变得鸦雀无声。好一支军纪严明的部队。

"现场有木匠吗?有宫庙木匠吗?"

在信长的叫唤下,又右卫门站起身。他快步奔向前,士兵们纷纷让道。

"在下是负责宫庙修缮的冈部又右卫门。"

他跪地抬头仰视,信长就站在他面前,目露精光。

"你会做轿子吗?小轿子就行了。"

"是主君您要乘坐吗?"

"是今川的大将要坐的。用来放他的脑袋。"

信长这句话,令众士兵群情激昂。信长在出征前,便已打算为凯旋做准备。还未开战,便已摆出胜利之姿。现场士气高涨犹如怒涛,连肌肤都感受得到。

"眼下正好有上等桧木,在下马上动工制作。"

"两个时辰①便可分出胜负。你送到田乐狭间来。"

"在下必定按时送到。"

田乐狭间是位于东海道旁的一处阴湿峡谷。又右卫门知道地点。

---

① 一个时辰为两小时。

随后赶至的骑马武士与步卒愈聚愈多，人数已增至两千人。也许是心理作用，觉得每个人脸上都闪耀着光辉。

众士兵在神明前排好队伍，由神官献上祈求战胜的祈祷文。

当神官在众人头顶上方甩完祭神币帛的刹那，信长一声大喊，划破森林的空气。

"大家看！热田大神显现瑞兆。这场仗我们赢定了。"

金色的麾令旗指向正殿上方，一只白鹭从神社屋顶飞上高空。

又右卫门在目睹那振翅飞向天际的白鹭时，感到背脊发颤，全身鸡皮疙瘩直冒。不知何时，已云开见日，万里晴空。白鹭确实是瑞兆，热田大神站在信长这边。

大军从热田神宫缓缓踏上征途，骑在马上的信长心情大好，眉开眼笑。

又右卫门马上画下轿子的设计图，命木匠们削制木材。

他让每位木匠各削一根木头，所以现场喧闹不已，但成果相当令人满意。直木纹的桧木，完全密合地组装在一起，每根栏杆也都做得很完美。

又右卫门派徒弟扛起刚做好的轿子，自己则是驾马前去。当他策马疾驰时，原本晴朗的天空，突然乌云蔽日，雷声大作，豆大的雨滴洒落地面。

这下赢定了。

尽管淋成了落汤鸡，但又右卫门的情绪高昂。这场雨，是难得的隐身衣，信长的大军肯定能神不知鬼不觉地逼近今川的主力部队。这位织田的当家当真是运势过人。

他在田乐狭间旁的大泽村遇见信长。当时雨已止歇。

"突如其来的雷雨,真是天助我也。这是热田大神的庇佑。"

开怀大笑的信长,看起来就像笼罩在神光之中。

今川义元那颗牙齿涂黑的首级,摆在装设于轿内的白木台座上,脖子处以味噌加以固定。由四名步卒负责扛轿。

义元的首级走在前头,信长和两千名士兵凯旋清洲。那是永禄三年五月十九日,信长二十七岁那年夏天的事。

不久,又右卫门被唤至清洲城,收下褒奖的一大笔赏钱。信长马上指派下一项工作。

"为了庆贺战胜,我想捐大门和围墙给热田神宫。"

"在下明白了。"

信长还有另一项吩咐。

"要以我的名义捐献,让人知道是尾张的信长。"

又右卫门花了三天三夜的时间,不眠不休地展开设计。

大门的屋顶选用桧木皮做成的悬山顶构造,带有一种朴素的强劲之感。细部采用大量的曲线,构成一种豪放中夹带柔情的造型。

围墙决定采用厚重的泥瓦土墙,命瓦匠大量烧制平瓦。瓦片平放,以油搅拌土沙和石灰,在上头抹上一寸厚,然后叠上瓦片,再抹上土沙,叠上瓦片,如此反复四十次,打造得相当仔细。他训斥抹墙工人,命他们准确地拉线测量,毫无偏差地叠上瓦片,所以这四十层瓦片形成四十条笔直的平行线,看起来如同壁面一般。刚毅中带有纤细之美。这唯有在宫庙的木匠工头冈部又右卫门的指挥下才有可能办到。

前来参拜的信长,对此甚为满意。他只不过吩咐了一句,又右卫门便彻底通晓其意,漂亮地办妥此事,让信长对他的手艺赞叹不已。

"我正在找寻办事利落的木匠。你就在我手下办事吧。"

信长提出的要求,又右卫门二话不说,马上答应。

"不知在下能否帮得上忙?"

"总有一天,我会要你为我兴建城堡。届时,你应该如我所愿,打造出一座气派的城池吧。"

从那一刻起,冈部又右卫门与其徒弟们就成为信长底下的木匠。

二

立有三根帆杆的大帆船,白色的风帆载着风,满帆驶离港口。七座丘陵上布满红色屋顶的市街,就此逐渐远去。

"希望我的愿望能够实现。"

涅奇·索尔德·奥尔冈蒂诺站在船舷旁祈祷,不住凝望里斯本的街景。他已有所觉悟,今生恐怕再也不会回到这座阳光普照的明亮港町,所以他想将街上的景致清楚地烙印在眼中。

五艘葡萄牙舰队，今后将沿着灼热的西非海岸南下，绕过好望角，花上一年的时光，航行至约一万七千千米远的印度。

在印度的果阿，他们已建造了气派的石造教堂，耶稣会的传教士以此作为东洋据点，全力展开传教。奥尔冈蒂诺打算先在果阿停留一阵子后，再往东行。

他听说在印度管区的极东之境，有个叫日本的岛屿。

以圣方济·沙勿略为首的传教士们，频频向罗马总部传送的信件中，如此描述：

住在那岛上的人们虽然贫穷，但相当理智，而且自尊心高，崇尚礼仪，头脑聪明。

奥尔冈蒂诺很想前往日本。

在印度以及它前方的大国展开的传教工作，传回来的报告都没有当初所期待的满意成果。倒不如说，必须解决和克服的问题堆积如山，传教工作就像被恶魔给盯上般，陷入了死胡同。

位于极东之地的日本岛居民，他们的个性似乎与之前传教的地区和民众不太一样，他们一定会率直地接受教义。他有这样的预感。

"神父，您是意大利人吧？"

不知何时，船长已来到他身旁，以葡萄牙语向他询问。

"没错，我出生于威尼斯共和国。"

"那么，就算你望着这片葡萄牙的大地，也不太会觉得依依不舍吧？"

里斯本的市街已相当遥远，每个建筑看起来都一个样，几乎已无法分辨。就连褐色的葡萄牙大地,也几欲被蔚蓝的波涛掩盖。

"这也许是最后一次看到欧洲大陆了,我内心感触良深。"

虽是个满脸胡子的大汉,但奥尔冈蒂诺内心还是有感性的一面。泪水在他眼中打转,他偷偷拭泪,不让人发现。

"神父,您以前也待过军队吗?"

和当初创立者圣依纳爵·罗耀拉一样,耶稣会里有许多军人出身的圣职人员,商人或医生出身的人也不少。奥尔冈蒂诺那魁梧的身材,的确很像军人。

"我信奉天主,同时也钻研建筑。到赴任处盖教堂,是我的梦想。"

奥尔冈蒂诺笑的时候眼角下垂,让人觉得很亲切。

"这是个好工作。在印度,有些君侯将基督教徒视为不共戴天的仇敌,所以得将堡垒打造得固若金汤才行。主一定很喜欢你这项工作。"

"谢谢你。不过,我想前往东方的国度。船长,你去过吗?"

"我最远曾航行至马六甲。再过去的话,船只相当少哦。"

"听说极东之境有个叫日本的国家。"

"对,女人的私密部位长在侧面的国家对吧?"

奥尔冈蒂诺为之皱眉。

传教士前辈们的报告书上,没提到这座岛上住着这种像恶魔般的人种。

船长大笑。

"抱歉。这是为了激励不想去边陲岛屿的船员所编的谎言。"

奥尔冈蒂诺不住摇头。

不知道接下来会有什么等着他。也许会在暴风频传的非洲外海遭遇船难,就此蒙主宠召,也可能被异教徒的恶魔处以火刑,或许会被比剃刀还锋利的日本刀斩首也说不定。

想到这里,不禁有些胆怯。

奥尔冈蒂诺在船舷旁跪下祈祷。

希望我将前往的国家,住的子民都是心地善良的好人。

希望那位国王能相信基督教会,给予教会大力的庇护。

另外,我还希望能在那个国家建造气派的教堂。

五艘舰队扬起风帆,在大西洋上乘风破浪,直到罗卡角完全从他眼界中消失,奥尔冈蒂诺还是继续跪在船舷旁祈祷。

三

"又右卫门,又右卫门在吗?"

织田信长清澈高亢的声音,传进位于岐阜稻叶山山麓的宅邸里。冈部又右卫门在屋顶上听见这声叫唤。

在山脚的千叠敷①城郭建造的四层楼宅邸,完工至今已是第七

---

① 足以铺上一千片榻榻米大的空间。

年。以桧木皮铺成的屋顶,已开始处处斑驳。

设有大型歇山式屋顶的双层高楼上,还设有双层望楼,所以望楼底部铺设的壁板与歇山式屋顶的连接处,防雨状况极差。若不经常巡视补修,便会因漏雨而从屋顶内部开始腐朽。这座高大又复杂的建筑,完工之后还是一样无法松懈。

"属下在这儿。您不必大声叫唤,属下也听得见。"

又右卫门站起身,挺直腰杆后,可以清楚望见岐阜这座市町。

走下梯子后,看见站在外廊的信长。他身穿一袭藏青色质地,上头印有白色永乐钱[1]图案的窄袖便服。又右卫门站在庭院的白沙处,将长度及膝的四幅裤拍去灰尘,伏地拜倒。

"您找属下吗?"

"到里面去。我有东西要让你看。"

又右卫门低头行了一礼,朝宅院旁的池子里沾湿手巾,将它拧干。时值天正三年霜月将尽之时,从稻叶山流下的山涧,冻人肌骨。

又右卫门在外廊下脱下草鞋,仔细擦拭过双脚后,拉直褐色的袖细[2]衣领,走进信长的宅邸。

信长面向上段之间的付书院。又右卫门向他行了一礼后抬起头来,信长招手要他走近。他膝行向前,发现书院里摆着纸砚。

---

[1]又称永乐通宝,是中国明朝永乐帝时代所造的钱币,中间有个方孔,四边写有"永乐通宝"四个字。于室町时代大量流入日本,一直到江户时代初期还在市面上流通。

[2]袖口窄,方便行动的上衣。

"你看这个怎样?"

美浓纸上画有某种建筑图案。应该是信长亲自画的。

"请问是天守①吗?"

"我要在近江盖一座新城。你看一下。"

又右卫门恭敬地躬身接过那张图。

上头所绘者,像是将中国山水画中的楼阁放大后的中国式望楼。

以刚猛豪迈的画风绘成的这座建筑,光屋顶就有五层之多。不同于木匠所绘的设计图,它虽然不够精准,但当中具有惊人的气势,仿如信长想建造一座雄伟天守的英雄气概,化为烈焰,燃向苍穹。

日本第一位在山顶建造出壮丽的天守阁之人,不是别人,正是信长。

不同于此刻信长和冈部又右卫门所在的山麓宅邸,在头顶上方那座稻叶山山顶,耸立着一座覆盖瓦片屋顶的三层高楼。在又右卫门建造它之前,找遍这个国家的任何一座城池,都看不到这样的天守。

各地山城就只有以圆木架成井字形盖成的瞭望台,或是射击用的井楼矢仓②。信长命他改建成华丽的楼阁,又右卫门就此亲手在稻叶山山顶建造了这座前所未见的三层天守阁。不论是天守、殿守,还是殿主,指的都是城堡中心的望楼。

---

①盖在主城处的最高望楼。
②井楼是将木头架成井字形盖成的高台。矢仓是侦察或射击用的高楼。

"这次要盖五层楼。五层楼的天守,盖得出来吗?"

又右卫门双臂盘胸,凝望着那张设计图。不自主地从脑中发出沉吟声。

此刻他脑中正飞快地运转着。要怎么做,才能建造出构造如此复杂的天守呢?柱子的粗细……横梁……又该如何组装呢?五层楼说来简单,但底下的主柱,承受得了强大的重荷吗?

他眯着眼注视那张设计图,天守交错的木头浮现在他脑中。这并非精细的计算,而是木匠的直觉。只要有大致的完成图,木头该采取何种组装方式最合理、需要多少木材和木匠,他马上都能在脑中成形。

"虽然从外观看起来是五层楼,但想要在上面架上望楼,就必须在大屋顶底下多设一层小屋的台座。里面应该是六层。不,为了让它更稳固,也许加设地下仓库,做成七层楼会比较好……"

"你说七层楼是吧?"

"是的,一共七层。"

"很好。越来越有意思了。"

"不过……"

又右卫门伸舌舔舐嘴唇。明明是手脚都快冻僵的寒天,却觉得口干舌燥。

倘若要建造出像设计图那样的天守,一楼约莫需要各边长二十七到四十三米的正方形空间。最底层若没这么大的空间,便无法往上叠出五层楼。应该有二十七米高吧。

若是这样的大小,连同屋顶瓦片和墙壁在内,整座建筑的重量不知会有几万公斤重。这座大得惊人的建筑，能经得起长年的地震和风雪，一直屹立不摇吗？

坦白说，若不试着动手建造，不知道会有什么结果。像此等前所未有的雄伟建筑，势必也得考虑采用其他组装木骨架的方式。

"办不到吗？"

信长的视线直刺又右卫门的双瞳。从稻叶山直扑而下的寒风，吹得宅邸内的门窗频频作响。

办不到？身为木匠工头，这种话就算死也不能说。

如果要说这种话，他宁可切腹自尽，即便他只是名木匠。待在信长身边，他始终抱持这样的骨气，愿为其效力。

"没办法打造得和它一模一样。一切细节，请交由在下全权处理。"

"要如何设计，以后再慢慢想就行了。最重要的是，能否建造出这座高可参天的七层天守，号令天下。你只要回答这个问题就行了。"

又右卫门紧咬着下唇。他当下已做出决定。

"属下愿意一试。"

因为他并没有十足的把握。中国、天竺、南蛮①是何种情况，并不清楚，但如此巨大的天守，放眼大和六十六州，古往今来绝无仅有。到底能不能办到，光想无济于事。

又右卫门只问自己——我想不想建这座天守？问过之后，很

---

① 译注：泛指西方。

快就会有答案。

"这么有意思的工作,属下不想拱手让人。"

"说得好。不愧是天下第一工头冈部又右卫门。"

又右卫门暗自苦笑。他总是被信长玩弄于股掌。

信长常向人提出为难的要求。如果拼了命全力以赴,勉强还能办到,但要是稍有松懈偷懒,绝对无法达成使命。

明知接下来会劳心劳力,但还是很想尝尝那刺激的滋味,又右卫门总是都一口答应。

曾经是热田宫庙木匠的又右卫门,侍奉信长已有十五个年头。他已年过五旬。

在这些岁月里,信长仗着那宛如神将降临般的威猛表现,开创出自己的天下。

又右卫门成为信长马回组[①]的一员,策马驰骋,无役不与。

当他穿上武具,配上腰刀,虽是一名木匠,但看起来与武士无异。一旦打起混仗,他也会挥舞长枪,取敌人性命。

第一次一枪刺穿敌方武者时,他因过于激动而失禁,但随着上场杀敌的次数增加,他也习惯了战场上的激昂情绪。

战场上有不少木匠的工作要做。

搭建野战用的堡垒和屋舍就不必提了,攻城用的梯子他也造了不少。由于他施工的速度和品质关系着战争的胜败,所以他做的一切都很有价值,足以令他脑浆沸腾。

---

①译注:在主君身旁担任护卫的骑马武士。

从清洲城移师小牧山城时,他搭建矢仓,盖过数栋宅邸。筑城是与时间赛跑的工作。就像武者在战场上打仗一样,他也在工地打仗。与昔日在热田神宫时相比,他的嗓音变粗,木匠们的敲槌声变得更加吵闹。

从小牧山移师岐阜稻叶山时,他建造了山顶的三层楼天守与山麓的四层楼宅邸。

拥护足利义昭进京以及攻打越前的朝仓,又右卫门都有参与。在河上架桥,也是又右卫门的重要工作。

三年前,他还奉命在近江佐和山的湖滨,以一个月的时间建造一艘长五十五米、备有百支橹桨的大船。

当时他乍听之下,也不禁脸色发白。

信长遣人快马前来报信,召见热田所有的造船工匠。他召集了近江的铁匠、樵夫、木匠,要他们全力彻夜赶工。

又右卫门担任总工头,调度人员和建材,不眠不休地在工地巡视。

一个月又十天后,当船浮在鸣海(琵琶湖)上,一百支橹桨划水前进时,他全身颤抖,泪如泉涌。

往事一一浮现脑海。身为一名木匠,他向信长献出自己的所有才华。

不论何时,信长提出的要求都很合理,全都逼近极限,就像火烧屁股一样。要求他要以有限的时间、人力、建材,发挥最大的成果。

又右卫门觉得很痛快。仿佛只要待在信长身边,他身为木匠的才能便可彻底发挥。

如今信长又说要盖一座高可参天的天守,要他挑战木匠的智慧和技艺的极限。

"这要盖在什么地方呢?"

"安土山。"

又右卫门已多次见过那座山,所以他知道。以前也曾和信长在那里过夜。

"就在观音寺山旁吧。"

昔日统管南近江的佐佐木六角家,在独自矗立于湖东平原中央的观音寺山上建造居城。安土山是与它相邻的一座平缓小山,三面环湖。如今信长的家臣中川重政,在那里盖一座小堡垒,以防六角家的余党作乱。

"要在那座山顶盖一座举世无双的天守。"

"在下明白了。"

又右卫门伏身拜倒,就像一个得到新玩具的孩童般,内心澎湃汹涌。

那天,亦即天正三年十一月二十八日,信长宣布,包括岐阜稻叶山城在内,美浓、尾张等领地,一切家业全部要转交长子信忠继承。

信忠在岩村城大败入侵美浓的武田胜赖大军,四天前才刚凯旋岐阜。信忠战功彪炳,一共砍下甲斐、信浓的大将二十一人、武士一千一百余人的首级。多年来犹如芒刺在背,始终威胁着信长的武田,如今已不构成威胁。因为这场胜利,信长决定在安土筑城。

信长没带任何物品,只命人携带茶具,移居佐久间信盛的宅邸。

"马上到安土建造临时宅邸。"

这是信长的最高命令。

四

排成一长列的驮运队，从岐阜往安土出发。

木匠道具全都包覆在草席里，绑在马背上。拖车上载满了白米、味噌等食材以及建造临时长屋所需的木材。

冈部又兵卫以俊跟在驮运队后头，全身装备武具，策马而行。父亲又右卫门以言和儿子又兵卫以俊，随信长四处征战，都练就了一身精湛的马术。

冈部一门上百人，与丹羽长秀的步卒们一起推着拖车。此次要在安土筑城，马上便召集了许多木匠，个个都是热田近郊手艺独到的木匠。

关原为一尺深的大雪掩埋，艰困难行，不过，从近江平原往南行，大道上已不见积雪。原本灰蒙的天空，此刻已是阳光普照，山上积雪发出皑皑白光。虽然寒风依旧冰冷，但只要云开见日，心情也随之轻松不少。

天色放晴后，行路轻松许多，但接下来另有其他事要担心。

"这一带仍有六角家的余党吗？"

走在队伍最后的女侍雨音如此问道。雨音年轻貌美，身材婀娜，相当仰慕以俊。以俊将妻儿留在岐阜，对以俊来说，在安土筑城，令他充满各种期待。

"他们至今仍蠢蠢欲动，所以才会派丹羽军保护我们。"

以俊故意说得很可怕，但其实根本没什么危险。驮运队有丹羽长秀的部队保护，也有弓队和火枪队同行。

头戴市女笠的雨音吓得缩起脖子。她身材纤瘦，但胸部相当丰满。想到能有好一阵子不必在乎妻子，好好享受雨音的年轻肉体，以俊不禁眉开眼笑。雨音最吸引人之处，便是她在床上的柔声特别勾人。

以俊乐不可支。

他身为热田神宫修缮木匠工头冈部又右卫门之子，多年来一直跟随在父亲身边磨炼技艺。以俊九岁时，父亲改为侍奉织田信长。以织田家木匠工头的身份陪在信长左右，过着转战各地的生活。以俊成年后，也跟着一起从军。

相传冈部家早在足利八代将军义政公之前便担任木匠，参与过京都皇宫内的修筑工作，但实情为何并不清楚。据说从天文年间开始，他们不只在尾张，也在三河兴建寺院，尤以建造多宝塔最为擅长。冈部家技艺卓越的木匠辈出，似乎确有其事。

冈部的亲族们，至今仍有许多人在尾张或三河担任宫庙木匠。偶尔见面，那些仍留在当地的亲族，看起来似乎数十年如一日，仍过着不起眼的生活。

只要跟在信长身边,便能得到丰厚的奖赏。不仅能享用美酒,在木匠们之中,也大有面子。

大工程会令人干劲十足,让木匠大幅成长。如今的信长势如破竹。要负责大工程,今后有的是机会。以俊觉得自己似乎能看见那耸立的雄伟天守,就像他的人生一样闪亮。

爹也真是的。

以俊在马背后暗啐一声。

父亲又右卫门原本就是个少言寡语的男人,自从决定在安土筑城后,他变得更加沉默。问他关于工程的事,他也只是随口敷衍几句,从不好好回答。总有一天,得当面问个清楚才行。

身为一名木匠,以俊自认大部分的工作都能胜任。甚至自诩能担任总工头一职。

天守或大型宅邸的设计图,之前全都是父亲又右卫门所绘,但也差不多该由我来接手了。担任总工头的父亲没必要连设计图都亲自操刀。这种小事,交给我这位少工头来办就行了。

以俊朝马腹一蹬,离开狭窄的道路,走进枯田,追向走在前头的父亲。

"爹。"

又右卫门转头望向他。他似乎若有所思,眉头深锁。

"此次的工程,对爹来说,想必是毕生的代表作吧。"

父亲并未答话,只是冷漠地颔首。他总是这样。

以俊从小便望着这位沉默而又顽固的父亲的背影,在敬畏中长大。每当以俊行为有偏差时,父亲总是不发一言,一拳飞来。偶尔开金口，却是臭骂他一句"蠢材"。以俊成长的过程中，始终对这样的父亲感到无来由的厌恶。

但父亲已逐渐年迈。今后正要迎接人生高峰的他，一定会超越父亲。这是必然的结果。

父亲虽然可憎，但一想到这点，以俊登时释怀不少，脸上禁不住泛起笑意。

"像这样走着走着，我终于懂主君为何会挑选安土山筑城了。"

又右卫门回过头来，定睛注视着以俊。父亲粗大的脖子和身躯，还是一样给人一种傲慢之感。他那硕大的鼻子，就位于脸部正中央。

"你懂？"

"当然懂啊。"

又右卫门挑起浓眉，催促他接着说。他尾端的眉毛朝上翻卷。小时候，以俊光看到那对眉毛，便害怕不已。如今他的眉毛已渐显花白。

"主君之所以选在安土，答案就在这片天空。关原此刻满天乌云，遍地积雪，但安土却是晴空万里，雪消冰融。从安土到京都，骑马只消两个时辰便可抵达。没错吧？"

"就只是这样？"

"难道还有其他理由？"

"蠢材。"

又右卫门如此低语一声，转头面向前方。以俊望着父亲宽阔的背，心里忿恨不平。

"爹!"

虽然父亲没回头,但有件事以俊非说不可。

"安土天守的设计图,可以让我来画吗?"

"你要画就画啊。"

"此话当真?"

"要画设计图是你的自由。你可以从中学到不少。"

"会照我的图兴建吗?"

"如果照你画的图兴建,恐怕马上就会倒塌。"

"您别这么瞧不起我。"

传来父亲嗤之以鼻的冷笑声。

"如果爹看过之后,认为我的设计图画得好,可否照图兴建?"

父亲没答话。

"如何? 可以兴建吗?"

"倘若主君欣赏你的设计图,更胜于我的话,不照着兴建也不行啊。"

以俊的脸为之一亮。

"此话当真? 你没骗我吧?"

"你呀……"

父亲回过头来,露出鄙视的眼神,就像在说:"这孩子永远长不大。"

以俊低头注视地面。近江的风吹得两颊发冷。父亲的眼神,就像能把他看透似的,令他无法忍受。感觉父亲始终都以这种眼神看他。

"观音寺山到了。"

传来走在前方数百米远的骑马武士发出的沙哑叫喊。抬头一看,可以望见巨大的观音寺山,形状宛如躺卧的牛背。

几年前,近江源氏佐佐木家的正支六角家,主城就设在这座山上,但如今栅栏和宅邸都已被拆除。山顶只剩些许石墙。只有城郭的山城,就像被拔光羽毛的鸟一样凄惨。

往马腹一蹬,策马绕过观音寺山,可以看见安土山那三座靠在一起的山峰。此山坡势平缓,称之为丘陵还比较恰当。

"就是那座山。"

低矮的三座山峰平缓地相连,不见寒冬的枯景,仍旧草木蓊郁。山麓有湖水相邻。湖边枯黄的芦苇,予人萧索寒意,但湖水映照出蓝天,感觉无比清澄。不少水鸟栖息此地。宛如离此地三万里远的蓬莱仙境般,无比幽静。

"就是那座山。"

父亲鲜少会同样的话重复两次。以俊心中涌起一股严肃的情绪。

"孩儿明白了。"

他缓缓颔首。

这对父子,朝安土山那平缓的山峰凝望了半晌。

天地皆如此祥和。

一个晴朗的冬日。

一切将就此展开。又右卫门和以俊,心中各自怀有强烈的情感。

五

登上安土堡垒的井楼矢仓,湖国景致尽收眼底。冈部又右卫门在刺眼阳光的照射下深吸口气,将他粗大的脖子转动得嘎吱作响,以此纾解旅途的疲惫。

矢仓的底部设有小小的围栏。这就是现在的安土堡垒。

"这座山宛如一座水城呢。"

安土山只有南边一小块地与陆地相连,其余全被鳰海环抱。它的形状犹如一个被压扁的葫芦,长长的北面山脊,在半途转往西行。

"如此易守难攻的地点,可谓是绝无仅有。只要待在这里,便可高枕无忧。"

堡垒的守将中川重政,为信长的黑母衣众[①]出身,但窝在这小小的堡垒里,就算是剽悍干练的黑母衣众,也不免显得浑身土味,宛如山林野僧一般。

"这是一座女山对吧。"

以俊仰望一旁的观音寺山。女山又号阴山,是与大山相连的

[①] 从织田信长的亲信家臣中挑选出的两大集团其中之一,另一集团称之为赤母衣众。

小山。安土山与一旁高大的观音寺山峰峰相连,宛如十指交扣。

就兵法常识来看,这种山势不宜筑城。因为要是被敌人占领了大山,在战术上便会处于下风。

倘若要以常理判断筑城之处,一旁的观音寺山才是首选。不同于山脚到山顶只有九十米高的安土山,观音寺山是它的三倍高。以这样的大小,就算敌人来犯,也能悠哉地守在城内。但信长挑选的却不是观音寺山。

"你知道主君为何挑选这座矮小的女山筑城吗?"

又右卫门问以俊。以俊重新环视四周。

"因为这座山本身就是一座城堡,可以直接驾马直达山顶的主城。不是吗?"

之前岐阜稻叶山的城堡,因地势过于险峻,无法骑马抵达山上的天守。岩石坚硬险峻,要塞固若金汤,但却诸多不便。光走路抵达山顶的天守,就得耗上半个时辰之久。若遇上十万火急的情势,势必无法因应。个性急躁的信长,不可能对这样的城堡感到满意。

"难道原因不只这样?"

"没错,还有更明显的原因,即便是女山也无所谓。你好好想一想。"

以俊侧头寻思,但他脑中一片空白,答不出话来。

"这个嘛……"

"真是个愚蠢的筑城工匠。对于城堡和天下,完全一无所知。"

又右卫门撑大鼻孔,得意地大笑。他那开心的模样,委实惹人厌。

"之所以挑选女山也无所谓,是因为这里不会有战事。"

"不会有战事……"

"没错。正因如此,它是女山还是男山,已无关紧要。"

"可是,也许会有敌人来犯啊。"

又右卫门轻蔑地笑着。

"哪来的敌人?武田越过岐阜来袭吗?还是摄津的门徒取道京都,大军来犯?"

"可是……"

"就算万一真有人举兵来袭,你以为主君会窝在这座小山上,和敌人交战吗?"

的确没这个可能。如果是以守城为前提,这座山格局太小,而且以俊很清楚,在信长的策略里,没有"守城"这两个字。

"你不妨想象一下,万一主君在这里遭敌兵侵犯时的情形。倘若敌人走陆路来袭,可逃往鳰海;走海路来犯,可逃往陆路;敌人攻西,就往东逃;攻东,就往西逃。如此变幻自如的地势,可说是提着灯笼也找不到了。主君之所以决定在此筑城,最主要的原因是这里的地形很适合主君独特的布阵方式。"

"这是主君说的吗?"

又右卫门笑道:

"当然不是,但身为筑城工匠,我懂他的心思。喏,你看。"

又右卫门张开双手。这处湖国景致美不胜收。

"可以看到什么?"

"鳰海。"

"就这样吗?"

"海的对面是比良峰。往这边看,可以望见伊吹山。"

比良峰蒙上纯白雪景,展现出冷冽之姿。

又右卫门遥指那被大雪包覆,巍然而立的伊吹山。

"那座山的山脚下是什么?"

"关原。"

"再过去是什么?"

"美浓。"

"再过去呢?"

"尾张。"

"再过去。"

"三河、远江、骏河、相模、武藏。还有许多其他国家。"

"来自那个方向的大军,若要前往京都,都得通过关原。大军能迅速通行的大道,就只有那里。而他们势必得从安土山脚下通过不可。它就是如此重要的军事要冲。"

又右卫门接着指向伊吹山左方。

"那对面有什么?"

"越前。"

"往北越过木芽顶,可来到越前、加贺、越中、越后,再过去则是出羽。"

又右卫门转头往反方向望去。指向比良连峰南方的山峰。一座三角形的突尖小山,那是比叡山。

"那对面呢?"

"是京都。"

"没错。如你所说,只要花两个时辰的时间,就可以从这里骑马直奔京都。"

又右卫门复又转头,这次是面向南方。

"那里是甲贺和伊贺。再过去是大和与纪之国。越过铃鹿山,便可来到伊势、志摩。就算在关原被敌方大军压制,这里一样有许多退路可选。这里可谓是坐落于大和秋津岛①中央之地。它就是安土山。"

以俊领首。父亲说得一点都没错。

"现在你看到了什么?"

"近江的大海与山野……"

"那到底是什么?"

"这个嘛……"

"你的眼睛是长来干什么的?完全没在动脑筋。如果只会说它是海、是山,那它看起来和马、狗有什么不同。"

以俊瞪视着父亲,腹中怒火翻涌。这个父亲未免也太瞧不起自己的儿子了。

"你听好了,此刻位于这里的,就是天下。"

又右卫门将双手张得更大。

"你看,这可不光只是大海和山林。有船只和人民,上头载有货物。有旱田、水田、村落、人民。有山、有树,也有樵夫。如何,这

---

①译注:秋津岛是日本国的另一个称呼。

样不能称作天下吗?"

"你到底想说什么?"

"这里是天下霸主所住的城堡。霸主不像六角氏或一般的守护大名那样逃往高山,而是以雍容气度在这里睥睨天下。虽然它是女山,但这种高度正好合适。"

安土山北面的湖边,有沙嘴从东西两侧往内挺出,形成一座内湖。这座山就浮在被辽阔的湖水隔绝出的平静湖面上。沙嘴外面是广阔的鸠海。

"这确实是一处与众不同之地,堪称蓬莱仙境。"

又右卫门仰望苍穹。蓝天光芒万丈,一片浮云往东飘去,今天是个晴朗的日子。行军的汗水和炽热的武具,此刻因腊月的寒风而变得冷若寒冰。

"这座城势必得位于霸主统治的天下中央之地。这里正位于大和六十六州的正中央。"

"……"

"昔日似乎也曾有位霸主在这宛如仙境之地建造雄伟的馆邸。"

"六角吗?"

"不,在更久以前的时代,可能已是上千年前的事了。从内湖的这座沙嘴叠石头通往另一座沙嘴,形成一条可通行的马路。"

"马路?"

"大小足以环抱的石头铺在水中。应该是水深较浅的地方吧。有数条纵横的道路,可自由来去于内湖上。"

"是谁建造这种马路？又是为了什么目的？"

"这我就不知道了。我只知道，现今还留有石头堆叠成的道路。"

"您为什么知道这件事？"

以俊对父亲的用词，不自觉地变得客气许多。因为他觉得，父亲不是他光生闷气就能超越的对手。

"因为之前来这里时，我已事先调查过。当时我便心想，日后或许有一天会在这里兴建城堡。"

父亲到底是什么时候调查这些事的呢？以俊始终不知情。

又右卫门指着比良峰北边外围，在西北边对岸微微泛白的白髭神社一带。

"今后，主君也将会命侄子信澄大人在大沟筑城。西南方的坂本，有明智大人的水城，东北的长滨则有羽柴大人的雄伟城堡。每座城都设有码头。安土山若有可作为大本营的城堡，则湖上的水运都将由织田家支配。这样就如同是掐住了东国的脖子。"

以俊颓然垂首，无法反驳。

"建造一座让主君天下布武①的主城，这是我们的工作。你要铭记在心，安土城的一切都得是天下第一才行。"

我不知水中有石头堆叠成的马路。那马路或许会在兴建码头时，阻碍水路通行。也许会利用它充当石墙，以缩短工时。不管怎样，身为总工头，都必须先知道这些事不可。爹早料到日后会在这

---

①信长的名言，意思解释为"以武力取得天下"或"以武家政权统治天下"。

里筑城，因而事先调查过这一带。如果没这么机灵，便无法胜任筑城总工头这项职务。

远远看见五六名骑士从前方的原野疾奔而来。似乎个个都是甲胄武士，但因为距离甚远，无法辨识其旗帜。

"那是……"

以俊沉声低语。

"别担心。是我们的人。"

中川重政应道。

"现在还有六角的余党出没吗？"

又右卫门向中川重政询问。

"只有清早或日落后才会出现。他们不敢这么明目张胆。白天大可放心。"

中川重政还说，如果见到没插旗帜的数名骑兵聚在一起行动，应该就是六角余党的掠夺部队，强行抢夺农民们贮存的稻米杂谷。

"等知道我们要在这里筑城后，他们也许会召集士兵，死命展开攻击，作为最后的殊死战。"

如今的安土堡垒，只是在山上的小城郭外架设杉树圆木作成的栅栏，防备相当薄弱。加上和又右卫门他们同行的丹羽长秀麾下的士兵，守备的兵力不过才三百余人，规模只比侦察部队稍微大些。倘若余党以数千大军来犯，肯定会被打得落花流水。

"还真是丝毫松懈不得呢。"

"不过，最需要小心提防的，就属忍者了。因为六角承祯逃往甲贺，那里多的是擅长潜入的武士，我可不认为他们会按兵不动。

为了阻止我们筑城,也许会趁睡觉时取木匠的人头哦。"

中川重政朗声大笑。

以俊心脏为之冻结,心中暗忖:这不就跟闯进虎穴一样吗?

六

安土山附近的金刚寺住持觉心结束早课,正在吃粥。

僧房寒冬一样不烤火,白粥的温热是无上的美味。以切成两半的腌萝卜配粥解决一餐后,感觉仿如胃里抱着一颗温石,说不出的舒畅。

寺里有两名寺僧和五名小沙弥。正当觉心喝着黑碗里的白开水时,玄关传来访客的声音。年纪最小的小沙弥快步前往应门。

"在下是木村次郎左卫门。有急事求见。"

连滚带爬地冲进僧房的小沙弥眼中,闪烁着困惑之色。也许发生了什么事情,又或许有什么事情正要发生。

"怎么了?"

"对方率领大批步卒前来。"

木村次郎左卫门为这一带的地侍[①],昔日曾侍奉佐佐木六角

[①]原本只是地方上的有力人士,后来与守护大名或领主缔结主从关系,就此取得武士的身份。

家。金刚寺原本是佐佐木六角家的菩提寺[①]，同时也是木村家的菩提寺。木村家代代担任寺里的施主代表，所以次郎左卫门与觉心有多年交情。

七年前的永禄十一年，信长兵临近江，当时人在观音寺山的佐佐木六角家之主承祯不战而逃，投靠甲贺。木村次郎左卫门就此倒戈投靠信长，其知行[②]的身份受到认可。

找我有什么事呢？

觉心心里完全没谱。他心神不宁地走向玄关，步伐僵硬。木村次郎左卫门全身穿戴黑色武具，率领两三百名步卒。显而易见，他既不是前来布施，也不是来讨论举办法事。

"大师！"

平时个性豪爽的木村如此低语。有话要说，却又难以启齿的犹豫模样，全写在脸上。

"怎么了吗？看您率领这么多步卒……"

"发生了一件无可奈何之事。请您必须迅速离开此地。"

"您的意思是……"

"我奉主君之命，前来接收寺院。"

觉心感觉就像被人一把攥住脑袋。猛然一阵天旋地转，清晨传来阵阵鸟啭的天空，变得一片黑暗。

这里是六角家的菩提寺。从信长前来近江的那天起，觉心便很清楚这天终将会到来。

[①]摆放历代先祖的坟墓与牌位，加以供奉的寺院。意同家庙。
[②]表示以武士的身份，直接支配领地与财产。

"因为实在过于突然,教我一时不知如何是好。如果是要以此作为大本营,可以在主殿的佛座前拉起布幔,我们也能躲在僧房里不出来。"

"大师,不能这么做。"

"这……"

"我觉得对你很过意不去,但主君决定要拆了这座寺院。"

"要拆了它是吗……"

"没错。就从今天开始动工,所以你得立即离开。"

"这未免太突然了吧……"

"佛像、佛具等物品,可以带走无妨。客殿要移建,采用同样的结构重新建造,所以内部建材都得原封不动。主殿的木材应该会一根一根重新削制后,再加以利用。至于佛座嘛,如果你不需要的话,应该是会拆来当柴烧。"

觉心双膝发颤。他知道此刻自己的表情扭曲变形。他握紧黑色僧袍,极力找寻抗辩之词。

"这实在太强人所难了。如果能给个十天的缓冲期,或许还能做好移灵的准备,但现在一声令下,要我们今天马上离开,就算是织田大人,也太不合情理了吧?"

"我不是来和你讨论的。你若不搬,我会叫步卒们搬,但到时就算佛像的头被扭断,手臂被折断,你也非得认命不可。"

"可是,我们没地方搬迁啊。贫僧早已有所觉悟,要一辈子待在此地,供奉六角家历代先祖之灵。"

木村摇了摇头。

"别再任性了,快点离开吧。"

"这实在太教人惊讶了。贫僧还真是老了。万万没想到,贫僧说要在这里供奉六角家历代先祖之灵,竟然被昔日受六角家恩泽的家臣说我任性。这世道转变也太大了吧。"

"现在已不是六角的时代。是织田的时代了。"

"说什么谁的时代,这不过是在强词夺理。如果这是投靠敌将的人可以昂首阔步的时代,那根本就没贫僧可容身之地。"

木村不发一语听完此言,登时血色从他脸上抽离。他头盔下黝黑的脸庞为之一沉。

"大师。"

木村的声音无比骇人,让人一时不敢回应。

"什么事?"

觉心的眼中盈满怒火。对这名独善其身,背弃佐佐木六角家的男人,他眼中带有一丝轻蔑之色。

"劝你说话客气一点。"

"对背弃主家的男人,说话不必客气。"

"你要说的话就这些了吗?"

"如果你有何不满,大可现在一刀斩了贫僧。我会诅咒你七生七世。"

木村拔出腰间佩刀。冷冷的银色白刃,像鱼鳞般反射朝阳。木村将长刀立于右肩上,剑持八双①,静立不动。应该是打算给他

---

① 剑道的架势,左脚向前,手握刀柄置于右腋处,刀身直立。

反悔的机会吧。

"想道歉的话,就趁现在吧。如果你向我讨饶,我可以饶你一命。"

觉心双眉平静不动,以挑战的眼神注视着木村。

"多此一举。我可没堕落到要向变节者讨饶的地步。"

木村眼中满溢阴沉之色。

"送你归西!"

木村举刀过顶,猛然向前踏出一步,使出一记袈裟斩①,从左肩砍下。刀锋从颈动脉处斩裂其颈骨,血雾喷飞。

觉心往后仰倒,玄关前的石板地上流了一地鲜血。

冈部又右卫门穿过金刚寺的山门时,发现一名身穿黑色僧衣的僧人倒卧血泊中。刚剃不久的青色头皮,双目圆睁,凝望天际。

"因为他拒绝离开,所以我斩了他。"

木村次郎左卫门眼睛没看又右卫门,如此说道。

又右卫门替那死不瞑目的和尚阖上眼皮。他脸上还留有余温,甚至还微微吐息,但是看他从脖子直透胸膛的刀口深度及血量,便知道他已回天乏术。地上的鲜血映照出天上的白云,令人莫名感到悲从中来。

又右卫门双手合十。此人大可不必丧命,却为建城而化为一缕冤魂。

他不认为有如此急迫的理由,让这名和尚非死不可。从胸中

---

①从肩膀斜斩的招式。

涌出的不悦情绪，令又右卫门扬起两道浓眉。

"怎么啦，我斩了这个和尚，你看不顺眼是吗？"

"这不是顺不顺眼的问题。"

"不然是什么？"

"看到尸体，不由得让人百感交集。"

"兴起菩萨心肠是吧？"

"非也。我重新体认到，城堡是吸人血才得以建造，是为了战争而建，无论如何，都免不了见血。正因为有这些用鲜血换来的领地农田，才能在此建立城堡，我一时忘了此事。不过，今日看到有人丧命，又让我再度想起。我们这些筑城工匠的工作，就是建造让武士丧命之所。"

木村以和尚的衣服擦拭好手中的长刀后，归回上头有金饰的红色刀鞘内，嘴角泛着冷笑。

"马上就要拆屋了，你向步卒们下达指示吧，看要从哪边先着手。是屋顶，还是地板？"

"先让步卒们休息一会儿吧，我得先查看一下这座建筑的状况。"

又右卫门向死者行了一礼后，脱下草鞋，走上外廊。

左手边是主殿，客殿就位于它与右边的僧房中间。它采桧木皮铺成的歇山式屋顶，东西向的横梁宽十三米，南北向的横梁长十一米，这是贵人宅邸采用的正统格局。自足利将军以来，武家的宅邸都固定采用这样的大小。

他伸手抚触五寸（约十五厘米）方柱，这是无木节的上等桧木，经过彻底磨光,直至散发米黄色的色泽为止。建造者与使用者的用心,看得出已深深渗入每一根木柱内。唯有两者皆带有慈爱之心,建筑才会随时光流逝,孕育出沉稳的气韵。

他取出墨斗,将墨线前端的尖锥刺进柱子上头。墨斗化为秤锤,悬吊于空中。

每根柱子都与墨线的垂直线贴合,无半点歪斜。他拿起角尺丈量,发现地板与横木的水平程度,也都相当准确,无从挑剔。

"盖得相当精细。要是当初造得不好,那可就得花不少功夫了,不过,以眼前的情况来看,就算拆卸后,还是可以原样重建。"

站在一旁的以俊这番话,惹来又右卫门的不悦。这种态度对先人的成果大不敬。虽然已经大致学会木匠的技艺,但这种以为光靠尺规技能就能建造宅邸的想法,实在过于危险。他瞪视着以俊,但他本人似乎没这个自觉。又右卫门懒得向他说教,直接指派他工作。

"你去看看地板底下。"

屋柱立得挺直,所以不必担心地板底下会有腐朽的情况,不过还是得亲眼确认一下。

目送以俊离去的背影,又右卫门朝长押①架上梯子,往上攀爬。他从无数个正方形格子排列而成的格子状天花板中,掀起一块板子,弓身钻进阁楼里。

光线从歇山式屋顶的直棂窗射入。

---

①柱子之间相连接的横材。

待眼睛习惯昏暗后,又右卫门确认眼前阁楼的结构。

直径粗达三十多厘米的小屋梁,以近两米的间隔排列。阁楼的三角形结构相当自然,感觉得出无言的强韧。排列整齐的橡木,看不出半点歪斜或腐朽。

铺在橡木上的木板,用的是防水性强的花柏木,不见半点雨渍。

又右卫门拂去尘埃,轻抚粗大的小屋梁。

感觉得到松木的木纹。木匠以均匀的力道,借由木锛削平松树的圆木。做工相当精细,仿佛可以听见当时那单调悦耳的声音。

由于双眼已完全习惯黑暗,又右卫门移往角落,趴在地上爬行,伸长脖子仔细检查隅木[①]。

木匠施工时,最费工夫的就属阁楼的角落。东西向的檐桁木与南北向的妻桁木,就是在此直角交会,有斜度的隅木在它上方组合,上面再加上橡木。这么多木材在这角落的狭小空间里互相组合。嵌合的工作极为复杂,可清楚展现出木匠的本事。

实际上,若不拆下屋顶的桧木皮,一根一根拆下组合好的角落卯榫,无从知道好坏,不过,光是从内侧看,便可明白它组装得相当讲究,令人赞叹。再也没有比欣赏前人的精细作工,更能激励后进木匠的了。

他花了不少时间四处细看,找不到任何负重不自然的部分,或是木材硬被拉扯所形成的缝隙。每一块木材都很自然地分散力

[①]位于屋梁边,支撑橡木上端的斜向木头。

量,支撑着全体。

当初施工,投注了不少心力。

捐赠的六角氏赖,是领主承祯的曾祖父。竣工至今,应该已将近百年之久,但所有木架没任何歪斜。尽管木材随着岁月流逝而逐渐变细,但当初建造这座客殿的工头,似乎已将这样的变化纳入计算中。

又右卫门望着中央的中梁。

中梁的栋札①上写有文字。

虽然文字泛黑,辨识不易,但上头应该写有工头的名字。又右卫门双手合十,深深一鞠躬。

您建造得如此讲究,实属不易。尽管历时百年,仍屹立不摇。今日很抱歉,因不可违抗之情事,必须将这座建筑移往他处。望您见谅。

他在心中如此低语。

要拆解如此完好工整的建筑,终究还是会内疚。越是出色的建筑,他越会对建造的木匠产生敬意,而对拆解一事深感抱歉。

对于木村斩杀住持的事,又右卫门同样心怀歉疚。有人为了建筑而丧命,实在没必要。

蓦地,他感觉背后有人。

"爹,你在做什么?"

是以俊的声音。又右卫门站起身,回头而望。

---

①日本传统建筑的习俗,在一片木板上载明架中梁的时间、供奉的神明以及营造单位等内容,然后将此设置于建筑物的某一处,称为栋札。

"地板下看过了吗？"

"盖得很好,这样的话,就算迁移改建,也可以盖得好。没一处腐朽。"

"是吗……"

"爹,你刚才在做什么？"

又右卫门并不答话,只是回望儿子的脸。就算他十足的木匠派头,但他所做的一切,看起来都是那么不可靠。和他说话,会不自主地唠叨他几句,也是无可奈何的事。

"你猜我在做什么？"

"就是不知道才问你啊。"

"你动脑想一想,猜我在做什么。"

"那里有漏雨吗？"

"这里的客殿盖得相当用心。到处都完好无缺。"

"那么,是发现卯榫有偏差吗？"

"你还真是个无可救药的家伙。我在做什么,你不懂吗？像你这种蠢材,能成为一个像样的工头吗？"

他知道儿子最近很想以少工头的身份指挥所有工程,但他在各方面都还很不成熟。又右卫门不认为他有足以指挥大局的才干。

"爹,你不要太过分。"

儿子瞪视着父亲。

"正因为当你是我爹,我才如此敬重你,对你卑躬屈膝。但我现在已经能独当一面了,你对我说话还是这么不客气。这样未免太过分了吧?"

"对一个笨蛋,直呼他蠢材,有什么不对?你如果希望别人称呼你名匠,就得多磨炼技艺,多动脑。"

儿子的神情布满怒火。

"你要是再说下去,就算你是我爹,我也无法再忍受下去了。"

又右卫门从儿子小时候,就常不留情面地痛骂他。像以俊角尺没用好,他便常常抡起拳头一阵痛殴。如果是简单的错误一再反复,有时甚至还会踢上一脚。

以俊每次都露出怨恨的眼神,但从未公然反抗。不过,自从他二十多岁后,态度逐渐有所改变。他想以对等的姿态和又右卫门说话。

有意思。

又右卫门不禁露出冷笑,儿子此刻想顶撞我这个父亲。身为父亲,自然觉得这是件有趣的事。

"你忍受不了,打算怎样?"

以俊紧握的双拳不住颤抖。也许他会扑向前来,又右卫门心想,那我就站着抵挡你的攻击吧。论臂力,他自认还不输儿子。

两人之间的空气不住震动。以俊朝他撂下一句:

"我要建造安土山的天守,让你瞧瞧。"

"哦。我很想夸你一句'说得好',但这担子太重,不是你这种半吊子的蠢材负荷得了的。"

"只要主君欣赏我的设计图就行了,对吧?"

"这可不是主君欣赏就说了算。一栋大型建筑,完工后若不能撑个十年、二十年,甚至是一两百年,就显现不出它真正的价值。你有能耐造出这样的建筑吗？如果只是建造出一座标新立异,中看不中用的天守,地震或大风一来,马上坍塌崩毁,到时蒙羞的人不是你。这会让主君蒙羞千古啊。你懂吗？"

儿子的眼神游移,似乎是说到他的痛处了。想必他心里想,只要强调外观的壮丽,应该就能讨主君喜欢。说到年轻工匠的思维,就是这么肤浅。

儿子发现自己这种想法要建造巨大的天守,实在愚蠢至极,看来他也成长了不少。

"我明白了。"

"既然明白,多说无益。天守的设计图,日后再好好想。现在赶快替柱子标上号码。"

拆卸、迁移改建时,会在所有柱子和木材上标上号码。从南到北,采甲、乙、丙的顺序；从东到西,则是采一、二、三的顺序。东南角的柱子为"甲之一",因为这是长七间(约十五米)、宽六间(约十三米)的建筑,所以西北角的柱子为"庚之八"。只要依照编号重新组装,便能照原样重建客殿。由于号码固定都是写在柱子的南面,所以不必担心弄错方向。

儿子走下梯子,开始拿着墨尺编号。背后满溢心中的不满。

气吧,气吧,再多气一点。

父亲在心中暗忖。心中的愤怒愈强,内心就愈有韧性。一旦面临重大的工程,只有涌现心中宛如烈焰般的情感,发挥强韧的韧性,坚持到最后。要建造七层高的天守,只有这个方法。

在你晓悟这个道理之前,就继续生气吧。

父亲眯眼望着儿子。看自己的儿子为了成为独当一面的木匠而努力挣扎,感觉还不坏。

七

"驮运队已进入安土堡垒。有一百匹马,两百辆货车。货车上除了食物外,还运载了大量的木材。还有上百名像是木匠的男子随行,若说是要扩张堡垒,人数似乎多了点。"

六角承祯孤零零一人坐在风和日晴的外廊上,侦察返回的左平次向他报告。

六角承祯如今栖身于甲贺望月刑部左卫门的宅邸。他肥胖的身躯显得无比慵懒,终日无事可做。

他有时会心血来潮拿起火枪练习射击,为了日后狙击信长,但他腹部一圈肥油,光是摆出持枪姿势便已相当吃力。

两三年前,六角承祯还保有相当的实力。虽然国力式微,但他好歹也是堂堂一国守护的近江源氏正统嫡系。也曾召集数千名旧臣,向信长反击。

如今他几乎已快要死心,常感叹时不我与。说到身旁能派得上用场的人,就只有他以前便特别关照的望月家家臣——左平次。

左平次非但行事机灵,还兼具胆识,所以承祯总是派他当忍者,打听织田的情况。最近他报告的内容,大多是关于信长的活跃表现。

人世终究只是一场虚幻的梦吗?

如今沦为落魄之身的他,见信长任意驰骋在他昔日的领地上,不禁满怀恨意。他很想报一箭之仇,但无力聚兵反击,有志难伸。

承祯郁郁寡欢,常若有所思地望着后山发呆。他写信给甲斐的武田胜赖和本愿寺法主显如,他们也都有回信,以激昂的文字表达应该组成反信长联盟之意,但尽管字面上写得冠冕堂皇,还是无法就此展开军事行动。

宅邸后方是一座低矮的杂树林,春天开满樱花、麒麟杜鹃,夏天紫藤绽放,秋天枫红如火。如此鲜明的四季推移,也完全引不起承祯的兴趣。他就像体内深处怀抱暗不见底的虚空,不论眼见何等国色天香,品尝何等美味珍馐,皆不会感到美好。

如此空虚的承祯,在听闻左平次的报告,得知驮运队进入安土堡垒时,实在无法置若罔闻。

"他们打算做什么?"

"属下猜测,应该是筑城。"

八

"在安土筑城?"

承祯顿感鲜血直冲脑门。听闻信长要在自己的领地上筑城,他不能继续保持冷静。

"信长不是打算进京吗?"

"听说信长将尾张、美浓的家业交由长男信忠继承,自己则是掌管近江。"

近江是一块丰饶的土地。昔日担任守护大名的承祯非常清楚。这里不但稻量丰足,而且北陆、东国、东海等地的物资在运往京都时,一定会通过近江。只要在近江筑城,到时征收进贡的税金,要多少有多少。

"木匠们已开始在安土山山麓施工。附近的寺院纷纷被拆除,令人遗憾的是,金刚寺已被运往他处。住持觉心大师,惨遭木村次郎左卫门斩杀。江云寺和慈恩寺也都被拆除。"

"你说木村斩杀了觉心……"

"小沙弥们全瞧见了。听说他毫不踌躇,一刀便杀了大师。"

六角承祯长叹一声。家臣们变节投靠信长,是无可奈何之事。然而,他们六角家的菩提寺被拆除,昔日旧臣甚至还杀了住持,这种行为对吗?

"可恶的信长……"

承祯怒火中烧。杀人的明明是木村,但他憎恨的却是信长。

"一旦信长在安土山建好居城,我们甲贺武士就只有隐居山林一途了。无论如何,都要阻碍他们筑城。"

"这是当然。问题是办得到吗?"

"现在若不做,织田的大军早晚也会进攻甲贺。"

甲贺所在地,就位于安土东南方,只有二十七千米之遥。

自称有二十一家(或五十三家)的甲贺武士,栖息在远离大路的山林间,所以之前信长并未加以理会。然而,一旦在安土筑城,恐怕就不会再有如此安稳的日子好过了。

六角承祯觉得后颈发凉。他出家后理去三千烦恼丝的脑袋,莫名感到一阵燥热。一旦织田的大军来犯,这颗脑袋也将不保。

"潜入工地放火吧。彻底妨碍他们施工,让他们打消筑城的念头。"

"不久后,应该会召集杂役和苦力。只要混进里面工作,应该多的是机会。"

"绝不能让他们顺利筑城。"

"这当然,绝不能让信长在那块土地上建立城堡。让我们甲贺五十三家合力击溃他们吧。"

六角承祯对左平次这番话点头表示赞同。

"就算拼了命,也绝不能让他们筑城。明白了吗?"

"属下明白。"

左平次伏身拜倒,旋即召集甲贺武士的同伴,飞奔而去。

在天正四年的正月来临前,安土山下已建好一座木板屋顶的町屋。那是冈部一门抵达此地半个月后的事。

每一户宽六米,深六米,五户或十户比邻而建,采长屋的建筑样式。

原本寄宿在附近农家的冈部一门,这下终于得以迁入像样的新居了。虽然土墙仍潮湿未干,但住进新居迎接新年,感觉心情无比畅快。

初一清早,又右卫门朝初升的旭日击掌合十,遥拜远方的热田神宫。想祈求的事多得数不清,但他此刻只求能筑城成功。

吃完里面加了年糕的杂煮①后,又右卫门告诉以俊:

"今天休息一天,从明天起,要更加努力。我们这一门的木匠们,就快要着手兴建山上的临时宅邸了,所以你要尽可能多建一些长屋。"

"你的意思是,山下的长屋,全部由我一个人盖吗?"

"没错。不久将会聚集大批近江的木匠。这正是展现本领的好时候,在主君和马回众抵达前,看你能多快盖好。"

以俊一脸失望。

长屋每坪只用到二石(木材一石为约0.28立方米)的木材。与同样面积,却得用到八石木材的山上馆邸相比,只能算是很简单的工程。

---

①过年常吃的食物,以年糕等食材烹煮而成。

"木板屋顶的长屋,就算盖再多,也没什么好自豪的。"

"是吗?以你这种想法,恐怕连一座像样的长屋都盖不好。那么,你去贮木场待吧。湖边的贮木场已囤积了不少木材。你去检查一下,进行木材加工吧……"

"等等,我知道了。我盖长屋,让我做这项工作吧。"

以俊向父亲行了一礼,从隔天起,开始视察所有长屋的工程。工作马上如同洪水般向以俊袭来。

信长有三千名旗本[①],他们需要可供暂时居住的长屋。

就算一户挤五个人,也需要六百户之多。需要的木材多达一万石以上。光是检查和分配,他就已经感到脑袋打结,头痛欲裂。

隔天早上,以俊马上投入工作中。

建造长屋会用到的杉木和松木,主要是在鸥海西岸的高岛调度。在朽木谷深处砍伐,再从高岛的港口堆上竹筏运来。

安土山东麓充当贮木场的须田湖滨,圆木已堆积如山。锯木众的大锯,从早到晚不断吐出木屑。今后还会继续堆积圆木。而负责检查这些圆木,依照其种类、粗细、长度,向锯木众指示木材加工尺寸的,没有别人,唯有以俊。木材加工的步骤稍有延迟,刻卯榫或组装的程序便会大乱。时间相当紧凑。

加工好的木材,工匠们会开始刨削、画墨线、刻卯榫。接着架设鹰架、立柱、架梁桁,建造屋顶下的阁楼。

以木板铺设屋顶,接着铺设地板,派泥水师抹墙。

---

①大将的直属武士。

理应很简单的工作，但近江的木工们却无法照以俊所想的那样来施工。泥水师、石匠、掘井工人，都无法用普通方法加以约束，每天到处都纷争不断。

建材不足以及人手配置有误，在每处工地频频发生。记账时，若是弄错木工或苦力的工资，支付的米量便会有差异，常为此而引发纠纷。

以俊每天都为此耗神。从早到晚，不断大声地与锯木众和木工们谈判、命令、受托、听人抱怨、争吵、向人咆哮、被人咆哮，为之精疲力竭。

他想入夜后找雨音来，抚摸那玉肌。如果连这么点乐趣也没有，他将会被沉重的工作压垮。

入夜后，他前往惯去的道具仓库，雨音早已在里面等候。淡淡的月光从敞开的门口映入，一名蹲在地上的女子，在月光下浮现容颜。

"等很久了吗？"

雨音颔首。此时已无需多说，以俊与她耳鬓厮磨，四唇交接。他把手伸进雨音窄袖和服的前胸，探寻丰满的乳房。雨音的身躯炽热。

他让雨音躺在仓库角落的草席上。即便是躺在扎人的草屋草席上，但只要两人紧拥，这里便是桃花源。以俊亲吻雨音香甜的肌肤，雨音则像是只调皮的小猫，向他偎偎撒娇，吐出温热的气息。好个可爱又热情的女人，像呜咽般的欢愉声，深深掳获以俊的心。

当以俊陶醉于欢乐的余韵中时，雨音突然开始嘤嘤哭泣。

"你为什么哭?"

"因为你已建好长屋了。"

"以后还会再盖更多。得要打造一座市镇。"

"到时候,你会叫你人在岐阜的妻子过来同住对吧?"

"我才不会叫那个女人来呢。"

"真的? ……你可以向我保证吗?"

以俊以吻代替回答,雨音的舌头湿黏地缠绕而来。

"不过,真的好像在做梦呢……竟然可以凭空打造出一座市镇来。"

"这就是木匠的工作。"

"城堡的天守,应该会建造得很高大吧?"

"嗯,高达七层。到时候会立起一座全日本绝无仅有的天守。"

"好厉害啊。可是,没那么快盖好吧?应该会花上好几年的时间才对。因为光靠冈部一门的木匠,人手不够。"

"京都、奈良、堺[①],也都会派木匠来。不光只有木匠,制造木工道具和铁钉的铁匠也会聚集此地,还有瓦匠、泥水师、桶匠、榻榻米师傅、金属工匠、画师……许多人都会来到这里。很快就会形成一座热闹的市镇。"

"就像京都一样。"

"这里将取代化为焦土的京都,成为真正的京都。届时将涌进大批商人,成为一座买卖兴盛的市镇。建造一座城,自然会有居民

---

① 位于现今的大阪。

和货物往此聚集。"

"武士们的宅邸想必也很气派吧。"

"众武士会依身份赐赠宅邸。"

"那也是你建造的吗?"

"我没余力顾及那方面,预定是由近江和美浓的木匠负责兴建。"

山下早晚会发展成一座超越京都的大城市。接自中山道[①]的联络道路,也已重新修建,将会从城下通过。以俊就像在谈论自己的梦想般,畅所欲言。

"山上的临时宅邸工程很辛苦哦?得赶在主君到来之前盖好对吧?"

"织田家的工程,就像在打仗一样,不给人喘息的机会。"

"那可真是辛苦呢。赶得及完工吗?"

"只说要在樱花绽放前完工。得想办法在那之前盖好。"

"樱花绽放前啊……"

"不只是临时宅邸,也得事先盖好许多栋长屋才行,而且还得做其他准备。当真是分身乏术啊。"

"你还好吧?可别太勉强自己哦。"

雨音靠向以俊,以柔软的乳房抵向他。

"我就是身子骨特别强健。"

以俊与雨音双唇交接,再度陷入温柔乡。雨音扭动身躯,迎合

[①]译注:古时的主干道。从江户的日本桥,行经高崎、下诹访、木曾谷,在近江的草津与东海道会合,一路通往京都。

以俊的动作。朝她火热的体内释放完精力后,以俊也不禁感到疲惫,开始微微打鼾。感受雨音的肌肤在身旁,就此沉沉入睡,这种感觉说不出的舒畅,以俊放松身心,无拘无束。

雨音朝以俊的睡脸凝望良久。

九

"伐完树后,山林看起来截然不同。"

被信长任命为筑城总奉行①的丹羽长秀,仰望安土山如此说道。

"的确,现在看起来,就像这座山是专为筑城而存在似的。"

"这又让人更加钦佩主君的慧眼独具,竟然能选中这座山。"

丹羽这番话,又右卫门深有同感。

安土山在连日的伐木下,已变得童山濯濯。丹羽长秀在岁末时来到此地,派遣步卒和农民,从南边的山脚斜坡开始往上伐树。

当安土山露出褐色的地表时,整座山给人的印象已不同以往。原本自然的山脉,只因为变得光秃,看起来很像人工的建筑。

活用这座山原本的形状后,为了能更有效地配置城郭,铲平了

---

①译注:武家时代的职务名称。

一些部分，不过，要实际决定整体的范围，是接下来的事。

目前当务之急，是在山上建造信长的临时宅邸。

拆除堡垒的仓库，进一步向四周开垦。固守堡垒的中川重政，带领手下移往山下的长屋，和丹羽长秀的步卒们一起手持锄头垦地，拓展城郭的范围。

"女人们也很卖力呢。"

"的确，近江的女人都很勤奋。"

朝粗重的圆木装设数根握把，以此做成捣桩，从铲平的地点开始捣地，让泥土变得紧实。这是近江的农妇们负责的工作。男人们捣地的动作总是比较急，相较之下，女人力气较小，分多次捣地，地面反而比较紧实。

在山上开垦足够的占地后，开始拉线确认水平线，埋入础石。以圆木架设高台，再由多名苦力拉起捣地棒的绳索，反复敲打础石。

这些工作，都赶在年底前完成。

正月二日的开工日，又右卫门在临时宅邸的占地四边立起竹子。并拉起结草绳结，形成结界。接着架设祭坛，供上白米。

又右卫门身穿蓝染的武士礼服，头戴乌帽，献上祝祷词。四个角落摆有盐巴，向鬼门与里鬼门挥洒神酒。丹羽长秀朝土堆进行动土仪式。上百名热田的木匠都恭敬地垂首。

"就快要正式动工了，大家要用心从事。虽然是临时宅邸，但主城竣工后，这里便成为二重城郭的馆邸，作为宾客的接待所。同样马虎不得。"

如果是在热田神宫,遇上地镇祭①或架中梁等施工的重要日子,都会停工加以庆祝。但现在没办法这么悠哉。在美浓太田晒干存放的飞騨桧木材,已延迟数日才送抵此地。

"木材对我们来说,就像子弹和火药。没有这东西,根本无法打仗。"

又右卫门紧缠着丹羽长秀,拜托他火速搬运木材。引颈而望的木材,终于在除夕当天抵达。从太田到墨俣,是以木筏顺着木曾川载运,但从那里行经关原,一直到长滨附近的朝妻港,这中间三十五千米长的长路,只能靠人力运送。据说关原的积雪高达六十几厘米,那些备受催促的苦力们,想必是艰困难行。

圆木抵达后,锯木众马上投入木材加工的工作中,但他们拉动大锯的速度,想快也快不了。

就算想增加人手,熟练的锯木匠还是不多,而且大锯的数量也不够。

聚集在安土的铁匠们,虽会打造大锯等各项道具,但现阶段也才刚朝炉膛里点燃了火。还有大量的铁钉必须派铁匠们打造,木村次郎左卫门也正忙着安排近江的农民们烧制大量的木炭。

在山麓的建材仓库里,冈部一门全员出动,着手雕刻木材的卯榫。天明前便开始动工,日落后,点燃篝火继续工作。

只要是有点长处的学徒,便会让他们拿凿子帮忙。就算动作慢,能够多一个帮手总是好的。

---

①译注:施工前,祭拜土地神明,祈求工程顺利的仪式。

在弥漫桧木芳香的建材仓库里,又右卫门四处巡视木匠们工作的情形。

此次筑城所召集的学徒,几乎都是热田附近的农家子弟。他们习惯握锄头,但拿起凿子却很不顺手。

"喂,凿子给我。"

又右卫门拿起凿子,以木槌敲出清脆的响声,凿出一个洞来。那木槌轻快的声音,与这名年轻的学徒相比,委实天差地远。

"榫眼里面如果凿宽点,榫头就比较好套进去。"

年轻人往内窥望,榫眼里面的木纹像镜子一样光亮。年轻人全身鸡皮疙瘩直冒。他觉得又右卫门的手艺实在是出神入化。

又右卫门向信长承诺,要在樱花绽放前完工。眼下要是有某个阶段稍有差池,便会赶不及完工。

立屋柱、架横梁、架桁条,组装阁楼、铺屋顶。如果铺屋顶用的桧木皮晚到的话,抹墙、铺地板等工作也将延迟。所有工程相关人员,若不能顺利地施工,便无法一口气完成工作。能否顺利地施工,全看工头的本事。

配合这宽十三米、长十五米的馆邸,也得另外建造充当随从们办公处的远侍[①]、厨房、马厩。

金刚寺的客殿,直接用来充当远侍,这是缩短工时的最佳办法。拆解后的屋柱刨光后,展现出亮泽的木纹,散发桧木的芳香。比起全新的桧木,它呈现出一股更为庄严的气氛。

---

①离主屋有段距离,负责护卫的武士办公处。

这里的馆邸，日后应该会作为对外的接待所。付书院、上段之间、门廊、公卿间，不论哪个地方，势必都得好好整修一番才行。

一月底，得架中梁，铺好桧皮屋顶。只要架好用来涂壁土用的编竹，就很有宅邸的味道了。

"能赶在樱花绽放前完工吧？"

暌违多日，为了讨论木材的事，以俊特地上山，向引头弥吉如此问道。

弥吉年纪比又右卫门稍长。他为人耿直认真，不论做什么事，总是细心周到，绝不马虎。弥吉的父亲也曾在冈部家担任引头，所以他很清楚冈部的做法。

"虽然很担心结果会是怎样，不过以目前的情况来看，应该是有办法。"

"这么一来，就有脸见主君了。弥吉，多亏有你的努力。"

"少工头，你独自一人孤军奋斗，和近江的众工匠周旋对吧？"

"哼，我爹说，只要建造上千户长屋，便会有收获，但依我看，那种东西就算盖得再多，也没什么帮助。"

"忍耐也是一种修行，你就好好加油吧。"

弥吉和父亲是站在同一阵线。以俊不再发牢骚，两人一起巡视工地。

因为是从飞驒运来的七寸方形桧木柱，所以相当牢固。作为横梁用的松树圆木，品质也相当可靠。

以俊绕到主殿后方时，忍不住发出一声惊呼。

因为他发现桧木柱上的大字。以木匠用来代替毛笔使用的竹墨尺所写下的文字,像是充满憎恨似的,扭曲地出现在刚削好的柱子上。

上头写着

崩城

"崩城……这太不吉利了。是奸细干的吗?"

"山上都是家世清白的工匠,就连学徒也都是透过热田认识的人找来的。那些可疑的忍者,应该是没机会混进来才对。"

"不见得是工匠。步卒和农民苦力也常在此出入。就算有忍者混在里面,也无从分辨吧。"

以俊伸指碰触文字。上头的墨汁未干。

"这是刚写的。这表示,奸细就在我们身边。"

"要是稍有疏忽,恐怕会有大事发生。"

他命附近的一名学徒去找又右卫门来。

又右卫门看过黑墨写下的文字后,眉头深锁,沉默了半响。他那两道浓眉显得特别粗大。不久,他暗哞一声,低语道:

"把字刨除。"

"得逮到写字的奸细才行。"

"不必多此一举。"

"这样会妨碍工程进行。不只是这里。今后我们进行主城和天守的工程时,要是奸细又来碍事怎么办?"

"那是武士负责的工作。我会将此事告诉丹羽大人。"

"可是,这样有办法安心投入工程中吗?"

"你的工地是山下的长屋。不是这里。"

"但这是我同门伙伴施工的工地啊。"

以俊顶撞父亲。

又右卫门昂然而立,一对斗大的黑眼珠瞪视着以俊。以俊为之怯懦。他从未正面挑战过父亲。倘若两人动起手来,不知道谁会赢。

父亲的双臂就像松根一样粗壮。虽然他已年过半百,但还不显老态。双肩隆起的肌肉,依旧如昔。

引头弥吉居中调解。

"若是放任不管,工匠们将无法安心。此事当然要请丹羽大人处理,不过,如果我们自己监视,就算最后没帮上忙,至少也比较心安。不妨轮流派人监视,你看怎样?如果一晚派四五个人站岗,应该不会影响白天的工程。"

又右卫门眉间的皱纹又加深了些许。接着他点了点头:

"如果这样你们就能放心的话,那就去做吧。"

以俊满怀憎恨地望着父亲转身离去的背影。

十

自里斯本港口出航后的第九年,于日本的天草登陆后,五年的岁月流逝。

涅奇·索尔德·奥尔冈蒂诺成为日本最重要的京都教区牧师，与上司路易斯·弗洛伊斯一起拜访信长麾下的地方官村井贞胜。村井的宅邸位于信长作为京都居所的本能寺门前。

村井是名长相温和，年近半百的男子，正因为是信长的地方官，所以做任何事都毫不迟疑，总是当机立断，积极推动政务。奥尔冈蒂诺从之前几次的面谈经验中，得到这样的感觉。

"此次劳驾两位专程前来，不为别的，正是为了两位的天主教堂一事。"

村井说得很慢，所以奥尔冈蒂诺听得懂他说的日语。他体察信长的心思，保护基督教徒，是很令人感激的一位地方官。

"是，为了工程的事，街上的人们已来过好几次。因为建筑太高，要我们停止兴建，我们为此伤透脑筋。"

弗洛伊斯应道。

"没错。就是因为和你们讨论不出结果，他们全都跑来我这里陈情。"

位于京都四条坊门姥柳町的耶稣会教堂，是买下一间老旧狭小的屋子来充作教堂之用，四根屋柱中的三根都已出现裂痕，另一根则是弯曲变形。好不容易有不少贵人成为信徒，但惭愧的是，连好好办一场弥撒也不可得，非但如此，只要风一吹，整间屋子便随风飘摇，险象环生。

"我们的天主堂实在很穷酸，就算想请信长大人前来，也不好意思开口，村井大人应该也很清楚才对。在信长大人的神威下，战乱已经平息。现在正是重建天主堂的大好时机。畿内的信徒们虽然贫穷,还是尽己所能,不断捐赠钉子或木板。请您依照当初的裁示,同意我们继续兴建。"

奥尔冈蒂诺低头行了一礼。这种符合日本礼法,又不会显得过于卑屈的行礼方式,是弗洛伊斯所传授。

去年经弗洛伊斯和奥尔冈蒂诺与畿内的主要信徒们讨论后,教堂的重建工作获得人在丰后的日本传教长卡布拉尔神父的许可,当然也获得信长的认可。负责设计的人,正是奥尔冈蒂诺。

这是采用他故乡意大利的罗马式建筑,但当他出示那半圆形拱门的设计图时,木匠们马上摇头对他说"不可能"。

"我们没盖过圆形的墙壁和屋顶,办不到。"

不论他好说歹说,木匠们就是不肯点头。

奥尔冈蒂诺在木匠们力所能及的日本建筑范畴下,加以设计和构思,努力让它成为一座雄伟的教堂。

然而,这座建筑却是问题重重。

当初原本已说好要收购教堂周边的土地。与地主的交涉明明很顺利,但反对的镇民却让先前的交涉化为一张白纸。这群镇民背后,是一群信仰恶魔的和尚。他们似乎极力想阻止他建造这座雄伟的圣堂。

漂亮的木材已收集妥当,屋柱也已立好,但奥尔冈蒂诺却将原本平房的计划更改为三层楼的建筑。由于无法取得住院的建地,所以他决定以上面的楼层充当教士们的住处。此事他已向村井报告过。

"镇上的人们说,三层楼建筑会带给他们困扰。"

"没错,他们态度强硬地说道,如果兴建三层楼建筑,住家会被偷窥,女人和孩子都不能到庭院去了,而且对我的答复很不满意,似乎打算直接上告岐阜。今天我就是想事先告诉你们这件事,才找两位前来。"

"直接上告……"

"就是直接跟主君谈判的意思。"

"阿门。"弗洛伊斯和奥尔冈蒂诺低语,在胸前比了个十字。

"信长大人会听取和尚和镇民说的话吗?"

"我认为不必担心。不过,主君此刻的心思全放在安土要兴建的新城上,我担心要是镇民巧妙地提到这里有木材的事,后果难料。"

前几天村井得知,信长因为筑城的缘故,禁止畿内木材的买卖。教堂的建设,是在村井的特别安排下,才得以不受此限。

"如果不能取得木材,那就无法建造圣堂了。"

"我也会帮你们说话,不过,你们最好也要想想办法。"

奥尔冈蒂诺听完村井的话后,暗中下定决心。

从京都到美浓的岐阜,赶路的话需要三天的路程。奥尔冈蒂诺在造访村井宅邸的隔天,便动身前往美浓。日本修士柯斯美卯吉与达里奥高山(高山右近的父亲)的五名担任护卫的家臣,与其同行。

前几天仍被大雪掩埋的关原,此时已不见积雪,但他下摆颇长的教士服,并不适合走远路,奥尔冈蒂诺频频感到焦躁。

傍晚时分,他们抵达岐阜,拜访稻叶山宅邸时,对方告知信长人不在城内。

他专程跑这一趟,却见不到面。

他为之愕然,但后来得知,信长是移往城下的佐久间宅邸居住。

"在下是来自京都的耶稣会教士。想拜见主君。"

在他恭敬的请托下,年轻武士骑马前往佐久间宅邸通报。旋即返回,说主君同意接见。奥尔冈蒂诺的步履变得轻盈许多,就像漫步在花田间。

被领进佐久间宅邸后一看,信长正倚在靠肘几上,审阅某一叠文件。

"你叫奥尔冈,对吧。你好吗?"

信长记得奥尔冈蒂诺的名字。在京都,奥尔冈蒂诺曾多次与弗洛伊斯一起拜见信长。

"谢谢您。见大人也一切安好,不胜欣喜。"

奥尔冈蒂诺献上中国的蔺草席。这并非什么名贵之物,但京都教会只有这样的礼物可送。

本想献上许多珍奇的舶来品,诸如地球仪、望远镜、沙漏、呢绒布、虎皮、麝香、帽子等,但信长虽然对这些物品感兴趣,却往往只挑一项中意的物品收下。之前弗洛伊斯献上桌上型时钟时,信长对它的精巧大感惊奇,但最后还是没收。他的原因是,就算摆在身边,最后恐怕也会因故障而不能动。

此人虽然充满好奇心,却没半点物欲。

这就是奥尔冈蒂诺眼中的信长。

不过,要是有人问"信长这个人无欲吗?",奥尔冈蒂诺一定会马上摇头。他到过世界各地,在不分贵贱的芸芸众生中,再也找不到像信长这么有强烈欲望的男人了。

"你好像找我有事是吧。"

观察力敏锐,也是这位外邦王者值得一提的特点。

"是的,是关于京都教堂的事。"

他说完事情的来龙去脉后,信长朗声大笑。

"用不着担心。京都还有其他高大的建筑。如果三层楼不行的话,那五重塔就非拆不可了。要是有人说怕被偷窥,那就在窗外加装个附墙壁的阳台,看不到地面就行了。这是我的裁示。"

奥尔冈蒂诺低头行了一礼。信长的庇护让他无限感激。

"与其谈这种小事,不如来聊聊城堡吧。我正好要在近江筑一座新城,现在正在思考其设计。"

刚才他在看的文件,似乎是日本各地城郭的设计图。

"密探们替我送来各座城堡的平面图,但每个都很无趣。欧洲的城堡想必很坚固吧。"

"如果石造的建材居多,坚固的程度便无与伦比。甚至有利用石墙围起整个市镇的情形。"

"石头是吧……"

"要是以四方形的岩石层层堆叠,再以石灰加以巩固,那么,火枪就不必提了,就连大炮也无法撼动分毫。"

信长伸指轻抚他那修剪整齐的胡须。这时候的信长,看起来就像恶魔一样。

"有意思。你画得出来吗?"

"在下试试。只是不知道大人看了是否会满意。"

奥尔冈蒂诺一开始不知该画哪座城才好,但他决定先画故乡威尼斯的总督府。就算是凭借模糊的记忆也画得出来。这并非为战争而建造的城堡,而是共和国的总督府,它采用左右对称的哥德式建筑风格。就像一只振翅的大鸟,中央与两侧都有大型建筑。他迅速画好让信长欣赏,信长默默注视了半晌。

"原来还有这种样式。还有其他的吗?"

奥尔冈蒂诺想到佛罗伦萨的碧提宫和旧宫,还有罗马的圣天使堡,但后来仔细一想,它们都是立方体或圆筒形的叠石建筑,画起来没什么意思。

"这您看怎样?"

他画的是天主教的总部圣彼得大教堂。这座巨大的建筑早在奥尔冈蒂诺出生前一百年便已开始施工,但至今仍未完工,之前他在罗马时,才只盖好墙壁而已。设计者多纳托·伯拉孟特的原案,他抄画过许多遍,所以记忆深刻。

伯拉孟特是一位对几何学神秘力量深感着迷的建筑家,对于大教堂的设计,他巧妙地以方形和圆形互相组合。特别是那靠十六根柱子支撑的中央圆顶,如果完成,想必一定很出色。

"这个圆形的屋顶,看起来像太阳。"

"如果神的圣光显现在地上,看起来一定就像这样。"

信长动也不动,静静朝那幅画凝望良久。

十一

信长率领马回众来到安土,是二月二十三日的事。观音寺山上的山樱已全部盛开,草木开始萌芽的原野上,白蝶、黄蝶翩然飞舞。

一月中旬,信长于岐阜发布要在安土筑城的号令。这是为了向天下昭告筑城一事,以方便调度人力和物资的公开宣告。

在筑城总奉行丹羽长秀的引领下,信长检视山上的临时宅邸,在居所里坐下,侧身倚着靠肘几。全新的榻榻米,散发宜人的芳香。

纸门敞开的廊外,可以望见山下的风景。众多长屋的木板屋顶整齐罗列,还看得见施工中的木骨架。乘着春风,隐隐传来远方的木槌声。

"赶在樱花绽放前完工,做得好。飞驒的桧木果然是芳香扑鼻啊。"

信长马上将侘茶①之祖村田珠光的茶碗赐予丹羽长秀,作为他监造临时宅邸的奖赏。这是名贵之物,如果换成现金,价值数万

---

① 茶道的一种样式。

贯。又右卫门获赠金扇一把。伏身拜倒的又右卫门抬头时，信长的声音突然倾注而下。

"关于天守。"

"在下洗耳恭听。"

"我有些想法。"

"请尽管吩咐。"

"就采南蛮式风格吧。"

又右卫门低语似的，反复思量信长说的话。

"南蛮式……是吗？"

"没错。安土的天守采南蛮式风格。"

丹羽长秀与木村次郎左卫门互望了一眼。眉头紧锁。信长这番话，两人听起来都觉得古怪。

"据耶稣会教士所言，在他们的国家，城堡都是用石头堆叠而成。如果采石造建筑，就算火枪、大炮也不受影响，更不必担心失火。这座山要以石材筑城。"

"石……"

又右卫门就像头部挨了一拳似的，大为震惊。如果是木材，不论再古怪的要求，他都已做好心理准备。然而，他从未以石材盖过任何建筑。需要手艺何等精巧的石匠，才能以石材建造宅邸呢？

"天守也要采石造吗？"

信长的表情变得严肃。

"这样你办得到吗？"

"这项工作很艰巨。"

"如果我命你无论如何也得建造呢？"

又右卫门紧闭双眼，脑中浮现石材。到底要如何加工，如何堆叠呢？他不认为这样能盖得好……微微摇头。

"我切腹谢罪吧。"

信长舒颜展眉，朗声大笑。

"你要是切腹，我可就头疼了。天守就采木造吧。不过，四周要叠起石墙，高度要足以覆盖整座山，而且要叠得牢固。西尾，你担任石奉行。"

西尾小左卫门义次是从尾张便一直跟随至今的旧臣，在美浓有五千石的俸禄，他是个绝顶聪明的男子，不会做无意义的事。如果西尾担任石奉行，又右卫门会比较好办事。

信长还下令，为了修造石墙，要从坂本的穴太以及近江召募石匠，并尽可能召集大批服役的农民前来。

"这是很重要的天守。"

信长定睛注视着又右卫门。他的目光不带一丝混浊，唇须硬直。

"听说在南蛮，会以石墙包围整座城市。其中最高的建筑是天主堂，亦即天主降临的高楼。镇民会跪地向庄严的天主堂祈祷。好一幅绝佳的光景。"

"天主[①]……是吗？"

"没错。后来我也想了很多。虽然一样是高可参天，但不可以

[①] 日本的天主、天守，读音相同，意思也相同。天主的称呼，是织田信长在岐阜建城时所命名。

盖成望楼。要建造一座秀丽的天主堂,让人抬头一看,就忍不住双手合十。你好好构思设计吧。"

又右卫门感到喉咙干渴。口中分泌不出唾液。

"属下惶恐,南蛮的天主堂是什么样的建筑,属下一无所知。主君提到南蛮式风格,可是……"

又右卫门的背后冷汗直流。之前信长一再开出强人所难的要求,但"南蛮式"这种离谱的要求,当真是前所未闻。不管又右卫门再怎么绞尽脑汁,还是想不出南蛮式的设计。

信长从春意盎然的窄袖便服怀中,取出一张折好的纸。一名小姓①膝行向前接过,递交给又右卫门。

打开一看,是以笔墨画成的建筑图案。没有屋檐的巨大建筑上,设有半圆形屋顶的望楼。

"这是我叫一位前来岐阜的耶稣会教士所画。听说是天主教的总部。"

又右卫门一颗心扑通直跳,耳内不断敲鼓。虽然古怪至极,却又深感有趣,为之天旋地转。

"那是石造建筑,从一百年前就已这样建造。"

又右卫门感到呼吸困难。用木材盖得出这般奇妙的建筑吗?不过,要是在山上建造这么奇特的天主,想必全日本都会大感惊诧吧。如果可以,真希望能建造看看。又右卫门紧盯着那张图看,眼珠都快掉出来了。

---

①职务名,在贵人身旁服侍,处理杂务,大多为少年。

"一定要装设屋檐。如果没有屋檐,下雨可就麻烦了。"

"无妨。我明白石造的建筑无法完全用木材来取代。只要加入这种南蛮的风格即可。"

"属下明白了。属下会在这座山顶上,建造一座足以刮起南蛮旋风的天主。"

信长满意地颔首,宽阔的前额显得无比亮泽。

"还有一件事。"

"请吩咐。"

"天主望楼内,要打造成馆邸的样式。办得到吗?"

"馆邸的样式是吗……"

"没错。我要以天主望楼当居所。"

信长说得简单,但事实上,这事难度颇高。

如果只是一般的望楼,不必铺设天花板,细部的施工和装饰也不必过于讲究。倘若天守是作为军事上的瞭望高楼,这样就已足够。

但如果城主要在此居住,那可就另当别论了。装饰的美丽程度不可等同而语,这不用说也知道,此外还会衍生更复杂的问题。

假使充当城主的居所,建筑的外与内,亦即作为对外公开场所的区域,与作为日常生活内部场所的区域,必须有明确的区分。来访者造访的场所,与信长的日常生活空间,两者势必要有清楚的区隔。

此外还得具有望楼的功能,所以来访者必须只能通过对外公开的房间,登上最顶层的望楼。这样更增加了空间配置的难度。

信长的声音再度展开强烈的追击。

"南蛮的天主堂,据说内部有像佛殿般广大的大厅,天花板离地数十米高,宽敞雄伟。我希望安土也能盖出挑高天花板的大厅。从一楼到四楼,一概没有地板和天花板,做成挑空的设计。"

又右卫门反复思忖这番话。虽是个异想天开的点子,但让人很感兴趣。身为工头的他跃跃欲试。

他在脑中描绘天主中央挑空的构造,建筑的平面图在他眼中呈现。似乎也不是完全不可能。

但他旋即摇头。这当中有个致命的缺陷。

"主君,要打造南蛮式馆邸一事姑且不谈,关于挑高天花板的大厅,属下希望您能再重新考虑。"

"办不到是吗?奈良不是有高达近四十六米的大佛殿吗?难道奈良的工匠办得到,热田的工匠就没这个能耐?"

又右卫门使劲地摇头。看得出他血气直冲脑门。

"大佛殿算是平房建筑。只要有上百根粗大的屋柱支撑屋顶,内部就能建造出宽敞的大空间。但安土的天主,外面的屋顶有五层,内部则为七层,像这种望楼情况完全不同。主君您对此并不了解。"

他不自觉地流露出粗鲁的口吻,但信长只是微微一笑。

"这还是第一次听又右卫门说丧气话呢。"

"这不是丧气话。身为一名木工,属下只是坦白说自己办不到罢了。况且,如果要建造挑高天花板的挑空式大厅……"

他正想说明重要部分时,信长打断他的话。

"你就好好努力吧。投入血汗,绞尽脑汁去构思。一千年前的奈良工匠,还不是建造出华丽的五重塔。你要好好让世人见识热田木匠的本事。"

"主君……"

"何事?"

"您若是将五重塔和望楼相提并论,属下实在很为难。"

"说来听听。"

"五重塔是笔直地立起高大的屋柱,然后在上头架设屋顶、地板、墙壁。虽然能登上塔顶,却无法住人。主君若想在望楼居住,地板势必得造得牢固才行,这一切都会化为重量,加诸底下的屋柱。您说要建造出挑空的大厅,这实在是有违常识。属下只能说一句无能为力。"

信长脸色为之一沉。现场鸦雀无声。

"你们要全力以赴!"

信长站起身,转身走进屋内。小姓急忙跟随在后,全新的桧木走廊响起他们的脚步声。

"爹,今天的情况不太妙对吧?"

以俊白天时,在信长居所外的庭院白沙处,细听信长与父亲的交谈。

"什么不妙?"

又右卫门将筷子搁在餐盘旁,以漆碗喝着白开水。油灯的火焰,因满含春色的微风而摇曳。

"你不是顶撞主君吗?"

"蠢材。我那听起来像是顶撞吗？"

"难道不是吗？"

"办不到的事，就是办不到。我只是直说而已。身为工头，这是理所当然的事。"

"爹。"

又右卫门望着灯火，没有答话。一只硕大的飞蛾扑向灯火，羽翅就此烧伤。

"我们是织田家的木匠。而爹你是木匠的总工头。"

"那又怎样？"

"身为总工头的你，听完主君的意见，竟然说一句办不到，这是什么意思？你不是常对我说，如果要说办不到，就要有切腹自尽的准备吗？难道你打算切腹？"

"我不会切腹。"

"那么，你打算卸下总工头的职务吗？"

"不会。"

"那……"

"以俊。"

"什么事？"

"要是有人命你建造一百层楼高的望楼，你会怎么回答？"

"这不可能吧。没人会提出这样的要求。"

"要是有人这样说，你会怎么回答？"

"我只能说一句办不到，加以拒绝。"

"有些工程，只要木匠多加把劲，就能完成；有些则是万万碰不得。七层高的望楼,再加上挑空的大厅,你不妨盖盖看,结构会过于松散,甚至有可能会倒塌,闹出人命来。"

"这就和制作一口大箱子一样。可能没有想象中那么脆弱。"

"的确,它或许没那么脆弱,盖好马上就倒塌。但在其他方面,它有致命的缺陷。它的强弱本身就是个问题,但最重要的是,如果建造出挑高四层的大厅,那将会……"

又右卫门为之语塞。他脸上的表情透露,他不愿意对建造天主一事说出不吉利的话。

"总之,办不到的事,就是办不到,要清楚地拒绝,这也算是木匠的工作。"

"好含糊的说法。不过,又不是要盖上百层的望楼。不过是在七层的望楼里,造一个挑空的大厅罢了。不至于办不到吧。"

又右卫门摇头,双唇紧抿,嘴角下垂。

打从很久以前,我就一直受这个顽固老头的气。

以俊今天已不打算默不作声。

"爹!"

又右卫门的嘴角又下垂了几分。

"请让我去京都。听说京都正在建造南蛮的寺院。我想向传教士询问关于天主堂的事。不管最后是何种建筑,我们都一定要在安土建造一座谁也没看过的雄伟天主。我想设计出一座与众不同的天主,让主君赞叹。爹,拜托你,让我去京都。"

以俊双手撑地,磕头恳求。

会挨骂吗?

他抬眼偷瞄父亲。难得父亲流露犹豫之色。漫长的沉默,教人喘不过气来。

"你去吧。"

"可以吗?"

"能否造出挑空的大厅姑且不谈,建造南蛮式七层望楼的命令,势必得如实达成才行。你向传教士听取意见,尽可能多画些图回来。"

十二

翌晨,在昏暗的湖面上仍弥漫朝雾之际,以俊启程前往京都。

太阳升起后,初春的近江大路舒爽宜人,即使坐在马背上,仍教人忍不住打起瞌睡来,但以俊却压抑不住内心激昂的情绪。他扬鞭轻抽马臀,急着赶路。

他从粟田口进入洛中。尽管骑的是驮马,但他从安土到京都,只花了两个小时的时间。如果是信长的骏马,应该一个小时就能抵达。

既然这么近,与其在京都和朝廷公卿们同住,还不如住在安土。

以俊再次对信长挑选安土的慧眼感到赞叹。

来到京都市街，他笔直地朝四条坊门姥柳町而去。那里有南蛮寺。他压抑急躁的情绪，向人问路，找寻那处工地。

是那个吗……

他原本期待可以看到巍然耸立的南蛮式天主堂，却遍寻不着。只看到现场架起穷酸的木骨架。似乎正在狭小的占地里，建造一座规模不大的教堂。

看起来像是架上中梁后，突然改变计划，勉强又加上两三层楼，屋柱很不自然地立着。二楼的屋柱并未架设在一楼的屋柱正上方。当中有几尺的偏差。

要说这是好的建造方式，实在有点为难。整体构造不够牢固，而且也很难对它的美观抱持期待。

木匠们敲打着木槌，正在铺设屋顶底板。以俊虽然感到失望，但还是开口朝一旁正在刨木的木匠询问道：

"这里号称是南蛮寺，但没采用南蛮式建筑吗？"

"接下来会稍微让它带有南蛮风格。"

男子是摄津的木匠，据说是达里奥高山领地里的人。兴建这座教堂时，达里奥高山自己入山采买木材。他自己调派人员搬运，还率领锯木众和木匠们施工。据说河内有位名叫乔治弥平的信徒，也带了五十名木匠前来。

以俊前往宿舍拜访。叫门后，一名身穿长摆黑衣的日本人出来应门。

"在下是织田权大纳言右近卫大将麾下的木匠。此次在着手安土山的工程时，主君下令要采用南蛮式风格。诚心希望传教士大人能针对南蛮的城堡或寺院指点一二,因而特地前来访拜。"

以俊缓缓低头鞠躬。

奥尔冈蒂诺用完午餐,开始打起盹来。

在那舒服的梦境中,他的午餐是以鲜红番茄炖煮而成的嫩牛肉和意大利面。桌上摆有散发光芒的红酒。

在这浅浅的午觉梦境中,奥尔冈蒂诺置身在故乡意大利。

吃完丰盛的午餐,他前往街上的广场,那里正好有市集。堆积如山的青椒,红黄皆有,鲜艳夺目。一旁点缀着起司和生火腿,看起来令人垂涎。

"神父、神父。"

他因这声叫唤而回头,眼前是名陌生的年轻人。不知是来自哪个远方的异邦,服装和意大利人截然不同。

"有什么事吗?"

"我想兴建南蛮风格的天主堂。您可以教导我如何建造吗?"

这是一再出现在他梦中的画面。为什么会一再做这个梦,奥尔冈蒂诺自己也不明白。

"天主堂……是指教堂吗?"

"是的。我的国家在很遥远的地方……神父。"

"你来自哪个国家?"

"日本,位在海的另一头……神父。"

奥尔冈蒂诺感觉整个世界就此融化。

"神父……"

他揉着眼睛,发现修道士柯斯美卯吉正在叫唤他。

梦中那名青年已经消失。

对了。这里是日本的京都,位于印度管区的极东之地,从故乡搭船,得花两年的时间才能到达,而他午餐吃的,是没半点味道的白米和些许蔬菜。番茄炖牛肉和红酒,也早已烟消雾散。

不过,一觉醒来,他感觉神清气爽,心中莫名地满足。

"不好意思。我睡着了。"

"抱歉在您休息时打扰。织田大人的家臣前来拜访。对方好像不是武士,是为了建筑的事而来。"

"建筑是吗……"

如果是这座教堂的事,应该已经交涉好了才对,为何又要旧事重提?

"我知道了。一起去看看吧。"

玄关站着一名年轻男子,朴素的上衣,略短的褐色长裤,手和小腿缠着白布。看来他是来自远方。

奥尔冈蒂诺一见他的脸,大为吃惊。

这不就是每次出现在他梦中,而且刚刚才又出现过的那名异国青年吗?

他规矩地坐着,以惊讶的眼神望着奥尔冈蒂诺,他应该是第一次见识欧洲人吧。很坦率的青年,完全没有武士的跋扈,目光中充满年轻人的好奇心。

"我是耶稣会的神父奥尔冈蒂诺。您是信长大人的家臣吗?"

神父刻意说出清楚的日语。

"在下是织田家总工头冈部又右卫门以言的儿子,名叫又兵卫以俊。"

"木匠是吗……木匠是个很棒的工作,主耶稣的父亲也是木匠。请往这边走。"

那一再出现的梦境成真了吗?

奥尔冈蒂诺走在前头,带领以俊来到临时礼堂。虽然空间狭小,但装饰得金光闪闪的祭坛中央,挂着一尊耶稣被钉上十字架的雕像。

"那是主耶稣。"

耶稣像只有腰间缠着一块布,手脚皆被钉子钉在十字架上。青年惊讶地望着雕像。

"神明为什么会被处以磔刑?"

"主耶稣不是神。从无到有,创造天地的造物主,就只有一位。主耶稣是神之子,是真正的人。他从十字架上引导我们。"

青年静静地仰望祭坛。置身此地,感觉全身涌现一股干劲,想吸收一切。

"你想了解欧洲的建筑对吧?"

"是的。主君要在近江筑城。"

"我已听说了。"

"主君吩咐,那座城最高的望楼,要采用南蛮式天主堂的样式。所以我特来拜访,请您赐教。"

奥尔冈蒂诺在岐阜向信长播的种,意外有了硕大的成果,他大为开心。

"这是很棒的构想。其实我也想在这里建造礼堂式的天主堂,但摄津的木匠们说没办法建造。"

"礼堂式的教堂,是什么样子?"

"许多人聚集的集会所。有宽敞的大厅,是天花板挑高的建筑。"

以俊眼睛为之一亮,很感兴趣。

"大概有多高?"

"以日本的高度来说,大约是一二十间(十八至三十六米)……随着建筑的不同,有各种高度。"

"屋柱是如何架设?"

"在两侧排列十几根粗大的石柱。正中央是宽广的中殿,两侧是侧廊。同样都可以坐人。"

"果然是用石头……"

青年颓然垂首。

"怎么了?"

"我们要盖的,是木造的望楼。"

"木头应该也可以吧。只要建筑不是太巨大的话。"

"不,很大。非常巨大。"

"要盖那么巨大的望楼是吗?"

"高达七层。是这个国家过去从来没人盖过的高大望楼,而且主君要在里面居住。"

奥尔冈蒂诺双目圆睁。

之前都是信长在发问,他没多过问。没想到信长竟然想兴建七层楼高的高层建筑。

充满神力的教堂建筑,会赐给人们勇气。

奥尔冈蒂诺从以前便一直这样深信不疑。京都虽然无法建造大型教堂,但若是在近江的安土建造一座高可参天的天主堂建筑,就算那是信长的城堡,人们应该也会对基督教的教义感兴趣吧。这个国家的子民,虽然天性率直、理性,但很容易受事物的外观所迷惑,对他们而言,这肯定是很有效的传教手法。

"我让你看一件好东西。"

奥尔冈蒂诺取来一份收在神父室橱柜里的纸夹。解开红色的缎带后,摆在青年面前,催促他打开。

两块木板中间夹着纸张。是他从故乡威尼斯共和国前往罗马的旅途中,以炭笔对各地的教堂所做的素描。博洛尼亚、帕尔马、米兰、比萨、佛罗伦萨、锡耶纳……他明白每个城市都是初次造访,同时也是一生仅只一次的造访。

我也想在日本建造大教堂。

奥尔冈蒂诺不论去到哪个城市,都抱持这个念头,运持他手中的素描炭笔。

第一张画的是比萨大教堂。

巨大建筑的屋顶上,设有八角堂,再上面则是装设圆顶。上头立着十字架。

眼前这名青年,全身僵直,望着图画出神。

奥尔冈蒂诺很担心他是否会口吐白沫,就此昏厥。因为他全身微微颤动,看得无比专注。

倘若带他到罗马或威尼斯去,让他见识壮丽的教堂建筑,不知道他会有多震惊。光这样想象,奥尔冈蒂诺便觉得很开心。

"这是……"

"是比萨大教堂。这沉稳的大屋顶和圆顶的搭配很美,对吧?"

青年似乎连眨眼都舍不得,紧盯着那张素描画。如果放着他不管,也许他会接连凝望数日,就此化为石像。

"这是南蛮式建筑吗?"

"南蛮式并非只有一种。欧洲有许多国家,有漫长的历史。他们留下各式各样的建筑。例如……"

奥尔冈蒂诺翻了几张素描画。

"这张就完全不同了。"

他接着出示另一张锡耶纳大教堂的画。

建筑正面强调出直指天际的尖塔,但不像法国哥特式建筑那么夸张。垂直与水平拿捏得很均衡,给人沉稳之感。

屋脊最深处,上面同样架着圆顶,一旁矗立着四角高塔。这是熙笃会的建筑师所设计的大教堂。

"这位建筑师建造出如此美丽的教堂,上了天国后,想必还是可以一样趾高气昂。"

"这里是大门吗?"

山墙正面的入口处,有三扇大门并列。

"是的。比起日本巨大的寺门,有过之而无不及。墙上有许多圣人或动物的雕刻,相当迷人。"

青年双手撑地,紧盯着那幅画,额头就快要贴上去了,接连问了好几个问题。屋柱是支撑哪个地方？横梁怎么摆？天花板怎么造？地板怎么铺？窗户如何装设？屋顶是用什么做的？石头是如何堆叠？工程用了多少人力？花了多少时间……

奥尔冈蒂诺尽可能给予正确的解答。

"这也是我很喜欢的教堂。你看，圆顶很大吧。"

这是佛罗伦萨的圣母百花圣殿。这座教堂有一段故事，它于一二九六年施工，工程进度缓慢，一四一八年时，因为要架设空前绝后的大型圆顶，不懂得该如何施工，于是召开比赛，广为召募。

"之所以采用八边形的屋顶，是因为这样非常牢固。"

"八边形很牢固吗？"

"是的，非常牢固。"

这句话似乎深深刻画进青年的脑中。

"我很喜欢这座教堂的屋顶。它是红色的。"

"红色屋顶？"

"是的。红色屋顶多的是。如果屋顶呈红色，即使从远处看一样很清楚。一看就知道那里有神的救赎。"

青年一再用力点头。

青年花了整整两天的时间，仔细将那些素描画重画一份。青年的笔力蕴含刚劲的力道，与他温和的容貌给人的印象截然不同。

针对构造所做的细节提问，他全都写在记事本上。不清楚的部分，他请奥尔冈蒂诺亲笔画出。在真正通晓前，一再反复询问，以此准确掌握建筑重点。

支撑拱形大屋顶的弓状肋拱,与从建筑两旁支撑的飞扶壁构造,奥尔冈蒂诺在进行解说时,他忍不住拍手叫好。因为这名青年对于分散建筑负重的方法,展现出过人的理解力。像他这么聪明的青年,肯定能建造出一座亮眼的天主堂。

离开教会那天,青年跨上瘦马,一再回身向他点头道谢的模样,令奥尔冈蒂诺永难遗忘。

十三

近江原野之上,冉冉升起一股蒸腾热气。樱花凋零飞舞,来到枝叶繁茂的季节。小河岸旁的树丛,散发出熏人的青草闷气。

安土山已伐去所有树木,暴露出褐色地表。

三月中旬的某个清晨,筑城相关人员全聚在山下刚建好的总奉行丹羽长秀的宅邸里。每个人脸上皆显得紧绷。

"接下来就要开始围绳圈地了。"

"没错。接下来施工将会像打仗一样。"

面对又右卫门的招呼,丹羽长秀如此应道。丹羽显现出平时难得一见的紧张表情。

庭园里搭了一座小屋,在长两米、宽一米半的木板上,架有以泥土捏成的安土山模型。看起来像是庭园式盆景,其实是仿照丹羽长秀麾下的武士们所测量的结果,从山脊到山谷,全都精密地缩小为千分之一的模型。

信长率领小姓抵达。面对众人的问安,他似乎连回应都嫌麻烦,直接注视着那个模型。

"安土山南北长十五丁(约一千六百三十五米)、东西宽八丁半(约九百二十六米)、高度正好一丁(约一百零九米)。"

丹羽长秀向信长说明。这是由手持绳索的男子们,绕着山奔跑来进行测量。山的高度是一面以测锤确认其是否垂直,一面求出其仰角,再配合水平距离加以计算得来。

将自己当成飞鸟或是雷神来俯瞰安土山,它看起来就像一个歪斜的葫芦。从南方的山顶部位起,四座主峰分别向东北、西北、东南、西南延伸,山脚下是开阔的原野。

不同于这些主峰,独自往北方延伸而去的山脊,在半途变得宽阔,一面往西偏移,一面朝湖水的方向挺出。山端的岬角突尖犹如葫芦的尖嘴。

自从二月底抵达安土后,信长每天从日出到日没,都不断在山里四处行走。有时还会攀登附近的观音寺山,终日朝安土山凝望良久。

又右卫门与丹羽长秀、普请①奉行木村次郎左卫门、石奉行西尾小左卫门等人,一同跟在信长身后。穿着鹿皮长裤的信长,脚程比谁都快。

---

①建筑、修造等工程。

"走了这么多路,我愈看愈中意这座山。它将会成为一座出色的城堡。"

信长大悦,就此结束山地勘查。

此刻信长手里拿着抹刀,凝望着真正的安土山。他背后不断有力量满溢而出。

信长重新面向那座模型。围绳圈地的构想,似乎清楚地化为图画,浮现他脑中,他就像个熟练的佛像师傅在雕塑佛像般,手持抹刀利落地抹除模型上的黏土。信长抹除的部分,苦力们将会铲平真正的安土山,在上面建造城郭。

信长全神贯注地挥动抹刀。他抹去山峰,凝望了一会儿,用抹除的黏土填平山谷。

过了约半个时辰,信长这才满意地搁下抹刀。

原本只是一座普通的黏土假山,就此化身成为一座城堡。它将转画为数张图画,作为围绳圈地时的参考。

"除此之外,就不必围绳了。"

经他这么一说,大家都看得很明白。要将安土山建造成南蛮式的城堡,只能按照信长抹除的方式来建造。整座山将就此成为一座完美的城堡。

信长将山顶的城郭周围,削成近乎垂直的峭壁。并在模型上立起用毛笔写下天主、主城、二重城郭的木牌。

"重要处全都要堆起牢固的高大石墙。如果堆成十八米高,想必很壮观。"

又右卫门伸舌舐唇。那肯定是很惊人的光景。

安土山中央最高处为天主台，其南侧配置有主城、二重城郭、三重城郭。二重城郭昔日是堡垒的看守屋所在地，如今已建造成临时宅邸，信长都在此起居。信长的意思是要在这些地方周围全都以高墙包围。

"除此之外，山的主要部分全都要堆起石墙。不惜动用大量人力。"

又右卫门朝南方正面蹲下，凝望模型。从低处往上看，只看得到垂直的峭壁。安土山将成为一座有巨大石壁阻挡，牢不可破的要塞。

他抬眼仰望真正的安土山。想象有一座石墙与它重叠，"固若金汤"这句话，以充满震撼力的现实感朝他直逼而来。又右卫门因兴奋而颤抖。这里将建造一座南蛮式的石造城堡。

"在主城的北边建造厨房、马厩、火药库。底下的山谷是后门通道。在湖边建造停船的港湾。"

信长马鞭所指的东北方山谷，有个小小的城郭呈楼梯状，宛如梯田一般。他要在那里建造仓库，贮存物资。

信长接着指向南方山谷。在山谷中央造一条直线斜坡，可能是当作正门大路。两侧宽广的城郭，呈阶梯状相连。他下令在那里建造重臣或亲信们的宅邸。

"山谷中央要填平，开通一条宽五米的正门大路。"

"为了让人可以走直路上山是吗？"

丹羽长秀问。

"没错。"

信长简短地回答。

模型上的正门大路，从南端的护城河直登安土山。来到接近山顶处左转，接着是大幅度右转，最后又往左转，这才抵达主城。

"这样不是防御性不佳吗？"

石奉行西尾小左卫门插话道。

通往主城的路，刻意建造成弯弯曲曲的窄路，是惯用的筑城方式。为了让前来攻打的敌人无法一次成群涌进城内，好加以个别击破。此时信长的构想，却完全否定这套常识。

"这样就够了。到山顶只要设三处弯道，这样就足够防御。"

"可是，这种筑城方式不合常规啊……"

建造宽五米的正门大路，就像是在敞开大门欢迎敌人一样。

"这是供天皇通行的大道，不可以太过弯曲。"

"天皇……您刚才提到天皇是吗？"

在发出惊呼的众人当中，叫得最大声的，就属冈部又右卫门了。

"主城里，要为天皇造一处清凉殿。内部隔间要和皇宫一样。"

信长宽阔的前额，发出高傲的亮光。又右卫门使劲往膝盖一拍。

"难怪主君会说要把天主盖成居所。属下原本还在想，如果居所就是天主，那么，主城要用来做什么呢，这下属下终于明白了。"

郁积又右卫门心中多日的疑问，终于就此冰释。他万万没想到，信长竟然打算将天皇迎进这座城里。信长的想法，总是非凡夫俗子所能参透。

信长住在城内位置最高的天主里,然后迎天皇进住主城。筑城是为了将信长君临天下的构想直接付诸形式。又右卫门对信长如此鲜明的构想深感佩服。唯有城主宏大的构想开花结果,城堡才拥有生命,屹立不摇。

"如果是作为恭迎天皇前来的清凉殿,前来攻打的人,也会为之踌躇吧。不过,那个老头肯驾临此地吗?"

对于信长的突发奇想,丹羽长秀的眼中略带疑惑之色。

"如果天皇不肯来,就带诚仁亲王来。只要这里有清凉殿,这里就是皇宫。山脚的正门,只供天皇或亲王使用。在两旁设置马和船用的虎口①,我从那里进出。施工所需的物资在搬运时,另辟一条道路就行了。"

信长态度坚决地说道,脸上满是自负之色,仿佛天下完全运之掌中。这里堪称是号令一切的天下第一城。

信长的马鞭指向真正的安土山。

"我从耸立在那儿的天主发号施令,天皇只要在底下吟歌作对、踢球玩乐就行了。这才是今后天下应有的模样。"

信长的话语,听起来无比响亮,犹如上天的神谕。众奉行们怔怔地仰望安土山。

---

①城郭或阵营最重要的出入口。

十四

众人遵照模型所示,在安土山上围绳圈地。

织田军团的步卒和服杂役的农民们,多达一万人以上,全群聚山上。他们打着赤膊,挥动锄子和圆锹,遵照围绳的范围,将斜坡铲平,往地下挖土。泥土用畚箕、扁担运走,用来填平山谷。掘起的泥土,被晚春的艳阳晒干后,化为尘埃,漫天飞扬。

"从山下仰望,满坑满谷的人聚在这里,就像蚂蚁一样。"

以俊的喃喃低语,又右卫门全听在耳里。

"你别管那么多,快点去盖你的长屋吧。步卒和农民们全挤在狭小的屋子里,很不方便呢。"

"我也很卖力啊。要是我更拼命的话,保准会没命的。"

"这种话,等你死过上万遍之后再说吧。"

又右卫门瞪了他一眼,以俊这才回去工作。

如果我们是蚂蚁的话,主君就是蚁王吗?

又右卫门突然被这种错觉所惑。每天望着山的外貌改变,让他感受到自己的渺小。

信长从山下的丹羽宅邸持望远镜观看,不时会督促施工。

要是有什么不满的地方,他会暗啐一声,直接跨马朝山上直奔而来。唤来丹羽长秀与西尾小左卫门,具体指示须更改之处。倘若没看到丹羽或西尾,他便直接向苦力工头下达命令。

铲除的泥土,全用来填平南方的山谷。要在这里盖一条宽敞的正门大路。

多余的泥土则是运下山填湖。填平的土地,赐给家臣们盖宅邸。

天主台和主城附近的铲土工程,转眼便已完成。

检视完工情形的又右卫门,被近江穴太的石匠工头户波骏河守清兵卫唤住。

"可以举行锹初①仪式吗?"

户波说,他是第一次为织田家工作,所以不清楚这里的规矩。

户波那张黝黑的脸,眉头深锁,就像嘴里始终嚼着什么苦涩之物般。只要指挥一大群人从事大型工程,总会露出这样的神情。又右卫门心想,我自己恐怕也是这样的表情吧。

"可以啊。为什么这样问?"

"因为主君放火烧比叡山,我担心他是不是厌恶神佛。"

"主君不是厌恶神佛。他厌恶的是那些假借神佛之名,贪取俗世财富的臭和尚。我当初会在主君麾下效力,也是因为主君在出兵桶狭间之前,来热田神宫祈求战胜,才就此结缘。"

"这样啊。我原本担心,要是主君厌恶神佛的话,恐怕就不能举办仪式祭拜了。"

---

① 农家于正月十一日或其他吉日,在田里下锄,供奉白米,祈求丰收。

户波率领穴太上百名石匠。他们分别在各处工地指挥步卒和农民堆叠石墙。石匠不只来自穴太,有些也来自附近的马渊和秦庄。搬运石块的杂役,除了来自五畿外,也从美浓、尾张、三河、伊势、若狭、越前调派人手。人员的统率,是由泷川一益、羽柴秀吉[①]、柴田胜家等武将负责,但技术层面的统筹,则是全由户波一肩扛下。

"一开始若不先祭祀土地之神,很难对工程做个清楚的区隔。这样在叠石块时,会使不出劲。"

"主君身旁有阴阳师在,既然这样,我代你去向他求情吧。"

"您肯帮这个忙,那就太感激了。"

信长听取户波清兵卫的要求,下令挑选吉日隆重举办仪式,祭祀土地之神。

四月一日当天一早,笛声、鼓声喧天,酒宴款待。此时正值初夏的艳阳天,充满庆典气氛,热闹非凡。

信长穿着一件以七彩丝线在红呢绒上绣出世界地图,绚烂缤纷的战甲披肩现身。他持鼓棒击鼓,开心地奏乐,步卒和苦力们热闹地闻乐起舞。

信长麾下的阴阳师伊束法师开始卜卦。这名样貌超凡脱俗的老者,身穿水干[②],头戴乌帽子,但正因为是信长的手下,所以没半点装神弄鬼的味道,感觉犹如从仙界下凡游戏人间的仙人。

在信长及众奉行的注视下,伊束法师拿起一把竹签,先抽一根

---

① 日后的丰臣秀吉。
② 从平安时代流传下来的男子服装。

摆在祭坛上。接着将剩下的竹签分成两边,表情严肃地分持于左右两手。结束这一连串的动作后,他立起一根祭神币帛,朝地面形成的结界写下阴阳。

"出现火天大有的卦象。此乃升至中天的红轮,泽被万物,代表丰年丰收。"

"太好了。"

出现吉卦,信长也不禁神色大悦。

"易经上写道,火在天上,大有。君子以遏恶扬善,顺应天命。此乃凡事一帆风顺之卦,天地万物皆站在主君这边。"

太好了,这座城一定能成为君临天下的主城。众奉行你一言我一语地献上祝贺。

只有又右卫门面露败兴之色。信长这样的人物,竟然会对这种怎么看都像是阿谀奉承的占卜感到乐不可支,实在不是一种好现象。

"不过,"伊束法师的声音,打断现场的嘈杂,"天上之火早晚会倾落,没落的时刻终将会来临。失败往往潜藏在盛运中。此事切记勿忘。"

信长将下颌往内收。尽管出现吉卦,仍不忘加以告诫,又右卫门对这位法师产生好感。

"我会铭记在心。的确,高傲是自我毁灭之根源。"

信长这番话听在又右卫门耳中,莫名觉得印象深刻。他思考个中缘由,但苦思不得其解。

伊束法师开始在天主台底下施法。他挑选今日的吉方,决定好位置,昨天已事先做好各项准备。峭直的天主台底下,平放着一块基石。之前已先掘出一个浅坑。设好祭坛,五根币帛横向排成一列立起。每根币帛都供有松枝、神酒、五色饼。

伊束法师一面焚火,一面念咒。

为了迎接这天到来,户波清兵卫接连三天斋戒沐浴。苦力们停止作乐跳舞,远远包围着祭坛。

"元柱固真,八隅八气,五阳五神,阳道二冲严神,攘除害气,镇护四柱神,五神开衢,驱逐恶鬼,奇动灵光冲彻四隅,元柱固真,求得安镇,以此祈求五阳灵神。"

法师陆续将护符丢入炽盛的烈火中。一万多名男女,低头膜拜火焰。熊熊烈火净化一切罪障。

就在火焰往上蹿升之际,突然传来一阵轰然巨响。

烈焰中出现一道白光,直奔天际。

天地为之震撼。

连安土山都为之震动的强烈冲击。

着火的木头和土块四处飞散,掉落。步卒和苦力们为之哗然。法师被爆风震飞,跌了一跤。

站在远处看台上的信长站起身。小姓与马回们立刻包围看台四周,展开警戒。

又右卫门环视四周。虽然爆炸声惊人,但只有爆风朝天际喷飞。苦力们惊呼逃窜,但没看到任何人受伤流血。

这是忍者在虚张声势。

他早已看穿真相。

"是敌袭！提高警觉！"

"守好四周。"

马回武士们大呼小叫。

应该怎么办才好？

又右卫门担心该如何收拾这场残局。就算这只是虚张声势的地雷火，但苦力们已大受震撼。再这样下去，不祥的气氛会像诅咒般，在安土山盘旋不去。

又右卫门绕过一旁，冲上天主台，使足丹田的力气放声大喊。

"天祝我也，是火天啊。安土山是值得贺喜的火天之城啊。"

像小蜘蛛般四处逃散的步卒和苦力们，纷纷抬头仰望头顶上方的又右卫门，被他的大嗓门给吓了一跳。

"又右卫门，你说什么？"

信长大喊。

"主君，可喜可贺啊。刚才东西南北四神相应，原本盘踞山中的妖魔已经退散。阴阳师大人的占卜说得一点都没错，当真是大火往天上蹿升啊。"

"恶灵降伏之兆是吧。"

信长以响亮的嗓音朗声道。又右卫门心想，如此响亮的声音，确实有一统天下的大将风范。

"因为阴阳师大人的法力灵验，恶灵已就此退散。北玄武、东青龙、南朱雀、西白虎，四神合力驱逐妖魔。如此一来，安土山便可长保太平安乐。往后万世万代，火天大有，此城将无限繁荣。"

"可喜可贺、可喜可贺。"

"喂,快打鼓,吹笛!"

又右卫门叫道。

这时候得靠气势。

不管怎样,今后一定还会有人从中作梗。如果这么点小事就大惊小怪,根本无法担任筑城总工头。我要以气势来指挥众人。

我最引以为傲的,就是像野猪般的气势。

如果单就凿子或刨子的技术来说,应该有比又右卫门更熟练的工头。但如果是单就管束手下的气势来说,他自认无人能出其右。这肯定是天下第一的自豪。

鼓声、笛声作响,步卒和农民们开始乱舞。

"可喜可贺,是火天,火天之城。安土山是火天之城!"

"恶灵降伏万万岁!安土之城万万岁!"

众人如此叫唤。陆续端出许多酒瓮,酒勺此起彼落。

又右卫门走下天主台,朝失神的伊束法师背后大喝一声。虽然他的额头因爆风而负伤,但只是轻伤。

"快替这场地镇祭收尾。要大声一点。"

伊束法师双目圆睁,开始以沉稳的声音诵念咒文。

用这种小手段来阻挠,根本不值一哂。愈是历经千辛万苦,城堡愈是牢固。

又右卫门使足丹田之力,和伊束法师一起诵念。不论发生何事,我都要让这座城朝天际耸立。又右卫门这股坚定的意志不断涌现。

人在二重城郭里的信长,脸色铁青。

"昨天真的没任何异状吗？"

"只是挖了个浅坑，立起竹子，造出结界而已。准备工作进行得很顺利。"

阴阳师伊束法师一脸不悦，歪着嘴角说道。点火的浅坑，以分别代表木火土金水的蓝、红、黄、白、黑五色沙砾填平。表面上看起处理妥当，其实当中潜藏着不少问题。

"看来是有人半夜潜入，在浅坑里装设地雷火。虽然晚上已派人在要处站哨……"

满腔怒火的信长，打断总奉行丹羽长秀的解释。

"蠢材！惹出这么大的风波，那群忍者肯定设想相当周到。不能再有疏忽。"

丹羽长秀伏身拜倒。如此严重的疏忽，足以令他总奉行的地位不保，没有他辩解的余地。

"好在又右卫门发挥机智，才平息这场风波，不过，要严加追查这群忍者。"

"属下明白。"

"现在步卒和农民共有几人？"

"步卒七千人、服杂役的农民苦力四千人。今后还会再增加。"

"有这么多人，就算当中混进二三十名奸细也不足为奇。要不分昼夜，增派卫兵警戒。于要处设置栅栏，严格监视人员进出。"

"在追查忍者的事情上，也要多投注人力。如果不是一查获就斩首，他们肯定会得寸进尺，再度引发风波。"

"这是当然。服杂役的农民全都重新调查身份。木匠、石匠也都要彻底调查。主城、天主的施工,绝不能有任何差池。又右卫门、户波,你们要多加留神。"

"属下明白。"

总工头又右卫门是工匠方面的最高负责人。不只是冈部一门的木匠。来自各地的工匠也即将往这里聚集。又右卫门势必得全盘统筹监督不可。这是项沉重的工作,同时也是总工头肩负的重责大任。

"此事尽管交由属下负责。属下另有一事相求。"

有件事他已考虑多时。虽然现在开口,时机极不恰当,但他还是非说不可。

"说吧。"

"在下想赶紧前往找寻桧木。"

"要去飞驒是吗?"

"飞驒桧木是极品,用来充当主城的建材,无从挑剔。但要建造七层高的天主,需要天下第一的桧木。"

"哪里生产这种桧木?"

"木曾上松。"

一听"木曾"这两个字,现场众人目光全往又右卫门身上汇聚。

他疯了吗……

众人脸上皆是这种表情。木曾谷就归属来说,算是美浓国,但事实上,它在信浓国内,为武田胜赖的领地。

信长一脸惊讶地望着他,哈哈大笑。

"这种时候,真亏你能提出这种要求。有意思,那你就去吧。"

对占有木曾的木曾义昌，信长老早便已用尽各种策略。虽是敌国，但那里仍有取得桧木的一线希望。

位于美浓与信浓国界的岩村城，去年被信长的长子信忠攻陷。如今岩村城有织田的将士把守，位居前线的木曾义昌，此刻应该正为自己的归向伤透脑筋。

之前派往武田的间谍回报，武田胜赖命木曾义昌送十万根桧木当税金。为了修筑分散于信浓、诹访、甲斐各地的堡垒，以防织田军来袭。

据报，义昌拒绝胜赖的要求。木曾如今危在旦夕。

"带我的书信过去。"

信长未传唤笔官，直接亲自执笔，写信给木曾义昌，信中保证会赐他超乎应有的报酬。又右卫门找寻的桧木，还具有桧木以外的其他含意。

十五

又右卫门将油纸包覆的书信收在腹带中，只身前往木曾。

位于国境处的妻笼城，目前由伊那的松尾军把守。又右卫门要在小心不被人发现的情况下进入深山，行经山峰的残雪，前往木曾。山上全是桧木森林，又右卫门不时驻足拍打桧木树干。那细致的触感令他相当满意,就此加快脚步。

最后,他终于在福岛的宅邸与木曾谷的领袖义昌会面。

又右卫门身穿褐色礼裤,腰间佩带长短刀,以信长使者之姿,展现威仪。他没道出自己木匠的身份,所以木曾家以武士之礼相待。就容貌给人的印象,又右卫门比一般的武将还要沉稳,宛如一位身经百战的猛将。

看完书信后,义昌伸手朝下巴摩挲了半晌,沉声低语道:

"要送我黄金是吧……"

对义昌来说,这是个意外的交易。武田胜赖要求的十万根桧木,是没有报酬的税金,负担相当沉重。

相对的,信长则承诺会支付他黄金。

"吾承诺以名桧应得之黄金相赠。"

信长白纸黑字写得清清楚楚,就好似甜蜜的诱惑。

此事不可能瞒着不让武田知道,一旦大量的圆木流入木曾川,妻笼城的松尾军马上便会察知。贩售桧木给信长,此举无疑是背叛武田家。

"真的只需要五百根桧木就好?"

"这样的数量便已足够。不过,希望是上好的材质。"

"如果只需要这个数目的话……"

趁夜间一根一根暗中运送的话,也许不会被妻笼的松尾军发现。或者可以说这是要捐赠给京都的寺院,以此搪塞。就利益方面来看,此举算是给势如破竹的织田卖个人情,同时还有两千枚金币可拿。木曾义昌深深被信长提出的要求所打动。

义昌在心里的天平上衡量织田与武田。如果继续与武田站在同一阵线，织田举兵来袭只是时间的问题。到时候担任武田先锋与其交战的，肯定是木曾谷的武士。

如果可以，真希望不要走到那一步。

话虽如此，武田的实力仍不容小觑。要是现在就向织田倒戈，恐怕会遭受武田的背后痛击。狭小的木曾谷无处可逃，届时木曾一门将难逃全员战死的悲惨下场。

就算早晚都会加入织田阵营，但也得看好恰当的时机。小领主的存亡，如同姑婆芋叶片上滚动的朝露。不论滚向哪一头，一旦从叶片上滚落，就再也没戏唱了。

平时与义昌接触的织田军武将，是美浓苗木城主远山久兵卫友政。友政从以前便时常遣使者前来建议义昌投靠织田家。

但义昌的妻子是信玄的三女，她的母亲、妹妹、长子都在甲府当人质。义昌有他的难处，无法轻易接受他们的邀约。

如今信长直属的家臣带他的书信来，想要木曾的桧木，而且只要五百根。

这是卖对方一个大人情的好机会，义昌暗自在心中盘算。比起桧木，他更应该大力向信长推销木曾一门。

"武田看得很紧，桧木不是那么随便就能砍伐。如果我砍伐桧木运给织田，恐怕马上便会遭受责罚，人质就此被杀害。桧木关系着我们的命运，所以我无法马上回答你们的要求。"

又右卫门双手撑地，微微行了一礼后，睁大他的黑眼珠，注视着义昌。

"请容我直言,武士所做的一切,不论为何,都是为了战争。既然是战争,追求迅速,不容迟疑,乃首要之务。我方不能悠哉地等候您的回复。但在下也不会要求您当场决定。恳请您今晚考虑过后,给我们回复。倘若经您判断后,无法提供桧木,虽深感遗憾,但在下也会很干脆地打消念头。此外,此事不会被视为解读木曾家归向的依据,请您大可放心,自行判断。在下只是前来寻找天下第一的木曾桧,以作为在近江建造天主时的用材。即便阁下无法提供,在下也不会怀恨在心。不过,在下由衷希望您能同意砍伐天下第一的木曾桧,让我们建造天下第一的天主。"

又右卫门刻意不让对方觉得无礼,同时移膝向前,不让义昌闪躲话题。

"哦……"

令义昌钦佩的是,这名使者不是以织田的威势加以威吓,硬逼着要他伐木,而是诉说他对木曾桧的执着。

"冈部大人,您是筑城奉行吗?"

"不,在下是工匠之首。"

"木匠工头是吗?"

"正是。寻求桧木的使者就算是一名木匠,也未有任何不当之处。"

"是没有不当之处,不过,像你这般沉稳的男人,竟是一名木匠,真不知道织田的武士们是何等骁勇。"

"织田家之所以能以破竹之势不断取得天下,也是因为武士们努力不懈之故。我家主君绝不给家臣们空闲,总是像在榨紫苏油似的,命我们不断工作。"

"也许吧。话说回来,您为何对木曾桧如此执着?"

"关于此事,不方便让外人得知。"

在场有木曾家的重臣同席,一旁也有小姓随侍在侧。木曾毕竟是敌区,说话得特别小心。

又右卫门取出怀纸,将随身带的毛笔舔湿,写下文字,把纸折成三折后递出。小姓接过,递交给义昌。

义昌打开纸一看,暗自低语了一声:"怎么可能……"

"真的要建造这种东西吗?"

怀纸上写着"七层天主"四个字。

"如果是笔直、没半点弯曲而且韧性极强的木曾桧,一定有办法建造。"

义昌原本怀疑他这是想要桧木的假借之词,但眼前这名工头一脸认真,似乎所言不假。

"请献给俱俐迦罗龙王。"

又右卫门提到置身烈焰中的不动明王化身之名,于是义昌以火盆的炭火烧毁那张怀纸。义昌手抵着额头,再度问同样的问题。

"真的要建造吗?"

"如果有木曾的桧木,一定有办法。"

又右卫门的声音浑厚刚劲。最近已许久未曾听过如此率直而且充满自信的声音。义昌望向他双眼。又右卫门也静静回望。

"好吧。桧木的事我明白了。"

"谢谢。感谢您明智的决定。"

"我是被你的气概所打动。桧木应该也希望由你这样的木匠来使用它们吧。"

又右卫门不顾后果,径自在木曾上松的山中四处行走。

近江的气候犹如初夏,但木曾的山谷积雪犹深。草鞋底下的春雪,发出踩雪的沙沙声。只要停步,桧木森林登时寂静无声,不时传来的鸟啼声,让人为之一惊。

桧木森林与其他森林不同,也许是暗藏神秘的灵力,光是在林中行走,便感到身心由内而外变得清明圣洁。

无论如何,我都要找到能作为天主主柱的桧木。

正因为有这个念头,他才夜以继日地赶来这里。不委派他人,自己亲自前来,这项工作就是有这个价值。远近驰名的木曾上松桧木,果然是高耸入云。

如果是这么大片的森林,一定能找到可作为天主主柱的桧木。

他如此深信,行走于林中。走着走着,发现许多出色的桧木。每棵树都超过百年树龄,底部的直径宽约六至十米,如果用来建造一般的宅邸,实在过于浪费。五百根桧木中的四百九十六根,用这一带的树木已绰绰有余。

不过,又右卫门还是不满意。

他想要更粗更长的木柱。

因为要建造七层高的天主,用材绝不能妥协。

木曾义昌派上松的村长甚兵卫随行,充当山林向导。甚兵卫虽是村长,但不摆架子,为人直爽。他是住在山里的樵夫之首,熟悉这一带的山林地形。

又右卫门起初向他请托道：

"五百根桧木中的四百根，只要是上松小川河岔处的桧木就行了。我想要四边都是一尺宽、长二间半①的木柱。"

"这个简单。"

这种大小的桧木，上松有数十万根。甚兵卫爽快地允诺。

"在安土，一间是七尺（约2米），每种木材请都采用这种尺寸算法。"

"一间是七尺？"

一般来说，一间为六尺（约1.8米）。就算是武家宅邸，顶多也是六尺五寸（约1.9米）。

"七尺是皇宫的尺寸算法吧？"

"我们一直都造得比皇宫还要气派。"

甚兵卫感到纳闷，但还是点了点头。

"除此之外，还需要一百根四边都是一尺宽、长四间半②的桧木。"

他打算以此作为贯穿天主两层间的通柱。

"一百根长四间半的桧木是吧……"

山里称作"长材"的，是长两间半的圆木。要是更长的话，便难以处理，不论是要砍伐、沿着斜坡滑下山、还是顺河流下，都相当困难。

"我会想办法。"

---

①以一间七尺来算，二间半约为5米。
②以一间七尺来算，四间半约为9米。

甚兵卫还是揽下这项工作。

"另外,我还要四根每边宽一尺五寸(约45厘米),长八间(约17米)的大通柱。请帮我砍伐这种桧木。"

"每边宽一尺五寸,长八间?"

甚兵卫以破音说道。又右卫门也很清楚自己提出的要求有多古怪。

"木曾应该有。我会亲自挑选。所以我才亲自前来。"

甚兵卫默不作声。为了取得加工后每边宽一尺五寸的木柱,原本的圆木得相当粗大才行。

接近外皮的圆木边材,因为是刚长出的部分,容易腐朽,不适合作为木柱。因此只能以中央坚硬的部分制作正方形的木柱。

前端末口的边材部分,厚达一寸(约3厘米)。树皮为两分(约6公厘)厚。若扣除这些部分,需要直径二尺三寸(约70厘米)的桧木。

如果是末口二尺三寸的桧木,它底下八间远的根端(根部)又该有多粗呢?甚兵卫似乎在脑中想象这样的巨树,表情扭曲。

"是五尺(约1.5米)。根端得要有五尺粗才行。"

我就是为了请你们砍伐直径和成人高度一样长的桧木,才亲自从近江来到这里。又右卫门更加确定心中这个非比寻常的要求。

"拜托你了。"

"这我不可能随便答应。这里的桧木是人称一寸百目①的致密木材,如果是直径五尺,那可是树龄两千五百年的神木啊。"

上松小川河岔处的桧木,一寸的宽度里,有上百条致密的年轮。

唯有缓慢地生长,才能造就如此细致的木纹。而且树干笔直,没半点弯曲。木曾谷有许多桧树,但不论是上松小川河岔处的上游还是下游,都长不出如此出色的桧木。就只有这处山谷生产最高级的桧木。

"如此特别的桧木,这里也不多见。"村长甚兵卫皱起他那黝黑的脸庞,但还是走进山中,带又右卫门看了几处地方。不过,始终没看到直径达五尺宽的桧树。又右卫门说,如果没有每边宽一尺五寸的桧木,一尺四寸或一尺三寸的也行,但连这种桧木也不是说有就有。

只要看到略微粗大的桧树,又右卫门便会站在树底下仰望树干。透过树叶看到的蓝天,显得无比白亮刺眼。

只要抬头仰望,树木便会向他低语。

我不够直。很快就会弯折哦。

许多树都这样对他说。如果只是要两三间长,倒还另当别论,但倘若需要八间长,如果树干长得不够笔直,日后便会弯曲,建筑物将就此歪曲变形。

砍伐后,最好能花上几年的时间让木材变干,但筑城是与时间

---

① 一寸的宽度,有上百条致密的年轮。

的竞赛,顶多只能让木材平放半年。如果是木纹细致的小川河岔处桧木,就算只有这么短的时间让木材变干,应该也不会弯曲变形。甚兵卫也明白这点,才会承揽这项工作。

"还是看不上眼吗?"

"嗯,这个不行。"

又右卫门摇头。桧树似乎也看又右卫门不顺眼。

想用我的话,再等一千年吧你。

这次的桧树这样对又右卫门说道。

甚兵卫开始感到怒火中烧。

正因为是义昌的命令,他才会在山里带路,带又右卫门看过好几株有可能作为八间长木柱的桧树。也许要做成每边宽一尺五寸的方柱略嫌不足,但这样的圆径已经很够格了。可是这顽固的筑城木匠,却始终看不上眼。

每一株都是无可挑剔的上好桧树。七兵卫立、千本立、奥千本①,这一带有不少良木的地方全走遍了。但又右卫门始终没说一个"好"字。

"听说你要盖七层望楼,可是你对中柱为何这般挑剔?看出树木有无弯曲,加以活用,这不是木匠的工作吗?如果连这点都办不到,表示你的智慧和技艺都还不到家。"

甚兵卫如此质问,又右卫门的浓眉尾端就此扬起。

"看来是找了一位愚蠢的樵夫当向导。"

---

①以上皆是地名。

"你说什么！"

"你的脑袋肯定是塞满了木屑。"

甚兵卫回瞪他一眼，不过，又右卫门的目光强悍，却不带怒火。他始终都只是冷静地与其对峙。不愧是率领上百名木匠的工头。

对了，听说他在侍奉信长前，曾在热田盖寺院。说到寺院，用材都相当讲究，找寻最上等的木材。

难道他打算建造寺院样式的望楼吗？

甚兵卫心里如此暗忖，望向又右卫门，只见他正笑着抚摸自己粗大的脖子。

"你要盖的是望楼，还是……"

"是神的居所。虽然是一处统御天下的馆邸，但一旦我盖好它，太阳将会在那里下山，住在那里的主人将就此化身为神。"

眼前这名男子顽固的意志，传进甚兵卫的骨子里。这名木匠是真的打从心底这么认为。

"既然你都这么说了，那我就让你见识真正的上好良木吧。"

甚兵卫走向位于小川河岔南方的一处小溪谷。此地虽然狭小，却有丰沛的水源流经。

"这里叫作麝香泽，这里的桧木砍伐后会散发麝香。"

沿着溪谷逆行，来到山脊附近后，眼前耸立着数十株高大的桧树。每株都是根端直径长达四到五尺的巨木。光是抬头仰望，便忍不住全身颤抖。从树干到树梢的绿叶，洋溢着一股神威，仿佛有什么栖宿其中。

"为什么不先带我来看这座山?"

"这是为伊势神宫的式年迁宫祭①所事先准备的备用木材。"

伊势神宫的营造用材,自古都是以神宫附近的神路山作为伐木用的山林,但由于良木减少,后来已远向志摩、三河、美浓等地伐木。不久,连这些地方的木材也大量减少,这才改由木曾运送。时代迈入乱世后,原本每二十年举行一次的式年迁宫也不时中断,不过,迁宫时还是会在木曾砍伐。

"你会替我砍伐吗?"

"你挑四根吧。对于一位想让凡人成为神明的木匠所展现的骨气,想必天照大神也不会降罚吧。"

十六

"信长前往京都了。"

左平次向六角承祯报告。此时甲贺正下着绵绵细雨。这处山间村落幽寂悄静,望月宅邸内安静无声。

由于降雨,左平次走进玄关的土间②。他浑身沾满尘土的模

---

①伊势神宫定期改建神殿,迁移神座的一项重要仪式。原则上是每二十年举行一次。
②日式房屋入门处没铺木板的黄土地面。

样,打扮得惟妙惟肖。月代①和下巴胡子杂乱的扮相,怎么看都像是近江的穷困农民。

"他打算从京都到大阪对吧?"

"属下也这么认为。"

信长目前的敌人,是摄津石山本愿寺。这座化为坚固堡垒的石山寺院,有两万名门徒士兵在此把守。一向宗的门徒不只在石山反抗,也在富田林、贝冢等摄河泉地区,建造以壕沟和土墙包围的寺内城镇,而且不缴纳军需金,建造出自成一格的经济圈。对信长而言,这是不可饶恕的敌人。

既然信长将注意力放在大阪,近江的承祯就方便行动了。

"安土现在情况怎样?"

"地镇祭时引发的爆炸,让苦力们吓破了胆。完全提不起劲施工。"

"我也真想亲眼瞧瞧。"

承祯摸着他浑圆的光头笑道。不只是左平次,也有多名甲贺忍者向他报告地镇祭时的混乱情形以及筑城进度停滞的现况。不管听几次,还是一样愉快。

"希望能再多制造一些混乱,阻止他们筑城。"

"主君说得是。如果是目前的情况,信长或许会改变想法。"

"有办法朝信长平日起居的二重城郭放火吗?"

"这有困难。自从发生地镇祭那场动乱后,现在不分昼夜,马

---

① 为传统日本成年男性的发型。将前额到头顶的头发全部剃光,露出的头皮呈半月形。

回众和步卒都滴水不漏地严密警戒。主要场所都围上栅栏,苦力进入时,一定会有数人在一旁监视。"

"这样不是反而变得更加不方便行动吗?"

"虽然不方便采取行动,但现在才刚开始筑城,应该会有机会。"

"光是虚张声势的地雷火还不够。下次要设下更大的机关。有没有让盖好的城堡就此夷为平地的手段?"

左平次一时答不出话来,这不可能办到。最近承祯也许是因为落魄而爱胡思乱想,总是脱口说出这种没头没尾的指示。

"光靠你们可能人手不够。难道没有其他国家的忍者吗?要是忍者相互联手,应该比较方便设下机关吧?"

"应该有甲斐或一向宗门徒派来的奸细,但大家都很小心,不让人识破……"

这是理所当然。会被人识破的间谍,不可能派得上用场。如果真有这种蠢蛋,还真想亲眼见识看看呢。

"不……"

确实有这样的蠢蛋。左平次不小心叫出声来。

"怎么了?"

"在二重城郭的工程中,听苦力们传言,有人用黑墨在柱子上写下'崩城'两个字。"

"崩城……这什么啊?"

"难以判断。伊贺或甲贺的忍者中,没人会写这种愚蠢的威胁字句。这么写只会让对方提高警觉罢了。非但没有益处,反而更会碍手碍脚。"

"难道是苦力的恶作剧？"

"就算是恶作剧，只要被人发现，便会人头落地。不知当中是否有什么阴谋。"

"崩城，崩城……好像在哪儿听过。"

六角承祯伸掌拍打脑袋。

"有了，我想起来了。之前甲斐忍者送信来时，为了打发无聊，我和对方聊了几句。他说甲斐有招崩城的秘术，只要忍者混进木匠中动手脚，就算日后望楼盖好，只要拔出一根木钉，城堡就会像树叶一样崩塌散落。"

左平次侧头不解。

"如果真有这种秘术，只要暗中施术，然后再偷偷拔去木钉即可。如此刻意向人昭告，只要木匠们仔细检查，原本巧妙设计的机关便会露出马脚。"

"这……"

他说得没错。倘若忍者真的打算施展"崩城"秘术，从头到尾应该都会采取隐秘的行动才对。

"那应该只是为了扰乱工地而写的字吧。"

"或许吧……不过，崩城很有意思，你去执行这项计划。目前筑城已进展到修筑石墙的阶段了吧？"

"是的。"

"那么，就让石墙崩塌吧。在石墙后面挖洞，等石墙叠好后，再让它崩塌。信长看了一定会脸色发白。"

左平次行了一礼,不发一语。工地戒备森严,连晚上也烧篝火,派人维持数米的间隔站岗。要在不被人发现的情况下挖洞,是不可能的事。

"就这么决定了,马上着手进行吧。"

左平次没答话,望着屋外。这场雨没有歇停的迹象。

"为什么不回答。"

"是,属下会尽力而为,照您的吩咐去做。"

"竟然说尽力而为。笨蛋,为什么不说得干脆一点。"

承祯站起身,走下土间,朝左平次踢了两三脚。

"左平次。"

"在。"

"虽然你是望月家的人,但我从以前就特别照顾你。你可别忘了。"

"是……"

"既然知道,现在正是你报恩的时候。多年来的恩情,现在正是回报的好时机。"

"是。"

"去吧。如果崩城无法办到,那就扑向前,咬向信长的喉咙,送他归西。"

六角承祯的脸色显得无比殷红,呼吸急促。主人一谈到信长,便会怒气上冲。

"用什么方法都行。管它是石墙还是什么的,全让它崩塌吧。如果不能让它崩塌,就持刀扑向信长,给他一刀!一定要取他性命。送信长归西!"

承祯的叫唤在幽静的宅邸里形成回响。屋外的雨兀自下个不停,仿佛自开天辟地以来从未间断过一般。下这样的雨,工程也同样毫无进展。

左平次就像吞下苦涩的毒酒般,低头行了一礼。

十七

只会说些不顾人死活的事。他知道我有多辛苦吗?

左平次承受着陷入肩膀里的圆木重量,在心中暗自咒骂。

"就快到了。用力扛起来。"

头顶传来一个沙哑的大嗓门声。是跨坐在圆木上的穴太工头。

粗大的圆木上,以麻绳垂吊大石。尽管只有成人敞开双臂那般大,却重达七百五十公斤。以六根圆木,呈垂直交错的方式绑在那根垂吊大石的大圆木上,每根圆木两侧各有三名苦力,合力扛起大石。总计有三十六人合力扛运,但石块还是无比沉重,深深陷入肩膀里。

再差一点就能到安土山的山顶了。

他们从六千米远的长命寺山一路扛来这里。中间不时会休息,但圆木深深陷入身材高大的左平次肩膀里,令他全身筋骨都快散了。

竟然叫我扑向信长杀了他,承祯大人真是胡言乱语。

过去我确实受过六角承祯不少恩惠。但他之所以对身为陪臣的我特别关照,是因为我身为忍者,有杰出的表现。

他会这样胡言乱语,肯定是脑筋糊涂了。

想到这里,他不禁心头一惊。以承祯现在的模样,就算我们再怎么卖命奋战,也不可能夺回南近江。

若是这样,甲贺早晚会被灭。不管怎样,承祯都不会有胜算。

"最后的上坡了。一边吆喝,一边上坡。"

圆木因大石的重量而弯挠,大石上下晃动。若不以大石的晃动来配合步调,使出腰力来扛运,便无法顺利前进。倘若是陡坡,自然更是如此。众人挥汗如雨,登向安土山东南峰所开辟出搬运材料的道路。好不容易抵达主城后,石匠工头朗声唤道:

"好了,慢慢放下。"

已有数百个大小足以供一人环抱的大石,在主城罗列。是从附近的伊庭山、长光寺山、观音寺山切割出的大石。

像岛屿般分布于湖东平原的群山,是昔日火山爆发所造成。山上有许多岩浆凝固成的流纹岩,最适合作为石材。

石匠工头户波清兵卫逐一检视这些运来主城的大石。

"将这个搬往黑金门。"

石匠工头这声叫唤,听在这些以为工作已经结束的苦力耳中,备感冷酷无情。

"好,先擦汗休息一会儿,马上过去。"

累倒在地上的男子们,禁不住出声呻吟。

"马上又要走吗?吃不消啊。"

"被当作牛马这样使唤,我骨头都快散了。"

"就是说啊。要不要你自己来扛这些石块?"

就是它。这个有意思。

搬运大石的苦力,是由步卒、农民构成不同的"组",配置在丹羽长秀、羽柴秀吉、泷川左近、织田信澄等武将麾下。

每一组搬运的大石数量和大小,武士都会记在账册上,以成果相互竞赛。而武将们也会整理这些资料,比较运上山的大石数量。搬运数量多的组,将获得褒奖。

有时会有奸诈的组头,夺取其他组运至半途的大石。前些日子才发生过这种事,步卒们甚至拔刀大打出手,引发不小的风波。

为了防止歪风,避免出错,大石上会以黑墨写下武将和组名。如果是左平次这组,便会取组头"九郎"的名字,以黑墨写上"惟住内九郎"。此印记表示是丹羽惟住长秀麾下的九郎。

如果因为抢夺大石而造成石匠之间的纷争,石墙的工程将会严重落后。苦力组之间若留下嫌隙,便能进一步在人心的裂缝处撒盐,让工地的气氛僵化。

有意思。这样不费吹灰之力,就能将工地闹得鸡犬不宁。我要让那名石匠工头大吃一惊。

左平次内心的忍者本性,已开始昂首吐信。

户波清兵卫在主城望着大石。运来的大石井然罗列。

看石块的时候,要收下颌,气凝丹田。这是小时候父亲的教导。

"若不这么做,会被石头给压垮。"

尽管已过了四十个年头,还是言犹在耳。

"别想着要驾驭石头、战胜石头。要以敬畏之心来注视石头。"

父亲还接着如此说道。石块潜藏人类智慧远远不及的能力。所以才会又重又硬。

"你看石块的模样,就像在看什么可怕的东西似的。这样能叠石墙吗?"

筑城总奉行丹羽长秀如此说道。他是位做事认真的奉行,常到工地巡视,但可惜他对石块一窍不通。

"在秋天之前,你要想办法盖好。如果办不到,会受主君责罚。"

"在下当然会努力完工。"

天主台、主城等山顶一带,必须赶在秋天前完工,而整座山的石墙则是要在明年春天前完工,此乃信长的命令。考量到叠石的面积之广,这样的期限实在过于严苛。

为了赶在期限前完工,动用了多如蚂蚁的人力。男人们扛运大石,身体强健的农家女子,则是以畚箕搬运栗石[①]上山。

"真是块好石材。喏,就是刚才运来的那块。如果用它装设在天主台入口处,一定很好看。"

[①]土木建筑用的石头,直径为10~15厘米。

丹羽正想叫唤苦力工头时，清兵卫打断了他。

"不，那已决定用来盖黑金门。"

"这块石材很漂亮，为什么不用来盖天主台呢？"

总奉行一脸不悦地瞪视清兵卫。

"因为石材的底部太浅。"

用来盖石墙的石材，其深处底座部必须够长才行。在堆叠时，会事先切成像三角形，好让石材的重心落在后方。

丹羽所指的大石，确实表面平整，色泽也美，但底部太短，无法用来建造高达二十五米的天主台。如果采用这种大石，日后七层高的天主将会倾斜。清兵卫如此说明。

"是这样吗？"

"请恕在下直言，关于石材的事，请交由在下处理。石块要在下将它们叠在它们想去的地方，在下会解读石块的内心，来决定它该叠放的场所。"

"竟然说石块的内心。区区一个石匠……"

丹羽如此低语，脸上浮现轻蔑之色，但旋即又消失。总奉行不能只关注石墙的事。

"这里就交由你全权负责了。"

他向石奉行西尾小左卫门留下这么一句话后，翻转野裤的下摆，转身离去。清兵卫与西尾向他行礼，目送他离开。

"话说回来，这做工还真是精细呢。有这种石墙的城堡，我也很想要一座。"

西尾望着已叠好的石墙。山方的马渊众将石材表面加工得相当平坦,形成一座外观气派的石墙。

"日后您成为坐拥城池的大名时,在下再为您效力。"

西尾对石材也是一窍不通,但他不会对工作的事多加置喙,只专注于管理苦力。如果是像他这样的奉行,清兵卫也比较好办事。

"后面得塞那么多石头才行吗?"

平放的大石后面,塞满了和婴儿头一般大小的栗石。

"如果没这些栗石,下雨时泥土会流失,土墙将就此崩塌。不管再大的大石,都会被大雨和洪水搬移,所以石墙的大敌就是水。"

叠上一颗石块后,背后要摆放栗石,缝隙处则是摆上舻介石、胴介石①,好让摆在上方的石块重量能朝排在底下的两颗石块分散。斜度为四到七分。若不用这种工法,石墙便不会牢固。

石墙牢固,便会呈现出独特之美。光是欣赏便觉得内心平静。

看了会让人内心纷乱的石墙,一遇上小雨或地震便会崩塌。为了避免这种事发生,要细心挑选石材,以澄静的心灵来凝视石块与石墙。

"石匠也是有石匠的坚持,绝不能退让。"

"或许吧。你尽管用你的方式去做,我只要求你在期限前完工,盖得牢靠。"

"在下明白了。"

蓦地,清兵卫感到背后有一道视线紧盯着他,他回身而望。

苦力们放下大石,正在休息。是刚才他下令把石块搬往黑金

---

①这两种石头比栗石略小。

门的那群人。安土的晚春炽热如夏,令人挥汗如雨。苦力们脱去沾满尘土的衣服,打着赤膊,一面擦汗,一面谈笑,甚至有人只穿着一条兜裆布。

其中有一名男子注视着清兵卫的眼睛。

说不出是哪里怪,但感觉就像在许多同种类的石头里,掺杂着一颗不一样的石头,显得很不自然。

是忍者吗?

他朝对方看了半晌。男子一脸普通老百姓的长相,穿着短裤,和众人一样擦拭着黝黑的肌肤。

"怎么了?"

"不……"

"觉得哪里可疑吗?"

倒也不是有什么问题。他只是对说出自己的直觉有些顾忌。

"是不是有忍者混进苦力当中?"

"应该有吧。服役者的名册中,写有住址,但根本就不足采信。人数这么多,如果真要混进来的话,也不是什么难事。"

"要怎么调查?"

"老实说,没办法。只能严加戒备,一看到有可疑分子,就加以拷问逼供。"

清兵卫紧抿双唇。那只是他的直觉罢了。害无辜的人挨打,他于心不忍。

"有可疑分子是吗?"

"也许是我自己想多了。"

"既然你如此擅长解读石块的内心,想必也有识人的好眼光。如果不确定有罪,也很简单,不必加以拷问,直接赶走,这也是个办法。这样问题就解决了。"

"如果是这样,我有点在意那名男子。这只是我个人直觉,不过,他和一般人不太一样。"

"哪一个?"

清兵卫正想要指认时,一名小姓跑来,告知信长到来。信长旋即走来,清兵卫立刻单膝跪下,低头行礼。

"这石墙造得好。"

"感谢主君夸奖。"

"那个石块很漂亮,就摆在天主台入口吧。"

信长和丹羽一样,看上同一个石块。

"请恕在下无法照办。"

"为什么?"

清兵卫只得针对石墙的构造解释一遍。

"这样啊。"

信长明白后,就此离去,这时,刚才那群苦力已经离开。清兵卫奔向黑金门的工地,但还是没看到人。

早晚会发现的。

清兵卫返回主城,凝望排列眼前的数百块大石。他再次对它的庞大感到畏怯。这里将会建造一座天下第一的叠石城郭,就连南蛮巨城恐怕也不过如此。建造它的不是别人,是我。

看着看着,他内心不禁为之颤动。

"要敬畏石头。"

教导他知识的父亲,仍继续说道:

"彻底了解石头,叠起石头的气息。石头是火的化身,即使冰冷,其内部仍蕴含炽热之火。因此,若以水一般的心境来对待它,便能降伏火的气息,也就能驾驭石头。"

多年前父亲说过的话,此刻他有很深刻的体认。

十八

"见大纳言大人安泰无恙,在下由衷欢欣。此次安土筑城,我池上一门上下,望能尽己所能,为筑城尽绵薄之力。"

从京都抵达安土的池上五郎右卫门,头戴立乌帽子,身穿直垂礼服,伏身拜倒。此刻他人在二重城郭的信长居所。池上擅自替实际官名为"权大纳言[①]"的信长升官。

池上是个看起来几欲弯折的垂垂老者,但他总是趾高气昂,就像是他的高傲穿着衣服在行走似的。

池上家是进出于足利将军家的木匠,北山第舍利殿金阁、东山第观音殿银阁以及许多寺院,都是他们所建造。

[①] 与大纳言相比,此为权官,有名而无实权。

七年前，永禄十二年，奉信长之命，于京都的勘解由小路室町指挥建造足利义昭新宅的，便是这名老者。

而四年前于武者小路建造信长京都馆邸以及去年秋天，信长为了就任从三位权大纳言及右近卫大将而上京时，于皇宫建造特设阵座①的，也是池上。由于他手艺不凡，又一手包办信长在京都的一切工程，自然派头不小。

信长对于池上建造的宅邸所呈现的风雅气蕴，赞赏有加。

他的做工的确很讲究，建筑修饰技巧也是一流。如何才能完美营造出细腻之美，他有独到之处。虽然觉得这只是在耍小聪明，但又右卫门也不得不承认池上的建筑相当风雅。

池上老头与其盖馆邸，不如去盖寺院的佛坛还比较恰当。

以俊曾说过这样的话。又右卫门心想，我这儿子也挺有眼光的。

他和乡下木匠就是不一样。

鲜少夸人的信长，唯独对这名老者赞誉有加，这是又右卫门亲耳听闻。身为织田家的专属木匠，他心中自然是难以平静。如今池上前来，信长露出平时难得一见的愉悦神情。

"哪是安泰无恙啊，我在大阪还挨了子弹呢。"

信长卷起长裤的裤脚，展示他小腿上贴的黑色膏药。

"本以为被子弹打到会痛，没想到竟然是觉得烫。就像被烧红的火筷给刺中似的。"

---

①译注：朝廷官卿会议之所。

今年春天时，信长见本愿寺久攻不下，耐不住性子，亲自在河内上阵。本愿寺内有擅使火枪的杂贺众，战场上枪林弹雨，信长就是在当时负伤。

"看来只是轻伤，老天爷定有眷顾。想必有弓矢之神八幡大菩萨之庇佑。"

"京都人净会说好听话。"

"大人明鉴。在下是如此衷心认为，句句属实啊。"

"够了。此次的工程，你要全力从事。让我见识你池上的真本事。"

"在下必定竭尽所能。"

"又右卫门。"

信长面向又右卫门。

"主城交由池上负责。让他建造和皇宫一样的清凉殿。"

"在下明白了。"

"请多指教。"

五郎右卫门转头面向又右卫门，也不低头行礼，就只是如此问候一句。

"大纳言大人。"

这名老木匠的声音，听起来有些兴奋。信长以眼神催促他接着说。

"听说天主要建造成南蛮式的馆邸。"

这项传闻已传到他耳中。木匠和苦力们都很感兴趣，不知道会建造出什么样的建筑来。自己也参与建造的城堡，如果采用新奇的南蛮风格,光是这样就让人觉得很自豪。

"没错。你有什么想法吗?"

"南蛮式的馆邸,会让木匠感到跃跃欲试。像在下已经一大把年纪了,但因为是天生的木匠,所以看到这么有意思的建筑,当然会想亲手搭建。而且说到馆邸,我们京都木匠最为擅长。名为天主望楼,实为馆邸建筑,像此等前所未闻的工程,请务必赐在下一个机会,为它画设计图。"

好个不可小觑的老者。只要画出天主望楼的设计图,便会由构图的工头来兴建。换言之,这名老者的意思,是要信长让他担任总工头,取代又右卫门。

又右卫门对池上的提议觉得很有意思。出现这名不容小看的老人,让工作变得更加有趣。

"请您务必一试。说到主君这极尽奢华的天主,身为木匠,当然会想参与这项工程。倒不如说,身为一名木匠,若不为之雀跃,反而才应感到羞惭。再过不久,有好手艺的工头将会从各地赶来。不如趁此机会,让每位工头都来画设计图,不知主君意下如何?"

"有意思,就这么办。不过……"

信长凝睇着又右卫门,皮笑肉不笑。

"要是我欣赏别人画的设计图,身为总工头的你会怎么做?"

"在下就当那名工头的手下,任凭使唤。"

又右卫门弓起他厚实的后背,行了一礼。

"此话当真?"

"在下向热田大神立誓,绝无虚言。"

"有意思。如果有几张不错的设计图,日后也在摄津石山盖一座天主吧。传令下去,请工头们好好努力。"

离开信长居所时,又右卫门全身炽热发烫。平时连同自己的情绪一起吞进肚内的一把利刃,感觉此时正闪闪生辉,无法按捺。

只要我想出好的设计图就没事了。

又右卫门咬紧牙关,在心中激励自己。我办得到,我一定办得到!他在心中如此告诉自己。

"爹。"

以俊来到他身后。

"你没事吧?"

"什么事?"

"感觉池上好像想暗中扯我们后腿呢。"

"众多木匠聚在一起,每个人性情互异,野心也各有不同。每位木匠都执着于自己的坚持。能加以整合,凝聚这股力量,是总工头的工作。如果无法整合,便没有当总工头的能耐。早点让贤方是明智之举。"

以俊一脸严肃地点了点头,不发一语。

这小子变得比较沉稳了。

此时儿子的神情看起来出奇的可靠,这反而令又右卫门感到很不可思议。

十九

回到山下的木匠长屋后,妻子田鹤正在烹煮香鱼饭。引人垂涎的香鱼芳香,从土间的炉灶传到十字路上。

冈部一门在安土山西麓的长屋起居。

又右卫门将两户中间的墙壁打通连成一户。一边是工房,对各城郭的测量图、宅邸的设计图、外观图等,做好清楚的分类,叠在架子上。他们夫妇俩的住处,则和其他工匠一样,只有一间铺木板的房间和土间构成的厨房。

有妻子的木匠们,会和家人一起共进晚餐。

至于单身汉,则有煮饭的女佣会为他们准备温热的饭菜。

又右卫门和妻子一起坐在桌前。

从木曾回来后,近江适逢香鱼的产季。满满一碗的香鱼饭,转眼已全进了又右卫门肚内。

在岐阜他也常吃香鱼,不过,在安土更常在餐桌上见到这道菜。渔夫在湖里立起竹网,便可捕获许多香鱼,所以价格相当便宜。只要撒上少许的盐,放进米饭里一起煮,便能在平淡中带有馥郁的鱼香,可以连吃好几碗。

又右卫门吃了三碗饭,细嚼慢咽。

"是不是有什么事?"

"为什么这样问?"

"我看你吃饭的模样就知道了。"

田鹤没再多问,默默举筷用餐。她是个不会多言的聪明女人。不会吵着要东西,也不会发怒。一切全顺着又右卫门的意。看妻子的黑发中夹带几缕银丝,又右卫门心中无限感激。因为始终有她对我投以温和的笑容,我才能胜任工头的工作。

用完餐后,他喝着白开水。

"他为什么不叫瑞江来?"

以俊将妻子瑞江和刚出生的孩子留在岐阜。他说,工地里尘埃多,对婴儿不好,但其实另有原因。想必是打算偷偷和煮饭的女佣幽会,身为他的父母,不可能看不出来。

又右卫门夫妻俩育有三男四女,不过,两个儿子早夭。女儿们都嫁给了美浓或尾张的木匠。有的还和女婿一起来安土工作。孙子们约有十人之多。有时他会茫然有感,觉得自己竟然都已经这么大岁数了。

"那孩子容易得意忘形。从以前就是这个样子,不是吗?再过一段时日,他就会清醒的。"

田鹤说得若无其事,但又右卫门却觉得妻子是在说他。因为他也很容易不自觉地得意忘形。只要信长在一旁点火,他马上就像木屑般起火燃烧。在这股干劲下,一路从热田走来,经历无数战役,在枪林弹雨中穿梭。

"还有,他原本一直是个率直无伪的乖孩子,现在则变得比较别扭。你不是也常说吗？个性不别扭的人，成不了气候。不是吗？"

"这你不必多言。"

妻子起身收拾餐具。

"是是是，我明白了。啊，对了，这里的香鱼也许可以做成香鱼寿司呢。听说它不同于长良川的香鱼，就算夏天也完全没长大呢。"

在岐阜，香鱼都是做成熟寿司，是又右卫门爱吃的食物。将秋天肥美的香鱼放进桶子里腌上三个月后，在冬天时拿到长良川清净，去除盐分，然后在鱼腹里塞进米饭，加以腌渍。因为是只腌一个月就能吃的半熟寿司，所以臭味不会太重。

近江的鲫鱼寿司，令又右卫门退避三舍，那臭味熏得令人皱眉；他怀疑自己是否会有习惯那种气味的一天。

又右卫门手持油灯走下土间。

从道具架上取出刨子和磨刀石。到后院的井边打水，装满水桶。一切准备妥当后，他单膝跪在土间。朝刨子前端敲了几下，取出刨刀后，朝磨刀石洒了些水，开始磨刀。

刨刀磨得锋利无比。总工头又右卫门已经好几年不曾在工地保养自己的道具。不过，这是他从孩提时代养成的习惯，只要一有烦心事，便动手磨刨刀或凿子，以挫刀磨利锯子的锯齿。

他让刀锋擦过质地细致的上好磨刀石表面。听着那单调的声音，他心中的波纹就此变得平静。

又右卫门的父亲，是和他一样名为冈部又右卫门的热田神宫修缮木匠。为人少言寡语，但容易动怒，他从小便常挨揍。不善以言词说明的父亲，总是动不动就动手打人。他的拳头又大又硬。

从小他便很憎恨这样的父亲。每天晚上，他都很认真地盘算要用枪刨①刺穿父亲的心脏，边想边入睡。当时为何没有真的一刀刺死父亲，他已经忘了。

比起在热田神宫当一名穷木匠，又右卫门更想当一名武士。

热田是个有海港的繁华市镇，同时也是往来东国的要地，所以常看到武士。他终日手握木锛，双手脱皮，痛得难以成眠，在这样的夜晚，他都很想就这样离家，投靠某个武士世家。

在各种念头交错下，最后他还是从事和父亲一样的工作。

父亲也常在土间磨刨刀和凿子。

父亲在磨削道具时，看起来就像坐在一处与内心激动情绪完全无涉之所，既无快乐，也没痛苦。比他在工地时还要平静，背后弥漫着一股令人放松的气氛。父亲在工地时，总是紧抿双唇，板着张脸，让人不知该如何和他相处。

虽然是个讨厌的父亲，但他身为一名木匠，有很多事值得学习。其中，他被灌输了一个最重要的观念，就是如何保养工具。打从他十岁前，便被授予凿子和刨子。父亲不时会检查，一看工具没保养好，便二话不说，报以老拳。要是上头泛起铁锈，就会把他踢倒在地，尽管天寒地冻，一样在屋外朝他泼水。这称不上赐教，而是经由拳打脚踢来灌输知识。回想父亲在世时的那段过去，感觉

---

①附长柄的刨刀。

好像从没请他赐教过。

"木头的事,就得问木头。"

一旦问父亲一些技术性的问题,他总会回这么一句冷漠的话语。如今回想,在父亲成长的过程中,一定也都是听他父亲这么说。

日后我要是有儿子,绝不用他这种培育方式,我不要变成像他这样的父亲。

虽然当时心里这么想,但等到自己有了儿子后,却还是用和父亲同样的培育方式,因为又右卫门完全不知道有什么其他方式。

他尽可能不出手揍他,但还是忍不住。

三个儿子当中,有两人分别在三岁和五岁时早夭,死于热病,再也没有比这更令他难过的事了。两次丧子,他都流了不少眼泪。最后留下以俊这个儿子,妻子对他疼爱有加,也许是因为这样,自己才会对他分外严格。

每次揍过他之后,总是觉得后悔,想对他温柔一点。或许就是如此一再反复,而把他宠坏了,又右卫门对此略感懊悔。

以俊是个率直的孩子,非常听话,几乎没闹过别扭。虽然不知道他心里的想法,但至少就算挨揍,他也不会有任何忤逆父母的言行。

明明成了一个安分的大人,但似乎还是有别扭的一面。

这样也好。又右卫门认为,如果人不会别扭,就无法直率地长大,沉溺女色应该也无妨吧,只要彻底沉溺过后,应该又会恢复原本的率直。

他从京都回来后,似乎仍频频与煮饭的女佣幽会。什么时候才会腻呢?

以俊留在岐阜的老婆瑞江,是个好女孩。正因为又右卫门和田鹤都很中意,所以才替她觉得可怜。不过,这是他们夫妻间的事,他不想插手。

"在想事情吗?"

又右卫门因这个声音而抬头,发现以俊站在一旁。

"好久没看爹磨工具了。看来,天主设计图的事,你相当在意呢。"

又右卫门不发一言,只是面朝磨刀石,手臂不断来回摆动。磨刀石的粒子与钢铁磨擦,在昏暗的土间发出清脆的声响。

天主设计图的事,此时他已完全没放在心上。

又右卫门的设计图已大致完成。南蛮式外观的设计虽然还没想出模型,但基本的架构,他早已完成构想。外观的设计不过是细枝末节的小事。要架设高大的望楼,最重要的是坚固,才能承受得了任何地震、台风或是强风。

而且内部隔间也已决定妥当。用来对外接见的公开场所与作为信长居住空间的内部场所,他自认已做好巧妙的搭配组合。

京都木匠池上五郎右卫门会画出什么样的设计图,他不知道。今后会从堺、奈良等地前来的工头们,当中或许有聪明过人、令他为之瞠目的人才。如今这一切已不重要。

我只要画出我相信的设计图就行了,这是他目前唯一该走的路。

以俊从京都回来时，带回了数张南蛮寺院的图画。

又右卫门从中幻想其外观，不过，全新的设计却仍处在一片朦胧背后，迟迟无法浮现耀眼的姿态。像这种时候，只要继续酝酿，总有一天会像鸡蛋孵化一样，脑中浮现设计的样貌。他如此深信不疑，愉悦地怀抱那至今仍模糊不明的构想。

以俊在一旁嬉皮笑脸。

"我画好设计图了，你要看一下吗？"

又右卫门不禁冷哼一声。这个沉迷女色的儿子，怎么可能画得出设计图。

"什么设计图？"

"当然是天主的设计图啊。你明知我去京都是为了什么。"

"我以为你是去京都玩女人呢。"

"你这什么父亲啊。"

"算了，拿来我见识一下吧。"

将油灯拿近后，以俊递出一捆雁皮纸。

摊开那厚厚的上等纸张一看，目光立刻被它所吸引。上头画的是耸立于天界的七彩伽蓝。怎么看都不像是人间的建筑。

这的确是南蛮式建筑。

沉稳的三层大屋顶上，有两层雅致的望楼。就像以俊仿照画下的基督教大教堂一样，大屋顶的稳定感与望楼的细致搭配得极为巧妙。

底下三层的黑漆雨淋板，予人一股沉静之感。其上面的望楼屋顶，是醒目的红瓦。大致以毛笔涂上的朱红，清晰地烙印眼中。

这样的红瓦朝蓝天耸立,就算站得再远,看起来一样显眼。

上方两层是八角堂。涂红漆的柱子无比鲜艳。宛如远方的异国城堡,飞越重重波涛,出现在安土山上。

望楼的鳍板涂上亮眼的蓝色颜料,画上龙与螭吻①。以俊发现他的目光被那条龙所吸引。

"听说南蛮的天主堂有天界动物的雕刻。如果是日本的话,应该是龙吧。"

率领着龙与螭吻矗立天际的天主望楼,有谁想得出来呢?

了不起。

他暗自在心中夸赞儿子。又右卫门心中那一片模糊、无从捉摸的形体,已巧妙地具体呈现。如果是这样的话,信长肯定很开心。

他心中的嘉许没显现在脸上。自从当上总工头后,他学会喜怒不形于色,已有很长一段岁月。嘴里只说得出冷淡的话语,已成了他的习惯。

"还不差。"

"就只是这样吗?"

"不然你想要我说什么?"

"这……"

"有点南蛮的味道。似乎下了不少功夫。"

"这是之前在京都,传教士让我看那些图画时,我突然灵光一

---

①又叫鸱尾,为龙生九子之一。龙头鱼身,用以避火。

闪想出的设计。我心想,要是只有这样绝对不行。于是我连里面的设计也一并想好了。"

以俊这次递出一叠粗糙的美浓纸。

"我们去那里看吧。"

又右卫门挺直腰杆,提着油灯走进房内。以俊依序摆出七张设计图。

从四边都是六米宽的上方第一层开始,第二层是八角堂。第三层是东西面装设歇山式博风板,南北方面装设唐式博风板的阁楼,到这里为止都还不错。

底下的第四层、第五层、第六层,以及相当于地下仓库的位置,则是有同样大小的方形空白空间。因为天主中央整个镂空,是从地下仓库到第四层全部挑空的大空洞。

"这是什么?"

"礼堂。"

"礼堂……"

"南蛮的寺院,里面是宽广的挑高大厅。这是主君所期望,一定要照这样建造不可。"

一股苦涩之物,从又右卫门的胃里往上涌。

"这里的木板是什么?"

挑空的半空中,有个四边都是四米宽的木板向内挺出。看起来不像房间,也不像储藏室。

"这是南蛮也看不到的新设计。难得有这样的挑高空间,为了好好加以利用,我在这里设置舞台。不论主君在天主里的哪个地方,都能欣赏舞蹈。在第四层的空中,会架设天桥,宛如置身天界般。如果带那些南蛮人到这里看,一定会吓得腿软。"

又右卫门的粗黑浓眉陡然上挑。

"蠢材。"

"咦?"

"我说你是蠢材。"

以前就算看起来很危险,他也从没对儿子的工作挑剔过半项。

你自己动脑筋想。

他都只说这么一句。木匠唯有自己动脑筋想,才能独当一面。如果只是一味地接受指示,永远也无法成为真正的工头。因此,不论是再怎么笨拙的想法,只要是儿子自己的想法,又右卫门自认都会展现十足的包容力,尽可能加以活用。

然而,唯独这张设计图,他实在无法默不作声。

外观很出色,的确相当巧妙。顶着八角望楼的外观,给人沉稳之感,而且相当雅致,这令他颇为惊讶,没想到儿子竟然隐藏了如此纤细的一面。我这儿子居然能将主君的南蛮式建筑构想化为实际的形体,就算夸赞他几句,也未尝不可。

然而,这样的内部构造,却犯了个很基本的错误。

信长说他要将天主当成馆邸来居住。既然这样,就绝不该建造这样的天主。

又右卫门将那七张设计图卷成一束,伸向油灯的灯火。火舌移至纸上,就此冒烟燃烧。

"你做什么!"

以俊一把抢下,把火弄熄。

"你以为这种东西盖得出来吗?"

"我已决定好了,要成功盖好它,让你刮目相看。"

"真是无药可救的蠢材。这种东西还没盖好前,你早就被压死了。"

"有那么脆弱吗？这是我经过审慎思考才想出的。这座天主承受得了大风和地震,就算历经百年、千年,一样能展现主君的威仪。"

又右卫门摇着头,他不想说原因。的确,它或许没那么脆弱,会因强风或地震而倒塌。但是就天主来说,以俊的设计图有个致命的缺陷。

"臭老头,竟然烧了我的设计图。"

仿佛长久以来压抑的不满就此爆发,以俊飞扑而来。因为来得突然,又右卫门被按倒在地,以俊跨在他身上朝他脸上打了三拳。

又右卫门丹田运劲,坐起身,反过来将以俊按倒在地。

他握拳狠狠朝儿子头部挥了三拳。他这时猛然想起,小时候父亲揍他,一定都是打他脑袋。

以俊恶狠狠地瞪视着又右卫门,但接下来便没再与他对峙。他重重地喘息,捡起散落一地的设计图,不发一语地往外冲。

儿子的拳头比想象中还来得刚猛,痛得令他怀疑颧骨是否有裂痕。他突然露出苦笑,下次互殴时,也许就不是对手了。

二十

以俊离开后,又右卫门又继续磨刨刀。在磨刀的过程中,杂念从他波涛汹涌的内心挥除。

他走向工房,取出自己画的设计图。

安土山的顶端离湖面一百零五米高。要在山顶中央筑起二十五米高的石墙。

在山顶建造南蛮式的高层天主,是信长的命令。

一再绘制草图,反复思索的结果,他确信最应该优先考量的课题,是外观三层,内部五层的天主底部,主结构要建得牢固。这部分若承受不了重量,上方便无法架设沉重的望楼。

又右卫门打算在第五层的大屋顶上架设方形的两层望楼,在巨大的底座上架设纤细的小望楼,上下会形成清楚的对比,成为一座给人秀丽印象的天主。他也曾考虑过在上方架设圆形宝塔,但这么一来,呈现不出整体的协调感。此外他也想过各种设计,但最后得到的结论,还是以这种形式最佳。

再来就只剩细部设计的问题。

窗户的形状,他想采用南蛮式设计。这样应该能满足信长的要求。虽然不清楚"礼堂"是什么样的设计,但要是造出这种没用处的空间,会减弱构造的强度。

又右卫门在岐阜曾有一次可怕的体验。

当稻叶山山顶的天守木骨架已建至三层高时,突然遭遇台风。那时好不容易才刚架上中梁,屋顶底板、地板、墙壁,都还没装设。从伊势湾穿越浓尾平原,夹带豪雨而来的这场暴风,顺着稻叶山的斜坡而上,猛烈地吹袭。

明明没有承受风吹的墙壁,但那天晚上,三层高的木骨架却被吹得嘎吱作响。那绝不是脆弱不堪的建筑结构。各边三十厘米宽的方形桧木柱与直径约五十五厘米粗的黑松横梁,彼此紧密组合的强韧结构,让又右卫门对它的坚固大感放心。用来防止左右摇晃的横木,也更改高度,在柱子与柱子之间穿了四根。

但木材被风吹得严重嘎吱作响,非比寻常,梁柱接合处摩擦倾轧的声响,犹如地狱传来的呻吟。木骨架随风的强弱呼吸而摇晃,吓得他短少好几年寿命。

又右卫门身穿蓑衣,几欲被强风吹跑,但他仍是整晚紧抱着柱子,任凭豆大的雨滴狂打。虽然什么忙也帮不上,但他不想就这么离开。

他一直待到天亮。所幸木骨架仍屹立原地,没任何损伤。

台风肆虐过后的清晨,美浓平原景致绝佳。他望着被旭日照得波光潋滟的伊势湾,因感到安心而泪如泉涌。他抚胸感慨,能活着真好。当时的台风化为可怕的记忆,长存心头。

这时他才明白,没有墙壁的木骨架,竟然承受得了如此强劲风势,此事他过去未曾发现。巨大的建筑会以意想不到的部位,承受超乎预期的外力,从那之后,他一直将此经验牢记心中。

铺好屋顶和地板后,又遭遇比之前更强的台风,但这次已不再剧烈摇晃。

地板会让建筑更加坚固。

这时他清楚领悟这个道理。正因为摆有地板横木,并铺上地板,高楼才不会扭曲变形,得以屹立不摇。地板正是强化建筑强度的重要因素。

如同以俊所指陈,只要在挑空的四周铺设地板,应该就不至于会因大风或小地震而倾倒。以俊说,这就像箱子一样,这也不无道理。未必就是错的。也许能屹立不倒达百年之久。

但这样还是不行。

又右卫门在心里猛摇头。

建筑的强度问题姑且不谈,又右卫门之所以不想盖挑空建筑,还有另外一个重要的原因。

这座天主要作为信长的居所,这个理由更显重要。不论信长再怎么要求,他都要拒绝挑空的设计。他深信这是他身为工头应有的诚实节操。

不过话说回来,八角堂的设计很有意思。

撇开挑空设计不谈,将望楼盖成雅致的八角堂确实是出色的巧思。又右卫门打从心底赞叹。

红瓦更是匠心独具。

又右卫门不知道是否真能烧出这样的红瓦。但如果南蛮有,日本应该也有办法烧制才对。

外观的设计，可以交由年轻的以俊来负责。这项工作交给他来办，应该是没问题。我应该专注于构思五层以下的主结构才对。又右卫门已做好决定。

他翻阅桌上的木材签收账本。

壹根　桧约9米木　　　根端约97厘米粗
壹根　桧约8.4米木　　根端约81厘米粗
壹根　桧约9.3米木　　根端约69厘米粗

厚厚的好几本账册，上头罗列这些记载。送抵安土的木材，每一根都有详细的记录。

从湖西的近江高岛或飞驒送来的木材，一抵达安土的湖滨，又右卫门便会搁下手上的工作，前往查看。等做成木筏的木材绳索解开，运上岸后，就能仔细观察整个圆木的状况。

在工头的所有工作中，又右卫门最喜欢这项工作。仔细端详后会发现，每根圆木都不尽相同。只要看过切口的年轮，便可明白不少事。诸如笔直的树、弯曲的树、干瘪的树、苍老的树、年轻的树、致密的树等等，形形色色，和人一样，有清楚的个性，所以百看不厌。

木匠的一切工作都是从这里展开。有好的木材，才能建造好的建筑。如此理所当然的事，不管年纪再怎么增长，还是会令他为之雀跃欣喜。望着这些木材，感觉盖再多新的建筑也不是问题。

"这个用来盖主城馆邸……这根松木作为天主的横梁。"

又右卫门亲眼检查每一根木头后，命人将它们移往贮木场。如果是一次有多艘木筏抵达的日子，光是这项工作便用去他一整天的时间。即便是听取锯木工头的意见，这项工作他还是不想假手他人。他就是这么喜欢看木材，乐在其中。

不过，在这么大的工地里，木材往往会成为纷争的火种。

今后正准备在安土山山腰建造宅邸的羽柴秀吉、前田利家等武将，他们都各自调度木材。木材的调度未必经过组织性的统筹，有不少是在又右卫门不知道的地方暗中调度。因此，这里木材过剩，那里却又短缺不足，情况混乱。

掌握整体工程的进度，对木材过剩与短缺的情形做调整，这是总工头的职责。

在山下盖长屋的近江木匠们，频频催促要多送些木材过去。

儿子以俊担任长屋工头，居中斡旋，但没有木材，无事可做的工头，常直接找上又右卫门要求解决。如果他自己是工地的木匠，木材没送来，应该也会直接找总工头谈判吧。

安抚焦躁不安的众工匠，并小心不要让人觉得自己太小心眼，这也是总工头的重要工作之一。

城堡不是靠手艺盖成。而是让工匠们上下同心所合力盖成。

他深有所感。

堆放在贮木场的圆木，会依照晒干的顺序，指示锯木工照加工方法来处理。

广大的贮木场里，到处都有锯木工跨坐在圆木上，日夜不停地锯着木板或木柱。

为了从松树的圆木制作出横梁，也有人用木锛仔细削制。这时先进行相当程度的加工后，木匠们会再次以木锛和刨子仔细加工。

不论是刨制木板还是方材,都是单调且无趣的工作,但这是工程中不可或缺的重要工作。如果没有锯木众,任凭你再知名的木匠,也盖不出一栋小屋。又右卫门只要有时间,都会到贮木场和锯木工头说说话。

只要聆听大锯反复的单调声响,嗅闻桧木刺激脑髓的浓郁芳香,又右卫门便感到全身力量犹如泉涌。

只要有好的木材,就能建造出色的望楼。

他的坚定信念,化为自信。

不论天主最后会变成何种建筑,我都得尽量多准备些上等木材才行。就算我被卸除总工头的职务,只要接任的新工头能使用就行了。

"我一辈子看过的圆木,也没这么多。"

湖滨堆满了大量木材,就连锯木工头庄之介也大感惊讶。之后还会陆续运来更多。

又右卫门阖上木材签收账本。不管再怎么看,他引领期盼的圆木还是没在上头。

木曾的桧木仍未送达。他知道得花一些时间。直径达1.5米的粗大桧木,光是砍伐就得费一番功夫。从山上往下运,顺着木曾川流下,也需要大量的人力。要送抵安土,恐怕得再等上一段时日。就算等再久,也无可奈何。

信长期盼的南蛮式设计,是排在第二、三顺位的事。这高达七层,空前绝后的望楼,想要盖得牢固,必须以坚固的建材,配合准确的技术来搭建。他的想法总会回归到这个原点。

又右卫门所准备的,是不管谁想出何种设计,基本构造都还是得奉此为圭臬的设计图。

他已从普请奉行木村次郎左卫门手中收到天主台最终的围绳圈地图。

天主台为东西宽三十六米,南北长四十二米,形状歪曲的七角形。这是充分运用原本的山形,加以整顿修整后所得到的形状。

石墙的高度,从底下的主城起算,有二十六米高。在这样的高度下,无法搭建盖建筑用的鹰架。此外,天主的底部也没必要盖得那么宽敞。

又右卫门绞尽脑汁,想出唯一可行的构造。

第一层地下仓库　九间　十间　九十坪

第二层　十一间　十二间　一百三十二坪

第三层　十间　十间　一百坪

第四层　八间　十间　八十坪

第五层小屋　四间　六间　博风板下的房间　三十二坪

第六层　四间　四间　十六坪

第七层　三间　三间　九坪

地面总面积为四百五十九坪。

柱子数合计有四百七十二根。

细部变更有各种可能,但这是唯一的基本构造。又右卫门对此深信不疑。

木头要如何装设,这七层建筑才能屹立不摇呢?

从信长在岐阜命他筑城的那一刻起,又右卫门便一直在思考这个问题。这样也不对,那样也不对,浮现他脑中的各种组装方式,他都像用筛子筛选般,细心挑选,最后达成一个结论。

得从地下仓库的础石立起四根大通柱,直达四层高。这就是又右卫门的结论。

采用正方形配置的大通柱,会在各层牢牢地装设直径足以环抱的粗大横梁,牢固地形成天主的骨架。

为了验证自己的想法,又右卫门建造了木造的组装模型。他命年轻人削制桧木,卯榫刻得与实物相同,在四根大通柱上嵌进横梁,搭建出高六十厘米的天主模型。这是他前往木曾前的事。

又右卫门伸手搭在模型上,手中施力,往左右扭转。他心想,这么用力,应该会折断吧,结果木柱折断的时间比想象中来得快。

"这样不行。"

引头弥吉的脸蒙上一层黑雾。模型的大通柱,在第二层横梁嵌合的部位断折。

又右卫门望着那毁坏的模型,双臂盘胸,坐了一整晚。翌晨弥吉前来时,他才露出笑脸。

"没问题了,只要朝卯榫多下点功夫即可。这次一定可以。"

势必得从各个边朝大通柱凿出横梁、横木、横架所用的榫眼。

虽说是粗大的大通柱,但若是凿出许多洞孔,强度也将随之减弱。

为了不降低强度,必须尽可能在嵌合横梁的卯榫部多下点功夫,减轻对大通柱的负担。

又右卫门抛却以往的做法，思考能减轻大通柱负担的卯榫做法。经过多次的测试后，他自己刻出一套样本。

"如果是这样的话，应该就承受得了。"

弥吉拿起卯榫的样本，这才明白个中道理。又右卫门想出的方法，是将承受横梁的凹陷部分改浅一些，在嵌合的形状上多做些设计，做成与大通柱复杂地密合在一起的卯榫，想得出此等绝妙的嵌合方式，连他自己都觉得有如神助。以木栓固定后，不论弥吉再怎么施力，它都纹风不动。倘若用这种方式，大通柱切面的缺损会减少，还能轻松分散负重。

"不过，七层望楼到底有多大的重量，还是不能大意。"

"我决定采用各边宽四十五厘米的桧木当大通柱。"

的确，光靠在卯榫上下功夫，仍有其极限。屋柱愈粗，愈让人放心。如果能取得各边宽四十五厘米的桧木当大通柱，不论遇上何种地震，也不必担心会倒塌。

"这需要十七米高呢。有办法取得这种圆木吗？"

"如果是木曾就有。我会想办法找到。然后再仔细地立起一层通二层，二层通三层的通柱，每两层之间都设立通柱。如此一来，便成为一座稳若磐石的天主。"

在这样的盘算下，他前往木曾，向樵夫之首甚兵卫订了数根长十七米和九米的圆木。

做了这么多，就构造方面来说，已算是准备完善。如果是木曾上松的上等桧木，应该可以牢固地支撑七层望楼。他如此深信不疑的从木曾返回。

又右卫门订的桧木迟迟不来,令他一颗心悬宕半空。

他拨打算盘,计算建造天主所需的木材用量。除了木曾桧木外,应该从飞驒和近江高岛调度来的木材数目也相当惊人。

总地面面积为四百五十九坪。

就连没装设天花板的粗犷望楼,每坪也需要十二石(约3.36立方米)的木材。光是这样,大致就需要五千五百石的木材。倘若照信长的要求,做成奢华的馆邸建筑,则必须对木材精挑细选,只选用木纹美观、没有木节的部分。如果换算成加工前的木材,到底该进几万石才够用,连他拨打算盘的手指也感到不安。

仔细对木材进行加工,作成建材,这当然是木匠的工作。

柱、梁、牛梁、继梁、隅行梁;补强角落用的火打、腰贯、内法贯、飞贯等各种横木;支撑横架材、轩桁、出桁、出桁的横楞;支撑上层屋柱的柱踏、床束、格栅垫木、根太、地板、脊桁条、隅木、椽木、小屋束、母屋、在椽木上让屋檐弯曲的茅负、化妆里板、屋顶底板、铺在屋顶底板上的薄板、固定黏土的横木;内部装潢的门槛、门楣、长押、栏间[①]、楼梯、扶手、火灯窗、直棂格子、横跨格子上下的窗门槛和门楣、天花板、天花板的格缘和竿缘、外部装潢的雨淋板、高栏、千鸟博风板、唐式博风板、装饰博风板的悬鱼等,使用的建材相当大量,光是主要的建材,粗略估计就有四万件。全部都要由木匠刻卯榫组装。

木骨架一概不使用金属物件,但在装设木板时,则需要用到钉

[①]天花板和门楣间的通风格子窗。

子。头部弯曲,用来钉长押和橡木的皆折、头部平坦,用来钉地板的卷头、两端突尖的合钉,长度分别是九厘米到二十四厘米不等,由铁匠锻造。数目应该是超过十一万根。

考量到屋顶的宽度,须烧制的屋瓦为平瓦六万五千片,圆瓦、檐瓦,及其他役瓦为四万九千片。合计为十一万四千片。

经过计算后,又右卫门为之惘然。这座天主真是个怪物。

又右卫门再度拨打算盘,计算木匠的人数。

连建造简朴的步卒长屋,每坪都得动用二十五名木匠才能完成。

倘若是建造馆邸,至少每坪得动员上百名木匠才够。要是再更讲究细工,人数马上攀升至两百人。

安土的天主,是馆邸样式的高层望楼。既然是这样,也许每坪动用三百人还嫌不够。

假设一坪动员三百人来计算,所需的木匠多达十三万七千七百人。

泥水师、瓦匠、金属工匠、涂漆匠、榻榻米师傅等工匠另当别论,若没有这些木匠工作,馆邸样式的七层天主便无法竣工。

连同这些木匠以外的工匠也包括在内,每天将会有上千人从事天主相关的工程。总数少说也有上百万人。要是连同加工的锯木众和搬运木材的苦力也算在内,所需的人数,几乎可说是大和六十六州总动员。

如今又右卫门的手下,有独当一面的同伴七十人,尚未学成的学徒四十人。学徒只能帮忙搬运木材、打扫工地,所以无法合并算进施工的人数中。

如果以目前的人数持续兴建,粗略估计得花两千个日子才能完工。也就是从动工起算,需耗时五年以上。

而且这还是在一切顺利进行的情况下,要是建材的运送延迟,或是发生意想不到的事故或阻碍,工程马上便会延宕。

如果得花三年以上的时间,主君一定无法接受。

筑城时,在一年内完成所有土木建筑工程,此乃惯例。

就算临时宅邸已经完工,而且这是前所未闻的大工程,还是得在三年之内完工。

当然了,只要增派木匠,这倒也不是不可能办到的事,但有能力的木匠并非一朝一夕就能栽培得出。

召集热田的熟练木匠前来,此事他早已安排。一些没经验,但有意愿的年轻人,他也让他们拿木锛。让看起来派得上用场的年轻人多包揽些工作,磨炼技艺。只能靠这个方法,一面施工,一面培育人才。

只要人一多,奸细便会混进里面。

原本打算只采用热田附近身份明确的人,但这样还是难保不会有奸细混进其中。

又右卫门盘起双臂,仰望苍穹。

这不就像是在挑战一场鲁莽的冒险吗?

灯油耗尽,油灯微微发出一声闷响,就此熄灭,但又右卫门还是继续双臂盘胸,凝视眼前的黑暗。

二十一

又右卫门的长屋后院，在今年牵牛花首次绽放淡紫色花朵那天，所有木匠工头全聚集在二重城郭的馆邸。

以总工头冈部又右卫门为首，京都的池上五郎右卫门、奈良的中井孙大夫、堺的岸上九右卫门等人全部齐聚一堂。全都是信长指名的知名工头。

信长打从刚才起，便聚精会神地比较工头们献上的天主设计图。现场悄然无声，只有不时传出纸张的摩擦声。

对又右卫门来说，今日的聚会如坐针毡。身为总工头的他，设计图被采用是理所当然的事。倘若信长欣赏其他工头的设计图，他将颜面扫地。虽然他只是名木匠，但切腹这个念头，始终在他脑中挥之不去。

"孙大夫。"

"在。"

"你这座天主威仪十足呢。"

"感谢大人的夸赞。"

来自奈良的中井孙大夫，脸上散发光辉。身穿直垂的双肩，因得意而高耸。

"大家也要好好向他学习。"

信长扬起设计图,接着小姓将它摊开摆在现场正中央。

"噢……"

那是令人忍不住赞叹的雄伟天主。外观高达五层的这座望楼,设有千鸟博风板的屋顶层层相叠,愈往上层,屋顶愈小。让人联想起不久前刚被松永弹正烧毁的奈良东大寺大佛殿,予人刚强、稳固之感,兼具几分优美。

看过平面设计图后可以明白,从地下仓库到第三层,三层都是宽敞的挑空设计。乃是以信长最想要的挑高大厅作为优先考量的设计。

奉行众移膝向前,细看那张设计图,这时,众人头顶传来信长高亢的嗓音。

"要花几年兴建?"

"赶工的话,五年内可以完成。"

"如果增派木匠支援呢?"

中井侧头寻思。

"恐怕还是得花五年才成。"

奈良木匠最擅长大型建筑,但总是耗费多时。如果是寺院倒还无妨。筑城讲究坚固,同时也追求迅速,不可能花五年的时间兴建。

信长皱起眉头,不发一语,扬起下一张设计图。

"这是堺的岸上所画,对吧?"

"是的。"

个头矮小的岸上伏身拜倒。

"有意思。"

小姓高举设计图,让众人观视。

"原来也有这种南蛮式建筑啊。"

"这是在下向南蛮商人请教后想出的设计。乃货真价实的南蛮式建筑,在下有此自信。"

画在一大张雁皮纸上的,是城堡的鸟瞰图。

画有从山麓到山顶紧紧相连的城墙。耸立于山顶的天主,是体积较小的五层建筑,从地下一层到地上五层,都有同样宽度的屋顶,宛如佛塔一般。

这座五层高的天主,与建造于山腰处的四五座两层高楼之间,以附屋顶的灰泥墙长廊相连。此乃这座城最杰出之处。

"松永弹正大人前不久才在奈良多闻山建造这样的望楼,那应该也是根据南蛮人的说法所设计。"

"岸上,你是向哪里的南蛮人请教?"

"回大人的话,是葡萄牙商人。他们的国都里斯本有座城,名叫圣乔治堡,听说是建造在山丘之上。从城内可将里斯本城的景致尽收眼底,大炮等军备也一应俱全。最重要的是,它以坚固的城墙保护城内的人们。"

信长深深领首,但手上已拿起下一张设计图。他肯定是不太中意。

"池上的设计很不简单。"

"感谢大人的夸奖。"

小姓摊开的外观图,是在一座巨大的白色高楼上,再增设两层望楼。望楼发出闪闪金光。

"整座高楼全抹上灰泥,是最重要的设计。在下听说,南蛮城堡采石造,以坚固为第一要务。如果是抹灰泥的高楼,不仅显得脱俗高雅,同时也能耐火。不过,若全部采南蛮风,又显得过于粗犷,所以上面两层改采唐风,以金箔贴覆。其绚烂程度,恐怕犹胜北山第金阁。"

"或许吧。"

"将屏风搬来。"

池上五郎右卫门一声令下,两名木匠打开一座大屏风。

仔细一看,上头描绘了一座耸立于安土山上的纯白天主,令观者感受到一股直逼而来的气势。屏风里的天空布满旭日红光,充分衬托出耸立的纯白高楼下层与金色望楼。

"从山下仰望这座天主,任谁都想合十膜拜。"

"我很欣赏。"

"感谢大人。请务必由在下来建造这座天主。"

信长并未答话,扬起另一张设计图。

"这个也很好。望楼造型秀美。这八角堂的设计,别出心裁。"

小姓摊开后,在座众人倒抽一口气,尽皆沉默。

沉稳盘踞的黑色高楼上,有个红色屋柱的八角堂,更上面则是金色屋柱的黑色楼阁。望楼的屋顶为红瓦,蓝色的鳍板有飞龙与螭吻飞跃其上。红、蓝、金、白、黑等五彩,突显出威风凛凛的天主。这是又右卫门采纳以俊的设计所画出的外观图。

"又右卫门,说说你这座天主的缘由。"

"如今主君已握有天下。坚固乃首要之务,为了永世宣扬主君之丰功伟业,底下五层的高楼,就算遭遇大风、地震,也要纹风不动,使主君能安心在此居住。然后上面加设一座睥睨天下的南蛮望楼。"

信长交互望着又右卫门的外观图与池上五郎右卫门的屏风。

又右卫门背后直冒冷汗,胃部一阵纠结。

"五郎右卫门的设计相当出色。"

又右卫门的心脏仿佛被一把攫住,脑中一片空白。

"灰泥加上金色楼阁,应该很美。"

"这样显得无比高雅。贵人都特别喜欢白色配上纯金的风格。"

信长凝望池上的屏风。又右卫门感受到仿如全身遭受针刺般的痛苦,几欲就此窒息。信长转过头来,眼神犹如猎鹰般冷峻。

"白色配金色,感觉死气沉沉,就像出殡似的。"

"不,这是……"

"就以又右卫门绚烂的设计图来建造吧。"

现场一阵哗然,众工头纷纷伏身拜倒。

又右卫门也跟着拜倒。差点从喉咙蹿出的胃部,顿时轻松许多。

"建造天主一事,在下定当倾力从事,不辱使命。"

"好好干。各位工头也要遵从总工头的指示,全力以赴。"

信长站起身,正准备走向走廊时,突然有人出声叫唤。声音来自众工头的随行人员所待的隔壁房间。

"请恕在下冒犯,有件设计图想请主君过目。"

又右卫门的儿子以俊,递出折好的一叠纸。

"放肆！看清楚这里是什么地方！"

木村次郎左卫门厉声训斥。

"在下不为别事,冈部还有天主内部设计图未呈上。因家父忘了携带,在下特地为他带来。"

"我才不会忘了带设计图呢。小犬是个蠢材,他一时冲动,神志不清。"

"无妨。呈上来。"

信长接过设计图,张开一看,脸上展露欢颜。

"如此新奇的设计,为何要藏起来呢?"

"这是小犬自己随手乱画。请主君看过就忘了吧。"

设计图依序从丹羽长秀往奉行众传阅,最后也传向工头们。众人那深受吸引的眼神,令以俊大为满足。

以俊的设计图是天主内部的透视图,就连外行人也一看便懂。

从地下仓库到第四层,采挑空设计。第三层的空中设有向内挺出的舞台,第四层则设有横越半空的回廊。当真是新奇无比。这种建筑别说是中国和天竺了,就连天外仙境恐怕也无从见得。

"这很有意思。冈部之子,南蛮有这样的城堡吗?"

"不,南蛮也没有这样的建筑,是在下与京都传教士讨论的那天晚上,于梦中想到的设计。如果有个像这样往空中延伸的舞台和回廊,在值得庆贺的日子,可在此举办盛大的表演。"

"愈来愈有意思了。"

"主君。"

又右卫门插话道。

"这是痴人说梦。身为他的父亲,在下知道主君看不上眼,这种愚不可及的天主,根本无法建造。"

"为什么?说你的理由来听。"

"它并不像家父所担心的那般脆弱。它承受得了地震和强风。"

以俊神情严肃。

"并不是这个原因。"

"说清楚。"

"关于此事,与其口头辩解,不如建造模型,实际请主君检视。"

四天后,两座天主模型排列在二重城郭馆邸的庭院白沙处。

这是将一间缩小成三寸比例的模型,与人一般高。是冈部一门全员出动,彻夜赶工作成的劳作。

"好像有一寸法师住在里面呢。"

甚至有人如此低语,可见它打造得多么精巧。

屋顶抹上灰泥,以取代屋瓦,并以墨水染黑,增加其相似度。从小窗往内看,可看见里面林立的屋柱和地板。

其中一个是又右卫门的设计。

另一个则是以俊的设计。以俊所作的模型,内部当然是巨大的挑空空间。

外观有些许不同。

以俊的模型，其下层部位的屋顶略显复杂，不太美观。由于中央是宽广的挑空空间，所以信长的居所只好往外推，最后才会变成这副模样。

又右卫门的模型，屋顶由下而上愈来愈小，和原本华丽的绘图一样，整座望楼呈现出美丽的协调感。

"做得好。"

信长伸手搭在屋檐上，加以晃动比较。

又右卫门的模型无法撼动分毫。以俊的模型则是发出可怕的嘎吱声。建筑底部虽然宽广，但底部的屋柱并未支撑起整体的构造。

"虽然多少有点摇晃，但这是因为模型小的缘故。不可能会真的出现一个身长三十丈高的光头妖怪，想加以破坏。"

"这是要做什么用？要我破坏它是吗？"

信长向又右卫门催促。

"请备火。"

小姓跑离后，又右卫门取出两张废纸，揉成纸团，塞进模型最底下的入口处。

小姓拿着纸烛快步奔回。

"请在此点火。"

小姓不知该先朝哪一边点火，一时为之踌躇。

"可以先从这边点火没关系。"

又右卫门指着自己的模型。

火焰马上就此蹿起。

燃起的火焰,从废纸移向模型的木材。火焰烧焦内部,从四面的窗户向外喷发黑烟。

围观的人们动也不动地注视着这一幕。

"假设这座城发生战争,或是有奸细纵火。难保不会有失火的可能。这时候要是天主内部有个广大的挑空空间,将就此成为烈焰的通道。它将提供排烟的出口,整座天主马上会被火舌吞没,深陷火海之中。"

以俊的模型已从每个窗口蹿出火舌,上方的望楼也已开始冒烟。

又右卫门的模型,则是火势延烧缓慢,等了很久才起火燃烧。

"如果是主君要居住的馆邸,绝不能制造出烈焰的通道。"

以俊的模型如今已被烈火包围。冒出一大朵红莲的火舌,在望楼上方烧得无比猛烈。至于又右卫门的模型,现在才只烧到第二层。

"光是模型就有如此的差异,若是实际的天主,离彻底起火燃烧的时间将会截然不同。如果是缓缓燃烧,或许能将火浇熄,或是逃往城外。但要是天主内有一座烈焰的通道,将没时间逃离,而就此堕入烈焰地狱中。"

信长凝视眼前的火焰。周围有许多武士也注视着这一幕,但没人敢发出一声咳嗽。炽盛的火焰,发出骇人的声响。以俊的模型倾倒时,又右卫门的模型才只烧了下半部分而已。

"如果是这样,就算城被攻陷,也还有时间慢慢享受曲舞①。"
信长的低语,在又右卫门耳畔回响,挥之不去。

二十二

"慢慢来,不可以急。"

木曾上松的村长甚兵卫,将好不容易砍下的神木运往木曾川。

这是前端末口直径约七十二厘米,根端直径约一百五十一厘米,长十七米的大圆木。大圆木两端削成圆锥形的帽子状,并朝它穿洞,以粗麻绳穿过。成群的樵夫挤满山上,紧握麻绳,小心翼翼地运下山。

要将圆木从山上运出,得先修筑圆木通行的木滑道。

砍除挡路的树木,清除阻碍的岩石。陡坡处以泥土覆盖,让它不易打滑,缓坡处则是铺上木板或树枝,让它便于滑行。平地上以一两尺的间隔摆上枕木,在上面拖行。

考量到伐木与搬运所花的人力与时间,信长提出以黄金相赠的提议,也是理所当然的事。在日后的时代,秀吉于建造京都方广寺大佛殿时,在富士山山麓发现一株上等木材,命人运往京都,动

---

①配合歌谣所跳的古典歌舞,在时代剧中,信长一面唱"人生在世五十年",一面跳的舞,就是曲舞的一种。

用了五万名苦力和一千枚金币。要取得上等木材,就得花这么多时间、人力,以及金钱。

"这些大树像怪物一样,原本还不知道是否有办法,没想到竟然搬得动它。"

樵夫的二工头弥右卫门擦着汗水。已经有好几十年没搬运过这种又高又粗的木材了。

"要是搬不了,那可有损我们樵夫的名声。"

"说得也是,不过我还是很担心神明会惩罚呢。毕竟这是为天照大神而留的备用木材啊。"

"放心吧。我早就向神明祈过愿,如果要降罚的话,全由我一个人承担。"

甚兵卫并非完全不会感到歉疚,但他没表现在脸上。山里的一切责任,全由他一个人扛。他绝不能在人面前显露歉疚的一面。

圆木从狭小的麝香泽流往宽阔的小川河岔处。

五米长的圆木,可在此处剥皮,送进河谷里,顺流而下,但是像九米或十七米长的粗大圆木,则只能到河面较宽的木曽川主流才能顺流而下。那里离此地十六千米远,得摆上枕木,作成木滑道,以此拖行。

木曽川因为连日下雨,滚滚洪流发出隆隆水声,波涛汹涌。如果是这等澎湃水量,就算是长十七米的圆木,应该也会转瞬间被冲走。

"希望能一切顺利。"

二工头弥右卫门望着甚兵卫,脸上满是担忧。

武田与织田对立后，大量圆木陆续顺着木曽川流下的情形一直没出现过。不论是对樵夫，还是对受雇来帮忙的农民来说，这都是睽违许久的大事业。

"这毕竟是神木，它会一路顺流而下，消除沿途的灾厄。有什么好担心的？"

他们已事先通知过妻笼城的松尾，告知要让圆木顺流而下的事。他们写了一封捏造的书信，说木曽义昌向京都的贺茂神社捐献建造大鸟居用的十七米圆木，以及建造神社用的木材。

松尾吩咐他们要等候武田胜赖的裁示，但他不打算等候。反正只要顺流而下，应该没人会发现才对。

"河道已经准备妥当，再来就只是顺流而下了。"

木曽川的急流，到处都有露出河面的岩石。为了不让木材因碰撞而断折或碰伤，会先以小木材包围岩石。这就是河道。是甚兵卫亲自在溪谷的河边道路上行走确认后设置的河道。一切都已准备妥当。

"喂，动手吧。"

站在岩石上的村长甚兵卫挥手大叫，樵夫们陆续将圆木丢进河里。圆木一根一根被依序放入河中。终点的美浓锦织纲场[1]所拉起的八寸粗藤索，还是会有圆木从底下钻过，就此流失，所以要另外再多投入一成以上的圆木。

离锦织有七十九千米的路程。

---

[1] 在运送木材的河川要地拉起坚固的绳索，以拦截顺流而下的木材，并加以囤积的场所。

圆木应该会在锦织转交给羽柴秀吉的手下蜂须贺觉。化为急流流经深谷的木曾川，会从那里流入平原，转趋和缓。

明明要将五百多根圆木流入河中，却不能慢慢来。因为有武田在监视。甚兵卫已事先安排妥当，要赶着在两天内完成。他将现场交由弥右卫门负责，自己则是开始在河边道路上疾行。

圆木可能会卡在途中的哪些地方，他心里大致有谱。

河道的急弯处往往问题较多。特别是从上松往下流没多远的"寝觉床"这处地方，从河底隆起的巨大岩石挡住两岸，阻挡急流，卷起的浪潮转往左右两侧，冲向岩石。长十七米的圆木能否顺利通过此处，令人担忧。要让这十七米长的圆木顺利通过，必须有众多樵夫帮忙才行。

没问题的。

在如此确定之前，甚兵卫不断在"寝觉床"上来回行走。他从樵夫中挑选特别强健的四十人，分别配置于两岸。

甚兵卫抵达后，长五米的圆木轻松地从岩石间流过。樵夫们根本毋须帮忙，溅起飞沫的急流，就像冲走小树枝般，轻松运走粗大的圆木。

"因梅雨而增加的水量，当真是天佑我也。"

老樵夫站在浊流前，朗声说道。老人手上少了三根手指，听说是年轻时被圆木夹伤。

甚兵卫在寝觉之床旁的临时小屋里，度过辗转难眠的一夜。一个飘下无声细雨的夜晚。

原来河滩的声音是那么吵。

他有生以来，从未在木曾川以外的地方生活。上松位于木曾谷底，不论到哪儿都会听见河滩嘈杂的声音。特别是夜里，只要熄去摆在薄席上的灯火，淙淙水声便会清楚传入耳中。

他自幼便亲近熟悉，从来不曾在意过的声音，如今听起来却觉得刺耳。他竖耳细听，甚至能听见河底滚动的巨石发出的隆隆声响。

天亮后，甚兵卫站在河岸边，细雨化为一粒粒的雨滴。尽管没有食欲，他还是以汤汁拌稗米饭，解决一餐。

"若能照昨天那样的进度，下午应该就能办妥。"

老樵夫笑道，露出他那口乱牙。顺流而下的工作出乎意料地顺利，四百根五米长的圆木，昨天已通过此地。

寝觉之床有一处急流大弯处形成的狭小河滩。河面仅只五米宽。澎湃的河水发出隆隆声响，像瀑布般水花四溅，化为怒涛，往前奔流。

圆木在这里被急流吞没，与泡沫一起在水中舞动。褐色的浊流看不见河底，圆木先是发出一阵可怕的隆隆声响后，接着浮出水面，再度往前漂流。河底的岩石形状复杂，会暂时将水面上的漂流物吸入水中。

"传话下去，命他们开始放流。十七米长的圆木，要保持间隔，慢慢地流下。"

他命少年跑上山，指派樵夫工作。今天有上百名樵夫聚集此地。樵夫们个个手持长杆或长柄铁钩，紧盯着上游。不久，上百根长九米的圆木，以及四根十七米长的圆木，纷纷顺流而下。

十七米长的圆木能否通过这里，甚兵卫已先测试过。他将数根圆木绑成一捆,凑成十七米长,让它顺流而下。

为了让圆木撞向岩石也不会碰伤,他事先在重要地点的岩石旁摆上木头,加以包围。这样的机关,只会让撞上的圆木从岩石前端滑过,顺利往下漂流。

甚兵卫绑成一捆的十七米圆木,平安地绕过弯道。

绕得过去。没问题。

他深信不疑。岩石与岩石之间有足够的宽度,让又粗又长的圆木能勉强绕过弯道通行。

站在被雨淋湿的岩石上,定睛注视着急流,会有种仿如站在船头乘风破浪的错觉。他感到晕眩,抬头仰天,让雨打在脸上。吸水的草鞋,令双脚变得无比沉重。

"来了。"

"来了。"

上游传来樵夫的叫喊,甚兵卫重新握紧长杆。那名织田家木匠工头固执的脸庞,从他脑中掠过。甚兵卫想将麝香泽的上等桧木送到那名工头面前,让他大吃一惊。

樵夫们放声大喊。九米长的圆木笔直地冲了过来,在面前变得愈来愈巨大。

它在变窄的河滩处潜入水中,接着传来一声闷响,遭受强大的冲击,连脚下的巨岩也为之摇撼。

樵夫们往圆木浮出水面处聚集,把长杆伸入水中,铆足了力气往外推。削成圆锥形的圆木前端,巧妙地从岩石边的木头旁滑过,绕过弯道。

"没什么难的嘛。"

"这样的话,应该会很顺利。"

樵夫们的表情转忧为喜。九米长的圆木,前端不时紧抵着岩石尖端,几欲改从尾端往下流,被狭隘的水路包夹,但樵夫们敏捷地展开行动,协助圆木往下流。

当上百根圆木顺利通过时,雨势陡然增强许多。

樵夫们在临时小屋里休息,拿着硕大的荞麦丸子张口大嚼。里面包的是切细的酱菜,让人涌现精力。

"雨势增强了。剩下的,明天再处理吧。"

弥右卫门递出丸子。甚兵卫完全没食欲,他还是很担心那十七米长的圆木。

"还是现在处理吧。反正明天应该也会下雨。"

如果下着大雨,妻笼方面的监视,应该也会比较松懈。要是日子拖久了,被要求中止这项工作,那可就麻烦了。

"来吧,接下来轮到伊势大神宫的神木了。尽管放马过来吧。"

穿着蓑衣的甚兵卫朝河面拍了拍手,樵夫们朗声大笑。也许是下雨的缘故,感觉河滩的隆隆声响变得更加响亮。

"十七米长的圆木来了!"

这个叫声打破雨声和河滩的水声,在山谷间回响。直直望向前方的浊流,可以发现圆木前端溅起飞沫,朝这里直冲而来。

好大!

因为过于粗大,甚兵卫一时感到怯懦,但他旋即朝手里吐了口唾沫,摆好架势。

顺着急流而来的巨大圆木，冲进被巨岩包夹的水路中，也没潜入水底，直接就撞向岩石，发出轰隆巨响。

众人一起将长杆插入水中。樵夫们朝长杆使力，鼓起全身肌肉，踩稳脚步。

圆木发出嘎吱声响，就此通过狭窄的弯道。

"干得好！"

甚兵卫叫道。

"做得漂亮。"

"喂，看起来好像龙游水中。"

樵夫们大呼痛快。甚兵卫心中顿感安心不少。

隔了一会儿，顺流而下的第二根圆木撞向岩石时，甚兵卫被水泼了满身。他头上的斗笠就此飞走，他没空擦拭滴落的水珠，赶紧朝长杆使力。众樵夫手上使劲，圆木摇晃着岩石外的木头，改变方向，就此流过。

松了吗？

围在岩石旁的木头，以麻绳和钢制的门形钉加以固定。检查后，发现相当牢固。

第三根圆木顺流而下。笔直朝这里冲来。也许是心理作用，虽然一样是十七米长的圆木，但感觉比之前两根还要细。

冲进窄道的圆木，沉入水中。

接着发出可怕的咔嚓一声，圆木就此停住。前端卡在水里的岩石中，粗大的尾端浮离水面。在浊流的冲刷下，发出嘎吱嘎吱的怪声。

"被岩石卡住了。"

"也许会在水里断了。"

"把前端抬起来!"

"把尾端推向那边!"

叫唤声此起彼落。在甚兵卫的指示下,樵夫们合力往长杆使劲。他们使足了劲,全身肌肉都快扯断了,但圆木还是纹丝不动,甚至有几根长杆就这么折断。

"这下可麻烦了。"

"不过是卡住而已。不可能拔不出来。"

"以绳索将它拉起来吧。"

"也对。总之,派人先跑一趟,叫下一根圆木先缓一缓。"

一名少年奔离这下雨的谷道。

甚兵卫坐在岩石上,望着那根圆木。尽管身穿蓑衣,但全身皆已湿透,他没戴斗笠,雨滴毫不留情地打在他的月代上。

"我们铆足了劲推圆木尾端,但它却动也不动。"

仍不放弃的樵夫们,合力插入长杆,以肩膀使劲往前推,但圆木仍定住不动。

"等等。先去找绳索来。要五十条,不,一百条。再找些人来帮忙。只要流过这里,就再也没其他难关了。不必急。"

甚兵卫感到精疲力竭。昨晚一夜没睡的疲惫,现在全反映在身上。

没什么好慌的。我会让它完好无缺地顺流而下。

等雨停后,再召集两三百人合力推,不可能推不动才对。或许应该先暂时拉上岸,在路上先运一小段路后,再送进河里。

也对。也许打从一开始就该这么做。正当甚兵卫如此暗忖时,从飘雨的峡谷里听到一个细微的叫喊声。

"已经流下来了。放进河里了！放进河里了！"

远处的放声大喊,传进甚兵卫耳里,感觉莫名的冰冷。

"不是叫他们等一下吗！"

甚兵卫站起身,双手使劲往脸颊拍打。

"在缝隙处多塞些小圆木。多丢一点！"

甚兵卫抱起身旁的十五厘米圆木,抛进浊流里。

接下来的圆木要是卡在巨岩和这根圆木中间,那就成了最糟的情况。这绝对要极力避免。要是接下来的圆木从这根圆木上滑过,应该就能顺利通过了。

樵夫们拿起手边的圆木,纷纷抛进急流里。虽然有些卡在岩石与圆木的缝隙间,但也有不少被河流冲走。

"拆了临时小屋,丢进河里。"

樵夫们一拥而上,拆了小屋。屋顶木板顺利地卡进缝隙里,在大圆木旁形成一道水路。要是顺利的话,可以从那里往下流。

"下一根圆木来了。"

十七米长的圆木,已隐隐从浊流前方现身。很快就会流往这里。

甚兵卫往后倒退数步。

"快离开,危险！"

要有多大的冲击力道,圆木才会从上面通过呢？光想就觉得可怕。

他口中喃喃低语着"南无观世音",但这时他才猛然想到,此刻顺流而下的,是伊势神宫的神木。他不知道祝祷词该怎么说?

眼看那根越来越大的大圆木,冲上水中那根大圆木。大圆木余势未歇,突然转变方向,冲上岸边的巨岩,袭向甚兵卫。

甚兵卫本想逃离,但草鞋却因泥巴打滑,跌了一跤。

粗大的圆木夹中他的脚踝。在急流的推动下,圆木继续往前,压碎甚兵卫的下半身。他腰部以下的骨头发出碎裂的粉碎声,血肉模糊。

岩石上洒落一地的鲜血,旋即被强劲的雨势冲刷干净。

二十三

梅雨结束后,艳阳照射在没有树木的安土山上。尘土飞扬的山上,打赤膊的苦力们忙着施工。蓝天之上,升起一大片积雨云,宛如在嘲笑苦力们所滴落的汗水。

主城的石墙,已叠好六成。穴太的石匠们没搭建鹰架,而是利用插在石墙缝隙里的圆木,巧妙地上下其间,堆叠石块。一天可以堆叠的高度可想而知,但日复一日堆叠,整座山已稳固地覆上一层石造的盔甲。

冈部又右卫门在天主台下搭建的临时小屋里画设计图。其实在长屋里画也行，但待在工地嗅闻土木的香气，比较能提高效率。待在这里，可以环视安土山全景，也看得到目前正在动工的厨房、马厩、火药库。

天主地下仓库到地上一层的设计图，他已重新画在一块大板子上。在工地里各自率领十名木匠的木工长们，只要看了这份板绘图，便能了解建筑的全貌。而明白天主全貌的人，在冈部一门里也只有寥寥数人。遇上如此重大的工程，并非每位木匠都能看出整体的全貌。

又右卫门最近正从基本的设计图上计算所需的用材。

天主是大量木材的集合体。木材相互重叠、交错、嵌合、支撑、拉扯。哪里要用何种形状的木材，用量多少，都得事先详细写出。多达数十本账册，几欲令人昏厥的这项工作，他请有才干的徒弟帮忙，大致已经完成。

接着又右卫门开始画卯榫的设计图。

柱、梁、桁、阁楼的木骨架等，所有木头组装的部分，全都画成设计图，雕刻卯榫的方法得让人一目了然。

又右卫门设计卯榫，画出它大致的设计图后，由徒弟将它画成原尺寸图。只要有了它，就算还没学成的木匠，也能照样雕刻卯榫。大量的设计图正一张又一张地扩充中。

不过，重要的木曾桧还没送达。

真慢。

这句话又右卫门并未说出口。他以为自己呈现出若无其事的模样。但其实他心里的忐忑,周遭人们一看便知。因为他乌黑的浓眉频频往上挑。

"汗都滴到设计图上了。"

他之所以忍不住出言抱怨,想必是内心纷乱所致。

"不过话说回来,木曾的桧木可真慢呢。"

木匠停笔说道。蜂须贺党已派人联络,说他们在锦织已从樵夫手中收到木材。正因为是巨木,所以从那里运来得花一番功夫。

"这样算快了。亏他们这么快就砍伐完毕。得感谢那群樵夫才行。"

又右卫门站起身,执起间竿①。他打算去巡视工地。厨房、马厩、火药库,已立好屋柱,正着手盖屋顶的木骨架。

来到主城后,他迅速拉绳丈量,决定础石的配置。这里所采用的工法,不是挖洞埋础石,而是先把础石摆在平坦的地面上,然后将整座主城的区域以沙土掩埋,直至础石的高度。这样日后就不必担心础石歪曲。想出这种工法的人是池上,又右卫门对于他的大胆构想,打从心底感到佩服。

池上五郎右卫门身穿一件上过浆的白色水干,他一发现又右卫门,旋即转动眼珠。这名清瘦的老者,穿着总是很讲究。

"是总工头啊。您可真是认真。"

又右卫门一如平时,穿着褐色裙裤,搭上一件袖细。

"对了,总工头,听说您在木曾取得天主的用材是吧?"

---

① 译注:测量土地所用的竹竿,长一间。

"是上好的良材。"

"我听说是砍伐伊势神宫的备用木材,此事当真?"

他是从哪儿得到这个消息?又右卫门起了戒心。

"没错。"

"您可真是胆大包天啊。"

池上五郎右卫门皮笑肉不笑。表情就像在找寻可以下手的破绽。

"原本要用来建造天照大神宫殿的神木,真想亲眼拜见一番。请问是供奉在何处呢?"

"日后送抵时,再让您欣赏。"

"还没送达是吗?这可就麻烦了。就算送达,也得放着等木头干,照这样看来,天主还得再等上一段时日才能动工。"

"木曾上松的桧木,木纹相当致密,而且树身笔直,只要放半年晾干就没问题了。"

"是这样吗?"

"您那边的工作进行得怎样?"

"木材方面,丹羽大人替我安排了飞騨的上等木材,晾干好的已经送来。此刻正慢慢着手进行刻卯榫的工作,不过,我们向来是慢工出细活。没办法和那些手脚快的工头们一样。不过,我希望明年春天可以立柱。"

主城位于天主入口处。要是在这里立柱,届时搬运天主所需的用材将会费事许多。还得再等上一段时日,才能动工兴建天主。

"主城的立柱工程,请等到明年夏天。考虑到整座山的工程进度,这样的时期比较妥当。"

池上五郎右卫门脸上明显罩上一层黑雾。

"如果这是总工头您的命令,那也没办法,不过,没想到会拖这么久。既然这样,就让我手下的木匠们帮忙刻卯榫吧。只不过,他们不像宫庙木匠那么好用就是了。"

"不必了。如果你们有空的话,请帮忙建造山下的长屋吧。那里始终缺人手呢。"

五郎右卫门嘴角下垂,面露愠容。

"这就免了吧。要是盖长屋的话,眼光会变差,手艺也会退步。"

他别过脸去,朝一旁的手下呵斥道:

"喂,这里不是七尺。主城的馆邸,一间是七尺二寸。给我记牢了。"

又右卫门为之苦笑。池上明知天主用的尺寸,一间指的是七尺,但他盖的主城馆邸,一间硬是比天主多了两寸。这种像孩子般的较劲心态,反而让人觉得好笑。

"那条线是怎么回事啊?这种歪歪扭扭的样子,不怕被伊势大神惩罚吗?"

池上手下的木匠们哄堂大笑。

"你光靠一条准绳(水准仪)就够了吗?哈哈,我懂了。你是武田派来的奸细对吧?你终于露出狐狸尾巴了。快从实招来吧!"

木匠们笑得更大声了。又右卫门心中激起涟漪。

他静静地深吸口气。泥土散发呛人的气味。湖水映入眼帘。

他就站在这样的景致中。

山里挤满了苦力和木匠,喧闹不已,但天地还是一样寂静无声。他睁开眼,朝晴空仰望良久。苍穹的蔚蓝烙印在他眼中。他已感觉不到任何杂念。

不管怎样,人活在世上,为工作忙碌,就不断会有烦心的琐事。不可能为每件事动怒。

又右卫门行经主城,登上石阶,站在厨房的城郭上。础石上并排立着每边宽二十四厘米的柱子。此刻正在建造屋顶的木骨架。又右卫门仔细检视每一根柱子。

"用不着担心。你的个性就是没办法放心是吧?"

正在处理厨房城郭的以俊,发现父亲的身影。由于他建造山下长屋,比想象中来得认真,所以把他调往此地。

又右卫门坐在石块上,望着木匠们工作的情形,工匠个个动作利落。他合上眼,竖耳细听,搬运木材的声音、木槌的敲打声、木工长呵斥手下的声音……光听这些声音,便明白这是一处好工地,他不认为会有奸细混在里面,他不希望这么想。知了停在原木的屋柱上,叫得无比响亮。

"主君驾到。"

小姓快步跑来。信长身着一件上面染有白色凤蝶的蓝色窄袖和服,手执马鞭朝这里走来。他细长的双眼,散发炯炯精光。看到又右卫门,他微微颔首。

木匠们纷纷抛下道具,伏身拜倒。

"继续忙。"

信长直直走向其中一名木匠,以马鞭抵向他肩头。

"你刚才藏了什么东西?"

那名低头的木匠,表情登时为之扭曲。此人名叫市造,为人老实,少言寡语,工作相当勤奋。虽然年纪尚轻,但手艺精湛,所以拔擢他为木工长。

"把你怀里的东西拿出来。"

市造不发一言,伏倒在地。指节粗大的拳头在地上不住颤抖。

信长使了个眼色后,小姓扭住市造的手臂,手伸进他怀里探寻。

"请等一下。他叫市造,从小就跟着属下当学徒。他绝不会做出任何可疑的行径。"

又右卫门在市造身旁拜倒,小姓的动作先停顿了一会儿,接着缓缓从市造怀中抽手。

小姓手里握着一本小小的账册,递交给信长。信长翻阅了几下,抛给又右卫门。又右卫门仔细一看,上头画有厨房、马厩、火药库的平面图。

"为什么画这种东西?你是武田的奸细吧?"

市造冒出豆大的汗珠,不住发抖,面如白蜡。

"写下崩城两个字,在锹初时设置地雷火,全都是你干的好事吧?"

市造怕得说不出话来。但他还是勉强抬起头来,一脸痛苦地应道:

"小人岂敢?这本账册,是小的牢记自己负责的工程,所画下的平面图。小人心想,自己日后当上工头,这应该能派上用场,所以一直持续这么做。就只是这个目的,没其他念头。"

"主君,他这个人从小就很认真,绝不会是什么奸细。此事在下可以担保。他只是因为过于认真学习,而记录下工程细节罢了。"

"他能证明这么做,真的是为了学习木匠的技艺吗?"

信长凝睇又右卫门。他脸上表情满含怒气,但在烈日的照射下,却连一滴汗也没流。

又右卫门朝市造催促。要是提不出证据,市造肯定会当场被斩首。吓得面如死灰的市造,发出近乎喘息的声音。

"小人的长屋里有个旧工具箱。里面有小人画的设计图装订成的本子。请主君过目。"

"你去拿。"

又右卫门向以俊命令。

以俊快步奔去,树上的蝉声变得益发喧闹。现场没人开口说话,只有阳光灼热地照射众人。信长踩着悠闲的脚步,巡视施工中的厨房。扭住市造手臂的小姓,穿着一件窄袖和服,定身不动。市造紧闭着双眼,一副泫然欲泣的模样,时间就此停住。又右卫门那颗月代头,在太阳的烧灼下,烫热得几欲溃烂。

不久,以俊上气不接下气地从山下跑了上来。

"就是这个。"

他捧着一个满布肮脏手垢的工具箱,在信长面前跪下后,打开木箱的盖子。里面塞满用绳子将纸张穿缀成册的记事本。

信长拿起最上面的一本。

八剑大明神

神殿　正面　壹丈二寸　梁长壹丈
　　一屋顶木板　一雨水管　一桧木皮　一格子天花板
　　一竿缘　一木板地两层　一更换板两层
　　此乃热田神宫的摄社①八剑宫上呈文件。

这是去年五月,为了赶上长篠之战,冈部一门日夜赶工完成的神社。翻阅市造的账册后,发现他很认真地画下热田的神社和大门的设计图,连柱子的粗细、地板的厚度也都详细记录。

　　"放了他。"
　　"不必审讯吗?"
　　丹羽长秀问。
　　"神宫的配置图,对忍者没半点用处。"
　　信长转身离去。
　　他停下脚步:"又右卫门……"但欲言又止,没有继续说下去。
　　事后,一篮冰凉的西瓜送至厨房城郭。

二十四

　　"那不是来自木曾的桧木吗?"

---

①译注:摄社所祭祀的神,与本社的主神有深厚的关系,所以称之为摄社。

在夏日阳光的照射下,银光闪闪的湖水之上,雾气迷蒙的远方,浮现小小的黑影。

好眼力的以俊,一眼就认出。

它的方位,不同于来自西北方高岛的木筏。它是来自长滨附近的朝妻港。既是这样,那也许是木曾的桧木。还可看见拉起船帆的船影。

站在天主台上的又右卫门,定睛远望。天主台中央的地下仓库部分,往下掘土后,已大致成形。接下来要在上面建造七层高楼。此时石匠们正在对石墙做最后的修饰。那看起来确实像木筏。虽然还很远,但令人忍不住心急。

"快去备船。"

又右卫门从厨房的通道下山,向船夫借了艘小船泛舟湖上。他正准备握橹时,以俊要他坐下。

"简直跟小孩子似的。就这么等不及吗?"

"啰唆。安静地划就是了。"

果真是他引颈期盼的桧木。他一直急着想看。不管是何等美若天仙的女人,也无法让他这般思慕。

小船驶出内湖后,又右卫门以手掬起湖水,啜饮一口。离岸愈远,水质愈是甘甜。船来到湖中,若将附有长绳的水桶沉入湖中三十至四十五米深,汲取出的湖水,水质甜美犹如甘露。信长泡茶用的水,就是以此方式汲取。

"从这里看,也别有一番风味呢。"

从湖中望见的北峰,看不到什么城郭。只看见山顶和山腰一带微微削去些土石,山脚原野的树木甚至没被砍伐。它浮在水面上的模样,看起来不像城堡,倒像是蓬莱仙岛。

"爹,你有我这个好儿子,真是幸福啊。"

又右卫门没答话,故意做出强忍哈欠的模样。

"难道不是吗?要不是我想出八角望楼的设计,现在就是池上老头当总工头了。"

"说什么傻话……"

又右卫门如此低语,手举至眉前,皱着眉头,遥望远方的水平线。

"不过,你那确实是很不错的构想。"

"这好像是我有生以来第一次受你夸奖。"

以俊朝橹使劲。小船在湖中一路前行,可以清楚看见那艘帆船。船身有几条雕刻出的总金旗印,是羽柴秀吉。

待接近后,船上的人出声叫唤。

"你是木匠吗?"

"在下是总工头冈部又右卫门。"

"我是羽柴秀吉。"

一名身材矮小,穿戴红漆武具的男子,站在船头大喊。

"您专程前来,感激不尽。"

又右卫门恭敬地低头行礼。

"我听说这是建造天主用的大通柱,就马上亲自运来。虽然是很出色的大圆木,可惜断了。"

最后一句话,令又右卫门全身为之冻结。

"您说断了……不是在下听错吧？"

以俊急促地摇橹，让小船驶向帆船旁。绕至船尾一看，木筏前端有四根比又右卫门搭乘的小船还要粗大的圆木，互相架在一起。

"真的耶。圆木断了。"

不用以俊说也知道，四根当中，有一根中间出现裂痕。

"到底是怎么回事啊。这么粗大的圆木，竟然也会断……"

从根端往上数四米处，出现长长的裂痕。翻卷的部位化为白色的木刺，浮现水中，白色的木纹特别显眼。

"好像是流经河滩岩岸处时，没能顺利绕过。这里有樵夫之首的信。"

武士从高处的船舷，以竹竿夹着那封信递出。展信一看，上面全是平假名写成的文字。

向您承诺的桧木，撞上巨岩，当真是万分抱歉，无颜以对。憾甚，愧甚。

甚兵卫

"听说樵夫之首为了守护那株桧木而丧命。在奄奄一息之际，还一直说他愧对工头。据说是在写下这封信之后才咽气，似乎无限懊悔。"

又右卫门反复看那封信。想到这是甚兵卫临终之际所写，他感到的不是难过，而是一份坚定。

我收到比大通柱更好的东西。

他热泪盈眶，却不感到悲伤。他觉得自己此刻不应该难过。

"你要怎么做？要在木曾再伐一根十七米长的柱子吗？"

秀吉做出挥斧的动作。

"不必了。要建天主,靠的不是柱子。"

"不然是靠什么?"

"靠的是骨气。只要有高可参天的骨气,不论是用再瘦弱的木头,一样盖得成。"

羽柴秀吉双手一拍笑道。

"说得好。我胯下的宝贝,同样是根瘦弱的圆木,让人伤脑筋,但它也是靠骨气挺立。"

虽是低俗的玩笑,但现在听起来颇为受用。

小船在木筏的拖动下,驶向安土的湖滨。

"爹,你打算怎么做?"

又右卫门未答话,只是一直望着安土山。

"为什么闷不吭声?大通柱断了耶。以这种情况,无法接成原本的长度。如果不在木曾多砍一根,要怎么架设木骨架?得从头重新思考才行。"

"真是个啰唆的儿子。"

"什么?"

"我说你啰唆。樵夫之首因为这根圆木而丧生。难道你没想到要静静向他的在天之灵祈愿吗?木骨架的事,以后再说。"

"……"

"你这个人,凡事都只想到自己。"

以俊的注意力全放在那根断了的圆木上,他对这样的自己感到羞愧。

"只要有三根大通柱,天主就不会歪斜。木骨架的架设方式多的是。相较之下,死了一个人,你难道不觉得更应该难过吗?"

以俊听父亲这么说,点了点头,仰望天空。他心想,爹说得没错。

积雨云在落日的照射下,染满金光,仿佛随时都会唤来阵雨。

二十五

八月中旬的某个夜晚,石匠工头户波清兵卫被冈部又右卫门叫去,请他到天主台一趟。

工地里有许多石匠和苦力在搬运石块,所以到处都发生像石块放错位置之类的纷争。户波清兵卫猜想,可能是有忍者从中作梗,但偏偏又不能以此作为施工延迟的借口。

他猜又右卫门应该是要向他发牢骚,因而皱着眉头前往赴约,结果发现又右卫门在天主台设宴,独坐其中。

"一起赏月吧。"

今天是中秋节。硕大的圆月高挂东方天际,众多城郭浮现在月光下。两人共饮浊酒。

威武地矗立于月光下的安土山,与白天时阳光下的景致截然不同,弥漫一股神秘的静谧。这幅幽静的光景,让人不禁怀疑,这么多人群聚此地,到底在忙些什么?

"真是绝景呢。"

"没错。感觉犹如置身仙境。"

尽管比当初的计划延迟些时日,但石墙已堆至相当高度。整座山已逐渐变化为一座石城要塞。

"重新看这幅景致,让人对这项工作兴起无限感慨。"

"确实很令人满足。我真正的工作,接下来才正要开始呢。"

"一定会顺利完工的。"

两人观赏明月,享受微醺的欢愉。尽管他们没什么交谈,但彼此心意相通。

"可以请教您一个问题吗?"

"您尽管问。"

"石墙到处都嵌有石佛和五轮塔[①],那是因为石材不够用的缘故吗?"

"非也。"

"那么,是主君的命令吗?"

"也不是。我们穴太的石匠,相信石头潜藏的力量。石佛和五轮塔中有神佛栖宿,所以我们用它来镇山。"

又右卫门颔首,向他敬酒。杯觥交错间,月光变得益发清亮,将安土山的石墙照得无比亮丽。

在目睹那块巨石的瞬间,户波清兵卫不禁闭上眼。那是与又

---

①译注:主要作为供养亡魂用的墓塔。

右卫门共赏明月后的翌晨。信长的侄子织田信澄召见他,他跟在小姓身后前往观音寺山,发现山腰的切石场聚满了武士和苦力。

现场掘出一颗巨石。

"这块石头不错吧?"

水蓝色的窄袖和服露出半边肩膀的信澄,站在巨石上朗声说道。据说是他派人挖掘山腰处裸露的岩石,结果掘出这颗巨石。

"势必得裁切后再搬运。"

"不,就这样搬。不可以加以敲碎或裁切。这可是难得一见的名石呢。"

苦力们以桶装水。信澄命他们清洗巨石。将表面的泥土冲净后,露出略带红色的花纹。

"你看。大蛇从土中苏醒了。"

的确,花纹很像是一条盘绕的大蛇。

"这里是头。全身盘绕。"

经他这么一说,看起来确实像那么回事。看起来像头的部位,甚至有凹陷的眼窝。

"有西瓜对吧?拿过来。"

小姓快步奔离,取来一颗大西瓜。信澄一拳将它剖成两半,嵌进巨石的凹陷处。替大蛇装上鲜红的眼睛。

"这就叫画龙点睛,当真是条大蛇呢。听好了,直接就这样搬。"

这是比一间小仓库还大的巨石。高一丈,直径约两丈宽。

"应该有三万贯(约112吨)重,没办法搬。"

"怎么会没办法。只要召集苦力,没有搬不了的东西。"

"还是不要的好。"

"真是个没用的石匠工头。精诚所至,金石为开,难道你没这样的精神吗?"

正当双方争执不下时,信长正好走来。他一见这颗巨石,马上双目圆睁。

"你们可挖到宝了,好一个安土的守护神啊。把它摆在主城入口处吧。"

"可是,这位胆小的石匠工头说没办法搬。"

手执马鞭的信长,瞪视着户波清兵卫。那视线就像刺人般锐利。

"为何没办法搬?试也没试,为何就说没办法?"

"埋在地里的石头,是滚烫的神火化身,本性凶猛至极。如果搬运那样的巨石,光是运下山,就会有五人、十人丧命,所以在下才说没办法。"

"就算死几名苦力,也没什么大不了。"

"一旦运上安土山,将会出更多人命。"

"总会有什么方法吧。难道穴太的工匠没半点智慧?"

清兵卫摇头。

"这不是能否搬动的问题。不过,诚如在下所方才所言,那颗蛇石是神火的化身。倘若强行运上山,将带来灾厄。此乃违逆天地乾坤之理的不逊念头,不是我们凡人该做的事。"

信长摩挲着额头,朝清兵卫瞪视了半响。

"够了！我卸除你石匠工头的职务。你滚吧。"

"没能派上用场,在下万分抱歉。"

清兵卫伏身拜倒,信长闻言,剑眉上竖。

"等等……真看不顺眼。"

清兵卫对工头地位毫不留恋的恬淡态度,似乎惹恼了信长。

"还是由你来做。"

"在下深知自己不识抬举,但还是恕难从命。"

"搞清楚你的身份!"

总奉行丹羽长秀厉声呵斥。

"竟然敢忤逆主君的意思,真是无礼至极。如此没用的石匠,应当立即斩首。和他多言只是浪费唇舌。"

"砍了他的头,一点意思也没有。"

信长神色依旧,俯视着清兵卫。

"你也有儿女吧？我砍了他们的头,你看怎样？这样你还是坚持不肯搬这颗石头吗？"

"如果主君想要小女和两名小犬的项上人头,就尽管拿去吧。如果将那颗蛇石运上山,至少会有数十人殒命。小女和小犬很乐意奉上自己的小命。"

清兵卫神色自若地低头行了一礼,他很清楚此举会惹怒信长。

"把他押入大牢。石匠工头改由马渊的工匠担任。"

信长涨红着脸,压低嗓音说了这么一句。

"这下可有意思了。太好了。"

"没错。如果来了这样一颗巨石,我们就能大举兴风作浪了。"

在观音寺山的斜坡处,左平次向忍者同伴如此说道。此时已召集苦力,正将蛇石运下山。刚才巨石滚落,压死了数名苦力。在怒吼和哀号声中,就算谈论什么坏事,也没人会听见。

石奉行西尾小左卫门目睹眼前的惨事,茫然呆立原地。一旦巨石从山坡滑落,根本无从阻挡。巨石底下已事先掘好土,好让它慢慢往下滑,但蛇石不时会以强大的劲道滚向意想不到的方向。

"这颗石头果然……"

要求信澄停止搬运的话已来到喉头,可是却始终说不出口。他对自己的没用感到羞愧,无奈信长的命令难以违抗。

"滚得好。就这样一路滚下山吧。"

年方十九的信澄,见有人丧命,根本毫不在意,还拍手叫好。

蛇石一路从山腰滚到山脚,撞倒许多树木,撞破沿路的大石,沾满苦力身上的血水,一路往下滑。

它滑下斜坡后,陡然停住,动也不动。

"凭我的家臣和农民们的力量,完全搬不动它。"

在信澄的求救下,信长命丹羽长秀、羽柴秀吉、泷川一益前往支援。转眼间已聚集了众多步卒。

粗大的麻绳套在巨大的蛇石上,地上摆好了圆木。一万名男子手执麻绳,使足了劲往前拖。

但蛇石只是微微一晃,没移动分毫。

"不管怎样,都要把它摆在主城前。"

在信长的命令下,马渊的石匠工头和众奉行们聚在一起讨论搬运方法。

"用修罗来搬运,是最好的办法。"

就算用长杆也搬不动的帝释天,只有阿修罗才搬得动,所以用来搬运重物的木橇,人们称之为修罗。

在马渊头目的建议下,决定要造一座载运巨大蛇石的修罗。而奉命制作修罗的,正是冈部又右卫门。

安土山的后门通道半腰处,有一座小石牢。

如今关在里面的,是当初建造这座石牢的石匠工头户波清兵卫。

"拜托,请让我借助你的智慧。我们已经用尽各种方法了。"

神色憔悴的西尾小左卫门在牢门前唤道。清兵卫端坐牢中。

"试过修罗了吗?"

"说到重点了。又右卫门挑选上好的松木造好了修罗,所以我们在巨石前掘洞,费了好大一番功夫架上巨石,但才拖没多久,修罗就出现裂痕,结果就此断裂。那颗石头真的是瘟神吗?"

"最好的做法就是放弃。"

"主君下令,无论如何都得搬。不管怎样,都得搬上山才行。再这样下去,不知还会死多少人……请让我借助你的智慧吧。"

清兵卫摩挲那久未修剪的月代。他闭眼片刻后开口低语。

"请转告又右卫门大人,修罗要挑选上好的血槠木。"

"血槠木?是血槠木对吧?"

"用其他木材承受不了重量。"

"原来如此。谢谢你。这样就能运上山了吗?"

"还得再多花一些功夫才行。"

"你教我吧。我会向主君求情,请他饶恕你,放你离开大牢。"

清兵卫摇头。

"一旦离开大牢,又会看到那颗石头被运上山的景象。倒不如待在这里还比较平静。"

这是他的真心话。多年来,他一直与石头接触,但这还是第一次进石牢。以前他从没想到,待在石牢,竟是这般平静。

"不过,我会告诉您一些尽可能不会出人命的方法。"

清兵卫开始道出他之前独自思索的想法。

"首先,最重要的是道路施工。"

为了将石头和木材等建材运上山,已在坡度平缓的东南方山脊开辟出一条四米宽的搬运通道。预计在城堡竣工后便要封闭此道,所以这条通道铺得不太牢靠。

"拓宽那条道路,紧密地打上七八寸粗的木桩,加以补强。如果不先作好道路施工,路肩会崩塌,巨石将就此滚落。"

"要是这样的话,就再也运不上山了。"

西尾似乎在想象那幕景象,为之蹙眉。

"黑藻(昆布科的海藻)二千贯、鱼油二十桶、加入女人头发搓成的百寻长(约150米)麻绳六十根、血槠木的短圆木三千根。先准备好这些东西吧。"

"明白了。要派多少人拖才够呢?"

"倘若是五百贯(约1.9吨)重的石头,需要一百人。如果是三万贯重的巨石,则需要六千人。若要运上山,则人数需加倍。一旦搬动,途中绝不能停止。不分昼夜,都要有可更替的苦力,这样又要再多加一倍。"

"两万四千人是吧……"

"大绳有新的拖动方法,请照这个方式拖动。"

清兵卫详细说明蛇石的搬运法。

"明白了。就照你说的方式做吧。"

将蛇石运上山,是必须动员安土城下所有人的大工程。

蛇石披上鲜红的绫缎。上头以野花装饰,并挂上草绳结。一切准备妥当。

身穿鲜红披风的信长,站在看台上。小姓全都戴上南蛮头盔。

"所有人要铆足劲拉。拼了命拉。"

信长的声音划破万里无云的初冬晴空。

"拉呀,拉呀。一路拉上山,拉呀!"

一名有副好嗓子的男子,以响亮的嗓音吆喝道。一旁有人热闹地敲锣吹笛,五名身穿华丽服装,模样怪异的猿乐[①]师,开始在蛇石上跳舞。也有人打鼓挥动金旗,炒热气氛。

缠满大绳,戴着蛇石的修罗,开始缓缓移动。

人群中响起一阵欢呼,锣鼓益发响亮。

异常沉重的修罗,底部的圆木深深陷入地下,缓缓前进。

"就是这样。很好,再加把劲。再多加把劲。"

丹羽长秀叫道。

[①]译注:一种传统的日本艺能。

"为了那个女孩,为了这个女孩。另外,也是为了家里的老婆。"

羽柴秀吉朗声吆喝助兴。

为了帮助修罗滑行,女人们沿路撒黑藻。在通往山顶的路上,已全部整理得很平滑,路上每颗小石头都已清除干净。

"动了。"

西尾小左卫门低语道。

"有这么多人在拖,就算是整座山也搬得动。"

新上任的石匠工头——马渊的源太左卫门,得意扬扬地笑道。

在平地上前行了数百米后,开始上坡。接下来即将登上安土山。男子们汗如泉涌。

一上坡,锣鼓敲得震天价响。男人们齐声吆喝。

像小屋般大的巨石开始爬坡。一尺、两尺、三尺,一步一步地前进。

一个时辰、两个时辰过去,进度未曾停歇,过午仍继续上坡。

"接下来是条长路,要轮流休息。酒和饼尽管喝、尽管吃!"

西尾小左卫门朗声叫道,组头指挥苦力搬运。每五十个人一组,轮流离开麻绳,大口吃着备好的酒、饼、饭团。苦力们的手脚发麻,就像木桩一样僵硬,但心里却颇感欢喜。

不论是哪个地方的庆典,男人们都不会像现在这般铆足全力。

"我在建造那座城呢。"

拉绳的人,个个都有这股值得夸耀的真实感受。

夕阳西下,没入比良峰,但男子们仍继续拉曳麻绳。山上四处燃起篝火,乐曲毫不节制地鸣响。

人们彻夜拖曳蛇石。这时只要力量稍有松懈,巨石便会就地扎根,再也无法搬动。每个人心里都这么想。

在蛇石上打鼓的猿乐师迦楼罗①,精疲力竭地走下巨石。已经是第三天了。他一直朗声吆喝,他最自豪的嗓子已经沙哑无力。

他以陶杯装酒,啃着烤好的香鱼干。他发现之前打过招呼的马渊石匠工头,于是走向前和他攀谈。

"真是一场热闹的祭典啊。"

"可说是开天辟地以来的头一遭。应该是绝无仅有了。"

"没错、没错。不过话说回来,这麻绳可真长。不知道前端到底有多长,我站在巨石上也完全看不出来呢。"

"这是我的新设计。加进女人的头发搓成的麻绳,前端一路接往山的另一头。前方绑着一颗巨石,利用它的重量来将蛇石运上坡。路上全部铺上圆木,好让巨石可以在麻绳不断的情况下顺利滑动。如何,我很有智慧吧?"

"哗,这样的安排可真周到呢。"

"天下虽大,能想出这个办法的,也只有我马渊的源太左卫门了。任凭再大的巨石,也没有我搬不动的。"

"您说得一点都没错。"

接着源太左卫门又不断吹嘘。迦楼罗态度恭敬地在一旁附和,看来是问不出什么有用的话了。

---

①守护佛法的天龙八部众之一,人身鸟面。

"在如此值得庆贺的日子,承蒙召在下前来,深感光荣。"

他低头行了一礼,源太左卫门高傲地颔首。

啐,这男人可真无聊。

迦楼罗在心中暗自咒骂。虽说这是忍者的宿命,但像这样乔装身份,向人鞠躬哈腰,总还是会觉得心里不痛快。

不过话说回来,织田他们的速度,真是宛如迅雷疾风啊。

再这样下去,城就快盖好了。到时候武田军肯定难以反击。真想妨碍他们施工,挫挫信长的锐气。

他指派潜入这项工作中的女忍者,迟迟仍未现身。

得好好训她一顿才行。

女忍者经过调教,只要是迦楼罗的命令,绝对会服从,但她最近不太对劲。明明是忍者,却可能已拥有寻常人的心思。若真是如此,只好加以威胁,若这样还不肯听从,只好杀了她。

他坐在地上如此思忖,这时马渊的源太左卫门朝他背后拍了一下。

"喂,这是最后的山坡了。你再加把劲,炒热一下气氛吧。"

"是,我一定让气氛热闹起来。"

迦楼罗再度登上蛇石。

主城入口处的最后一道坡,就在眼前。黑暗正步步逼近。

自从决定一死后,左平次反而觉得轻松不少。他事先一直在找寻机会朝修罗或拉绳动手脚,但由于戒备森严,他自知不可能,于是便打消了念头。

那只好牺牲了。

一旦下定决心，就不再有任何踌躇。

笔直沿着搬运通道而上的蛇石，最后一定得越过一处陡坡才能进入主城。虽只是一小段路，但是对重达三万贯的巨石来说，这是艰困的阻碍。

"这时候只要切断拉绳，蛇石便会滑落，转眼便会有数百人被活活压死。"

他已事先向混在苦力中的三十名甲贺忍者说明过，他们都会在这里牺牲。

拖曳巨石上山，今天已是第三天。起初是固定分组拉麻绳，但在不眠不休的轮替下，已经分不清谁在哪一组了。四周满是人。汗水和人身上的气息化为热息，升向天际。眼下正是忍者动手的绝佳时机。

拉绳的吆喝声愈来愈响。眼前是最后一处斜坡。猿乐师像发狂似的乱舞。

左平次手执火把爬上蛇石。一名脸戴迦楼罗面具，忙着打鼓的男子，纳闷地停止动作，左平次朝他微微一笑。

一面笑，一面朝火药球点火，抛向修罗前方。顿时发出轰隆巨响，苦力们纷纷退开。

他往巨石猛力一蹬，跃下地面，挥动柴刀，朝麻绳斩落。因重量而绷紧的麻绳出现裂痕，接着啪的一声断裂。

在这声爆炸的讯号下，甲贺忍者们拿出潜藏的镰刀和柴刀，动手切断麻绳。

蛇石瞬间停住不动，接着旋即开始往后退。上头的猿乐师吓得跌落地面。

"不好了！快逃、快退开啊！"

"危险！快避开啊！"

就像在嘲笑这阵怒吼声般,蛇石一路往下滑。

以长杆推动修罗的苦力,还来不及惨叫便被压垮,修罗以惊人之势滑过那染血的斜坡,男男女女全被卷入其中。

修罗在血的力量助长下,一路从人身上压过,每次碾出鲜血,冲力便多助长一分。苦力们不知该往哪儿逃,逃命者纷纷叠在跌倒的人们身上,无法动弹。修罗猛然袭向他们。

安土山的山顶,惨叫和怒吼声此起彼落。

蛇石潜藏体内的邪恶一口气喷发,往下疾冲,落入底下的城郭后,这才停住。

二十六

天正五年的大年初一,在宁静中到来。虽说已是新春,但湖国依旧是冬日气象,大多是北方浓云低垂的日子。安土也不时会降雪。这种日子让人产生错觉,仿佛置身泼墨山水中。

又右卫门带着别人赠送的腌芜菁,造访湖滨的贮木场。锯木工头庄之介出身于飞骅山中,所以特好此味。

"你真是找来了上等木材。虽然很不甘心,但这确实比飞驒的桧木更棒。"

不管何时来访,庄之介总是从木曾的桧木开始谈起。他似乎相当喜爱,还在那十七米长的大圆木旁搭建临时小屋,总是在那里观赏圆木。

他以木屑生火取暖,喝麦茶,大啖芜菁。与又右卫门同是申年生的庄之介,既不好胜,也不骄矜,就只是望着木头,过他的人生。哪块木材该用在哪里,绝少不了庄之介的建议。

"老实说,我一看到那根圆木,实在很想转头就跑。"

"是吗?这是为何?"

"我数过木纹。最粗的那根,有两千五百八十三条纹,其他两根则分别是两千四百六十七条与两千四百三十二条。以年轮数来说的话,我锯过更粗的树。但这根桧木很特别。不可相提并论。"

"你担心会遭天谴是吗?"

又右卫门曾告诉庄之介,这些大圆木原本是伊势神宫的备用木材。

"不。是否要供迁宫之用,那终究是世人决定的事,和木头无关。更重要的是,你看这个。"

他取出一张各边宽六尺的薄雁皮纸。里面以毛发般的细线紧密地画出许多同心圆。每个圆之间的间隔,似乎仅只一厘(0.3厘米)。

"这是以纸贴在切口处拓印出的年轮。我仔细检视过有无歪斜处,但连一处也没有。圆得可怕。圆得相当彻底。真叫人不敢相信。"

比起桧木的浑圆年轮,庄之介仔细将它拓印下的这份执着,更令又右卫门惊叹。

"真厉害。"

"确实是一棵笔直得让人害怕的树。"

"不,我说的不是桧木。是你的执着。"

"这种东西,只要跟这根桧木相比,根本就不值一提。以一寸百目的线条来说,我的一生就只有五分(15厘米)长。"

每次和庄之介聊天,又右卫门总是很愉快。感觉心情无比放松。他的目光总是放在常人往往会忽略的事情上。

"它就是这么圆的桧木。将它做成柱子,若直木纹有些许歪斜,讲任何借口都没用,全都是我的错。是我内心不够平静的缘故。这十七米长的长材,若不先做好相当的心理准备,实在很难锯得下手。"

又右卫门低头行了一礼。他很感激庄之介的这份坚持。

"我打算夏天立柱。还有时间,你就慢慢来吧。"

"三根大通柱就够了吗?"

"只要立成三角,天主就不会歪斜。不必担心。"

"那么,断的那一根怎么办?要用卯榫接合吗?虽然顶多只能有十一到十三米长。"

"那就拜托你了。这次送来的朽木谷松木如何?觉得好像松脂略多……"

不管聊再久,总还是围绕在木头的话题上。庄之介似乎记得自己看过的所有木头,只要又右卫门提到"那时候的那块木头……",庄之介便能娓娓道来,连当时锯树时的触感都能讲得清清楚楚。

"对了,之前我在锯柿子树时,发现它是黑柿木。此乃珍品,还没让你过目呢。"

黑柿木是茶室炉缘所用的上好木材。若能使用黑柿木,信长一定会龙心大悦。又右卫门决定到保管上等木材的场所亲眼见识一番。

走在层层堆叠的圆木旁,听见年轻的锯木工高声喝茶聊天的声音。

"甲贺忍者的首级被曝晒在百百桥旁对吧。听说他们的人头每到半夜就会发出咭咭怪笑,这是真的吗?"

"主城前好像很可怕呢。听说每当太阳下山,就会有许多鬼火四处乱飘。甚至还从地底传出呻吟声。因为毕竟死了三百人啊。"

"听说马渊工头的亡灵也会出没。那名石匠工头是因为觉得颜面无光,而上吊自尽。"

蛇石最后是由户波清兵卫运上山顶,摆在主城前。

光是将滚落底下城郭的巨石运回原本的搬运道路上,便已是一项大工程。所幸修罗没受损,所以再次辛苦地将巨石运上修罗,一面以绞车卷动拉绳,一面拖回搬运道路上。

这项作业不同于先前庆典般的喧闹,既没乐器,也没歌唱。中国皇帝驾崩,也许就会有这种出殡队伍。一群表情阴沉的男子,肃穆地拉着麻绳,把巨石运上主城。完成一项工作的喜悦,远比不上百般不愿而为之的痛苦。这次没再闹出人命。

获得赦免的清兵卫,和徒弟们一起回归穴太。又右卫门想起清兵卫,心中无限怀念,深感他是名坚定沉着的男人。

在搬运石块时引发骚动的甲贺忍者,包含首脑左平次在内,全员当场被捕。曝晒的首级经乌鸦啄食,如今已化为骷髅。

"喂,老扯这些没用的闲话干什么!手烤暖后,还不赶快去工作。"

庄之介厉声呵斥后,锯木工人一哄而散。

"看来,有不少流言蜚语四处谣传。"

"抱歉,让你看到我手下们懒散的一面。"

"不,年轻人都是这个德行,我的手下们也是让我伤透脑筋。"

"不过,首级曝晒那么久,那些坏脓应该都已经跑光了吧。"

"真是这样就好了。"

"武士们现在也都严加戒备。"

从那起事件后,工地戒备森严,可说是滴水不漏,不分昼夜都有士兵持枪把守,马回众也频频来回巡视。

"主君在的时候倒还好,不过他不在时,感觉气氛松懈许多。实在叫人担心。"

信长去年为了攻打本愿寺,频频上京。他才刚获颁内大臣一职,便在岁末时前往三河吉良放鹰狩猎,在岐阜过年。接着又马上进京,这次似乎是要攻打纪州杂贺。

他人在安土时,当然是督促筑城的工程。

又右卫门一天之内被召见多次。一会儿吩咐居所该怎么做,一会儿说望楼该怎么建,信长脑中似乎已逐步浮现具体的细部。

又右卫门每次都被迫地对设计图进行修改或变更。

"不过,主君还真是与众不同呢。"

"的确,真的是世所罕见。"

"这么任性的你,侍奉大人这么多年,竟然没因为触怒君威而受罚,真是不简单啊。"

"我啊,就像这里的苦槠木一样,因为上头有这么一位主君,才能笔直地生长。"

苦槠木当木材使用,容易弯曲变形。虽然不能当梁柱使用,但它耐水性强,适合当根基使用。有建筑压在它上面,它才不会弯曲变形。

"哦,这根榉木真粗。想必可以作出上好的木材。就拿它来盖书院吧。"

地上放着一根直径四尺粗的榉树圆木。

"你这么认为吗?"

庄之介拍打那根粗大的榉木,微微一笑。这名锯木工头具有透视木头内部的特异功能。不必锯开,他就能准确猜出内部的木纹情况。

"里面有空洞是吗?"

又右卫门看过后,觉得应该没什么问题,但只要庄之介摇头,里面肯定有什么问题,无法当木材使用。

"很可惜,它被铁炮虫(天牛的幼虫)啃过了。里面坑坑洼洼的。"

"这样啊。"

又右卫门觉得庄之介的这番话,似乎与他有某种关联,但到底是哪种关联,他也说不上来。

二十七

　　锯木工头巧妙地锯好大圆木。送往山下雕刻小屋的那些长十七米的柱材,看起牢固可靠,令人陶醉,美得犹如贵妇人一般。庄之介这半年来,都是在这些圆木旁生活起居,所以到了六月时,已将它们加工得相当完美。
　　"锯木名人所锯的树,光滑明亮。几乎不必细刨就能用了。"
　　引头弥吉双目圆睁,把脸凑近细看。
　　"真的闻得到麝香呢。"
　　以俊频频嗅闻。方形木材散发出浓郁的芳香。
　　长十七米,分别粗四十八厘米、四十五厘米、三十九厘米的三根屋柱用材并排而列,又右卫门从早到晚与它们对峙,纹丝不动,一看就是三天。
　　到了第四天一早,他拿定主意后,在井边以井水沐浴,穿上白麻水干。
　　他朝木材拍掌膜拜,向八百万众神祈祷。然后他告诉自己,要毫无偏差地画上墨线。
　　他手执墨斗,不发一语地与木纹相对而望。明明是闷热的天气,却一滴汗也没有。他以眼神向手持尺杖①的弥吉示意。只有墨线划破空气的声音,在宽广的小屋里回荡。

又右卫门不吃不喝,也不休息,一直到傍晚前才画好墨线。

"辛苦您了。看您的表情好像很开心呢。"

"因为我一整天都和仙女玩乐。"

又右卫门回答弥吉,感觉全身盈满愉悦之气。

隔天起,他命手艺杰出的市造等九人负责握凿子动工。各层都会嵌入直径宽二尺到三尺的大松梁。照墨线雕刻卯榫后,三根大通柱就此完工。

"天主木骨架终于快要有雏形了。"

弥吉已在记录所有用材的账册上画上红圈。这么一来,底下五层的木骨架大部分都已雕刻完毕。

"我从去年就一直在刻卯榫,都快受不了了。"

面带微笑的以俊,手上形成的水泡都已经破了。冈部一门共分成十多组,这一年来,不论白天、黑夜,他们一直在和天主的用材奋战。

如果是柱子,为了预防日后出现裂缝,得先将长长的钢棒烧成赤红,将木芯烧焦后取出。将方形木材刨光后,以俊和弥吉画上墨线,雕刻出用来嵌入梁、桁、楞木、格栅垫木的榫眼,除此之外,如果是供内部用,就刻出门槛、门楣、长押用的洞孔,如果是外壁用,就刻出供抹墙用的间渡竹洞孔,以及装设雨淋板的台座洞孔。

---

①建筑所用的大形尺。与间竿类似。

万一榫眼的位置偏差，就组不成天主。如果处理时动作粗鲁，则会污损。明明时间已不够充裕，但工作还是非得用心处理不可。刻卯榫的日子，也就是忍耐的日子。

整座天主需要三百根以上的横梁，得将贮木场里的松材弯度一根根画在纸上裁下，与设计图作对照，仔细思考哪一根松木该用在哪个地方才恰当。光这样就已经相当辛苦了。实际雕刻粗大的梁材，当然更是辛苦。

这样的日子终于快要结束。

"等立好柱子后，就得连忙组装木骨架，没时间喘息，直到架上最顶层的中梁为止。没时间听你哭哭啼啼。"

等装设好木骨架，接着必须雕刻地板、长押、天花板等内装材。将设计图交给已能独当一面的木匠，然后做出范本让新人仿照刻出相同的东西来。人手和时间怎样都不够。

不过，眼看就快能立柱了，让人颇为放心。雕刻小屋里响起轻快的敲槌声。

"试试看那个屋顶角落的组装是否牢固。"

那是个平静无风的酷日。也许是连日酷暑的缘故，巡视临时仓库的又右卫门不时感到头晕目眩。

在弥吉的指挥下，角落的桁组在一起，上头架上有斜度的隅木。木头交错组装在一起的部分，会先暂时在这里组装。因为要是辛苦地运上高处后，才发现无法组装，施工的进度将就此受挫。

"好，这次让梁嵌入大通柱里吧。"

每个都是沉重的部材，光是尝试组装，就得动用数十名男子才搬得动。

又右卫门坐在圆木上监工。

"没有问题。没什么好担心的。"

站在一旁的以俊笑着道。又右卫门始终沉默无语。

"我想过立柱用的鹰架,你要看一下吗?"

以俊递出的纸张上,画有架设在石墙上的鹰架图。的确,已经来到非得思考这个阶段的时候了,但又右卫门这几天身体欠安。刻好的木材上所涂的柿汁①散发的气味,令他感到莫名刺鼻。

"只要架上高四间的鹰架,再加上石造仓库的二间深,就有六间高了。这样应该就能立起八间长的大通柱。在这里和这里架设滑车。喏,像这样从柱子顶端插进天主台里。"

以俊拿起身旁的小木块,开始展开说明。

天主地下仓库的入口狭窄,而且石阶弯曲,要让长柱通过此处,是件麻烦事。以俊详尽地说明要如何让柱子通过这里。他的仔细,令又右卫门感到心烦。

"这种事,大可不必一一说明。"

又右卫门感到烦躁。

"这很重要。"

当然了,要如何立起长长的大通柱,是工程的重大关键。

然而,又右卫门此刻感到头部发烫,思绪不清。以俊仍在继续说明。

---

①从尚未转红的柿子中挤出的汁液,作为防腐、防水之用。

"待会再说。"

"你不是向主君承诺,七月要立好屋柱吗。再不先准备,会来不及啊。"

"来不及"这三个字,惹恼了又右卫门。

"啰唆,用不着你多嘴。"

"可是……"

"住口。"

涌上心头的烦躁,令又右卫门拉大嗓门。他很清楚自己此时因血冲脑门而发热。心脏剧烈地跳个不停。

当他瞪视着以俊站起身时,突然就像头上蒙上一层黑幕般,意识就此远去。

又右卫门健壮的身躯,朝木材上倒下,发出一声巨响。

天主耸立于安土山之巅。红色的屋顶和屋柱、蓝色的鳍板、屋柱与檐瓦的金箔,在阳光下灿然生辉。众人抬头仰望。

当又右卫门朝这项成果频频点头时,突然脚下一阵剧烈摇晃。天主为之摇动。人们齐声尖叫。是大地震。

天主的屋顶塌落,墙壁崩毁,粗大的木材像碎屑般掉落。

他想冲上山,但手脚却动弹不得。拼命地往前冲,却前进不得。

就在他死命挣扎时蓦然醒来,全身冷汗直冒。原来是因发烧而梦呓。

"你醒啦。"

妻子田鹤凑近望着他。又右卫门眼皮就像涂上胶水似的,无比沉重。肚子灼热犹如火烧,觉得肚子发胀。

"你不要勉强自己。"

不安传遍他全身。他试着动动每根手指。又右卫门的父亲因中风倒地,在半边身子无法动弹的情况下,伏地而死。又右卫门担心自己也是同样的病。

他动了动手指,想要起床,但使不上力。

"你就躺着吧。你太累了。只要好好休息,日后便能再好好工作。"

又右卫门摇着头。立柱的日子近了,还有许多事得做。

"发生这件事后,以俊变得很认真可靠,你就先静养个两三天吧。拜托你。"

他决定这天好好休息,并不是因为田鹤的拜托,而是身体不听使唤,没办法起床。

他肚子发胀,在田鹤的搀扶下,前往厕所。他腹泻相当严重,频频如厕,腹痛难耐。可以看见粪壶里的粪便犹如脓血一般。

这也许是绝症。

他以发烧昏沉的脑袋如此暗忖。他全身发烫,寒意游走全身。脑中朦朦胧胧,意识远去。

"你这模样可真难看。"

他睁开眼,发现以俊面带冷笑。之所以看起来觉得像是在嘲笑,也许是发烧的缘故。

"一切包在我身上,你只要放心躺着休息就好了。"

又右卫门摇头。他这儿子胜任不了总工头的职务。

然而,自己衰弱成这样,根本无法亲临工地。他自己心知肚明。

他转头面向以俊,眼睛无法完全睁开,只看见朦胧的身影。

"你就这么信不过自己的儿子吗?你就好好休息吧。"

听以俊这么说,又右卫门无力地颔首。眼下他只能这么做。

我恐怕无法活到立柱那时候了——正当他如此思忖时,体内那所剩不多的精力为之昂首。

我岂能就这么死了!

究竟只是心里这么想,还是实际发出低声呓语,他自己也不知道,就此再度沉入昏睡的深渊中。

二十八

安土山山脚下的城镇不断扩张,人们开始在此展开生活。

信长的旗本们接受土地分封,自费建造宅邸。从十坪大的到两三百坪的占地都有,依位阶高低,土地大小也各有不同,但每一户都已掘好井。

继木匠与泥水师的市町之后,紧接着成立的是铁匠的市町。敲打刀刃和铁钉的铁锤声从未间断。桶匠、漆器工匠、铺桧皮屋顶的工匠、雕刻师、金属工匠、榻榻米师傅等在此聚集,贩售米、鱼、蔬菜的市集就此成立。贩售油、薪炭、陶瓷、衣服的商人,也纷纷开始摆摊,形成了妓女町。这里屋舍林立,焕然一新,路上满是人潮。

信长发出公告,以这条街为乐市①。

一、今后此处称之为乐市,诸座、诸役、诸公事,皆可自由从事。

二、来往商人禁行上街道②,上下皆应行经本町,并在此投宿。

一共立下十三项条文,城下开始日益繁荣。这里充满活力,仿佛只要来到安土,便能大赚一笔。

随着夏日到来,疫病也在这样的新市镇里发威。

"这下麻烦了。先是我爹病倒,接下来换我娘。不知道会蔓延到什么程度。"

市镇里最先传出病情的冈部一门,有半数的人病倒,全都为严重腹泻和高烧所苦。以俊此时忙的不是工程,而是照顾病患。入夜后,他找雨音到湖滨见面。

"以俊大人,您没事吧?"

"目前没事。雨音你呢?"

"我没事。可能是我身强体健吧。"

其他的煮饭女佣也和雨音一样,忙着四处照顾病患。

"好可怕的病。"

"真是的,到底是中了什么诅咒。"

城下谣言蔓延的情况,比疫病还严重。有人说是吸血的蛇石在作祟,也有人说是信长放火烧比叡山,因而受山上的和尚诅咒。

---

①在乐市,只要支付一定的费用,任何人都可以在这里自由买卖交易。
②译注:中山道。

甚至有人说是南蛮人载来了妖怪,说得煞有其事。

安土城下已不再有人往来,祈祷诵经的修行者和祈愿和尚看起来特别显眼。

"暂时没办法施工了。"

"这也是没办法的事。不只是我们,堺的岸上一门和奈良的中井一门也有很多人倒下。池上老头事先已回到京都,逃过一劫。当真走运。"

原本进展顺利的筑城工作,就在即将立柱之际,工程突然受挫。

这座刚形成的市镇,飘散着病人的酸腐气味。

开始有人丧命。因这种疾病丧命的尸体,瘦得只剩皮包骨,活像死灵般。每具尸体都一样。

才短短数天,疫病便迅速扩张。巨大的积雨云矗立天际,仿如在嘲笑人类那自以为聪明的行径。

以梅子、车前子、青葙、牻牛儿苗、石榴一同煎煮的苦口药汤,雨音煮了满满一锅,前往每一户病人家里送药。遇到无法亲自上厕所的病患,她也会加以照料。

"你真了不起。在我们冈部一门的女人当中,你工作最认真。也有人在你的照料下恢复健康。"

以俊躺在雨音膝上,以膝当枕。

"我要是倒下,你可要照顾我哦。"

雨音微微一笑,轻抚着以俊的脸颊。湖上的明月,朦胧中带有微红。

"要是我倒下的话,以俊大人,你会为我做什么?"

"我会买天竺的犀牛角给你。听说退烧很有效。"

雨音眼中散发惊诧的光芒。

"要是买那种东西,有再多钱也不够用啊。"

"钱的事,总会有办法的。不管是高丽人参,还是鞑靼的鹿茸,只要是为了你,我都愿意买。"

雨音伸手摩挲以俊厚实的胸膛。

"我好高兴……"

以俊把手滑进雨音窄袖和服的衣袖里,把玩她的酥胸。都这种时候了,以俊还是情欲高涨,说来实在丢脸,但又感到几番得意。

他将另一只手伸进窄袖和服的下摆,以俊起身吸吮她香甜的柔唇,解开她的衣带。

阴阳师伊束法师被信长唤去,询问此次肆虐的疫病。

"加持祈祷有效吗?"

"当然有效。不过,此次的传染病如果不是妖魔作祟,而是天地的邪秽之气作乱,那么,加以清除方是首要之务。比起加持祈祷,医术应该更为有效。"

"市町里开始聚集一些来路不明的法师。你看该怎么处理?"

"对不知如何是好的病患来说,就连神棍、假和尚,看起来也会觉得无比神圣,不过他们终究只是煽动人心的不安,想借此谋利之徒,最好还是将他们放逐。在下会制作护符,请广赐民众。"

"就这么办。武井,调查到了吗?"

祐笔①武井庵身旁,堆了厚厚一叠书籍和账册。

"属下翻阅过往记录,没见过病情蔓延速度如此迅速的往例。疫病往往是在饥荒或战事后才流行,所以具有因果报应之类的征兆。如今此种毫无任何征兆,便突然蔓延的情况,着实有点诡异。"

"大夫,说说你的看法吧。"

位居末座的一名男子伏身拜倒。

"在下认为是食物中毒。俗话说病从口入,远离不洁之物,静心养气,乃首要之务。"

"你认为不洁之物是病因?"

"此乃在下愚见。"

"何谓不洁之物?"

"粪便、腐鼠是最不洁之物。"

信长望向屋外。在盛夏太阳的照射下,山下的市町因冉冉而升的热气而飘摇。

"丹羽,你要是有什么想法,就说来听吧。"

"属下不敢妄下断语,不过,属下怀疑这是忍者和奸细所为。总觉得这次疫病弥漫着一股诡异气息。"

"忍者如何引发疫病?"

"属下也无法参透。不过,属下有这种感觉……"

丹羽长秀背后有一大片汗渍。

"请恕在下直言,倘若忍者将粪便、腐鼠投入井中,则此次的疫

---

①武士的职务名称。专司文书、记录的工作。

病就不难理解了。水一旦腐败,便会病从口入。"

大夫陈述自己的意见。

现场沉默了半晌。

"仔细调查市町的市集与每一处十字路口的水井。如果是经口传染的疫病,一定是经由这些地方。暗中派人监视,一见可疑分子,立即加以逮捕,处以绞刑。"

信长的声音压抑着怒气。

以俊提着雨音煮的一锅鲤鱼汤,到父亲家探望。

地上铺着两张薄榻榻米,父母就躺卧其上。

"多少吃一点比较好。"

母亲远比父亲来得衰弱。以俊想让母亲吃鲤鱼补充体力,但母亲只是摇头。

"你回去吧。要是你也倒下,那可不行。"

"倒下的人是你啊,娘。"

母亲憔悴的脸显得无比哀戚。朝鬼门屋柱贴上钟馗的护符后,以俊扶起母亲,以汤匙喂她喝鲤鱼味噌汤。他仔细地剔除鱼刺和鱼鳞,喂母亲吃。吃了三口后,母亲摇了摇头。

"这样就够了。"

让母亲躺下后,她合上眼。小时候,以俊深以漂亮的母亲自豪。每次向她撒娇,母亲总会紧紧抱住他,传来一股淡淡的香味。有时还会轻咬他耳朵。当时的母亲,宛如一名淘气的少女。

"你要吃吗?"

他向父亲询问,父亲以眼神回答他不需要。

母亲发出气若游丝的呼吸声，静静躺着，动也不动。

她病倒后，已过了半个月。以俊每天来看她，看得出她日渐衰弱。他光是看母亲的睡脸，便感到一阵疲惫涌上心头。如今她的生命之火宛如风中残烛，恐怕再过不久便会熄灭。大夫告诉她，今晚是危险期。

从小每次被父亲责骂，他便会向母亲撒娇。母亲总是投以安详的微笑。正因为有父亲的严厉，母亲的温柔更令他感到安慰。此刻母亲那憔悴的容颜，令他不忍卒睹。不过，如果她即将展开旅途，远赴黄泉，以俊想好好送她一程。今晚他打算一直陪在母亲身旁。

以俊静静坐在父母中央。两名陌生的男女邂逅彼此，生下他这个孩子。身为一家人，他们相互憎恨，彼此关爱。如此理所当然的事，感觉却是这般不可思议。

山中的秋蝉响彻云霄。由于天色已暗，他点亮油灯。那是个平静无风的闷热夜晚。这一带全是冈部一门木匠的住家，每户人家都有病人。外面的黑暗无比沉重，几欲令人发狂。坐在这里，感觉通往黄泉的入口就在眼前开启。

就像要确认自己还活在世上般，以俊从井里汲取冰冷的井水。他拧干手巾，一再更换之前摆在母亲额头上降温用的手巾。

母亲不时睁眼，但太阳下山后，她便再也没睁眼了。

就算朝她呼唤，也没任何反应。眼皮连动也不动一下。

以俊心想，她肯定已看到黄泉了。不过，伸手覆在她嘴边，仍感觉到微微的呼吸。握住母亲的手，可以感觉到她的体温正逐渐消失。他很想为她做些什么,但此时只能束手无策。

过了丑时,母亲微弱的呼吸就此停息。他把脸凑近感应,一样感觉不出呼吸。

他在井边重新汲水,浸湿干净的布,替母亲润湿双唇。他从没想过,自己有一天竟然会替母亲献上"末期之水①"。

父亲睁开眼,以俊默默朝他摇了摇头。父亲也没点头,就只是双目圆睁。

"爹,你可别死啊。"

以俊低语着侧身躺下,在母亲身旁潸然落泪。

二十九

安土城下蔓延的疫病,到了闰七月终于有平息的迹象。许多人因为衰弱而丧命,据说在安土,会做桶棺的人都发了财。

又右卫门折起薄榻榻米,前往睽违已久的工地当天,正巧上京的信长也返回安土。

"有力气了吗?"

"工头不需要力气。望楼是靠智慧和骨气建造而成。"

---

① 人在濒死之际或是死后,由在场的亲人用水为其润湿嘴唇的一种仪式。

"要抱持必死的决心好好努力。与其病死,还不如为了工程而死,这样工头的名声才能扬名后世。"

来到建材仓库后,桧木刺鼻的气味渗进他消瘦许多的四肢百骸。赐予他活着的真实感受。

天主用材在夏季这段期间,有以俊和市造这些健康的年轻人持续雕刻卯榫。引头弥吉现在仍卧病在床,尚未痊愈。

打赤膊的市造手握长柄刨刀,示范如何刨削。他的手艺还是一样好得没话说。

"您已经完全康复了吗?"

"我没事了。你可真是健壮啊。"

市造的胸膛厚实,看起来颇为壮硕。他从小便全力投入木匠的工作中,因而造就这样的体魄。

"你多躺着休息比较好吧。这里还应付得来。"

以俊始终盯着板绘图没抬头。

"好,交给你负责。一切看你了。"

又右卫门接着前往木村次郎左卫门的宅邸。

木村的宅邸虽小,但做工精细,花了不少功夫。正因为他是普请奉行,所以近江的木匠们特别认真建造。

"你妻子过世了是吗?"

"很遗憾,没能保住一命。"

"这样应该诸多不便吧?快点续弦吧。"

又右卫门别过脸去。客厅的茶架上摆满许多饰品。不论哪位木匠工头,都会向普请奉行送礼。

"大病初愈就娶老婆,有碍健康是吗?"

木村嘴角轻扬,摊开城下町的地图。

"你看,疫病就是从这里开始散播的。"

木村以扇子指向冈部一门所住的区块。

"我派人调查每户人家出现病患的日子。发现是从你的长屋开始,像波浪般呈圆形向外扩张。"

发病的日期和人数,已用红笔写上。的确如同木村所说,又右卫门无言以对。

"你明白这是怎么回事吗?"

又右卫门紧咬嘴唇。

"你们冈部一门里面,恐怕有奸细。"

木村进一步说明,要是有人将粪便或老鼠的尸体丢进井里,这场疫病就是人为引起。

"……"

"木匠们的来历,你应该已经确认过了吧?"

"不管再怎么调查,都没有可疑分子。"

普请奉行摩挲着他突尖的下巴。

"当然了,也许是从外面混进的间谍所为。为了妨碍天主的工程,而先锁定你们冈部一门下手。但你得再重新调查一次。像这样的风波,不能再有第二次。"

又右卫门只能深深一鞠躬。当他重新站直时,背后响起一个声音说道:

"不见得是最近才雇用的人。就算是已共事多年的人,当中也可能会有某个傻子,被女忍者迷惑或是拉拢。你不妨以这样的观点,重新观察每一个人。"

又右卫门倒抽一口冷气,感觉就像背后被人泼了一盆冰水。

又右卫门在家里的木板地房间摊开木匠们的工资账本,心中无比苦闷。

此时冈部一门有一百五十多名木匠。每个都是熟面孔,连他们的父母兄弟也都认得。当中有老有少,个个都是认真勤奋的好男儿。

我们冈部一门,绝不会有这种行为不检的人。

他大可扯开嗓门如此大喊。之所以没在木村面前这么做,是因为有件事卡在他心头。

他从后门来到庭院,朝隔壁叫唤。半开的纸门里亮着灯。

"弥吉,你睡了吗?"

"他还没睡。"

露脸的,是弥吉的妻子登代。她气色红润,身体健康,在疫病流行的那段期间,她一直四处照顾病人。

"可以进去打扰一下吗?"

"请进。我正要告诉你,明天我就能上工了。"

走进屋内后,引头弥吉合上桌上的账本。

"立柱的准备工作已大致都准备妥当。多亏以俊和市造的努力。"

"年轻人都不生病的呢。"

"你今天来,是要和我确认立柱的日期吗?"

又右卫门摇头。

"我被木村大人找去,他说奸细可能混进冈部的木匠中。"

又右卫门进一步告诉他,这场疫病是从这一带的屋子陆续向整个市町散播。

"是从这里开始的?"

"没错。最先倒下的是我和你。对方好像是将秽物丢进后院的井里。因为一次无法走遍每一户人家,所以他们在不被人发现的情况下,一晚先朝几户人家的水井下手,然后依序再扩展至其他木匠町以及周遭的工匠町,这是奉行的推测。如果想要妨碍工程进行,这是最好的办法。"

"就是这样,才清理水井是吗?"

"不见得是水井。小贩卖的食物也有可能。"

"鱼和蔬菜都是在市集里买的呢。"

登代端来冰凉的葛饼,露出一脸难以置信的表情。葛饼带有微微的甘甜。

"多亏台所大人的照顾,我们的年轻人都没染病。不过,听木村大人说,这样反而可疑。他说奸细不会对自己喝的水井动手脚。"

登代一直都负责为冈部一门的单身汉们张罗三餐。宿舍就在附近,另有一口水井。除了人称"台所大人①",深受大家爱戴的登代外,还有五名煮饭的女佣。

---

①台所是厨房之意。另外也是将军夫人的尊称。

"如果要怀疑的话,就属池上最为可疑。他们有一半的人都回京都去了,工头根本管不到他们。"

"要说可疑的话,实在多得数不清。也许是从外头潜入的奸细,在夜里四处散播秽物。不过,我很在意当时所写的文字。"

"你是指崩城吗?"

"对方为何要刻意以墨尺写下这两个字呢?如果有这种秘术,为何不默默进行?"

"也许是苦力们的恶作剧。"

"那天在事发前,没苦力在场。是我们冈部一门的人所为。我和当时在工地里的每个人谈过话,没一个人有嫌疑。难道是我眼力不好,看不出来吗?"

"就是说啊,为什么对方要写下那么充满憎恨的文字?"

又右卫门望着登代那丰腴的脸庞。

"你也看到那两个字?"

"看到啦。我带着芋头到山上让他们充饥时,现场一阵骚动呢。"

经这么一提才想到,登代和煮饭的女佣们不时会带芋头和丸子上山。又右卫门登时感到脑中一片空白。

"怎么啦,脸色这么难看?"

"你带煮饭的女佣们一起去是吗?"

"那天我应该是带朱真和雨音一同前去。"

又右卫门觉得长期以来卡在胸中的疑问就此化解,不断思索这两个女人的名字。

三十

奉行众和又右卫门都认为，屋瓦应该由奈良的工匠烧制。拥有众多佛殿伽蓝的奈良，有不少知名工匠。

"把手艺和名气都最顶级的瓦匠找来。"

奉信长之命，瓦奉行小川孙一郎将藤原新四郎带回安土。

"在奈良，橘姓的工匠自古便已树立门派，大部分的名刹都是由他们负责烧制屋瓦，但最近他们的技艺退步，势力大不如前。这位新四郎，才是现今位居龙头的瓦匠。"

小川如此向信长禀报。

小川另外也挑选了五十名奈良的知名瓦匠，带回安土。瓦匠通常都是指挥三到五名工人一同工作，总人数多达三百人。

新四郎在奈良北方一处名叫歌姬、邻近木津川的小乡村里，掘出优质的蛙目黏土，率领着工人们前来安土。歌姬的黏土含有石英粉，一旦烧制完成，会闪闪发光，亮丽无比。

奈良的瓦匠工人们借用安土町外围的一处工房用土地，叠起泥土，构筑平窑。五十组瓦匠工人建造出上百座平窑，这一带马上热络起来。

信长前来检视这处刚建好的窑场，向藤原新四郎唤道：

"这是一座新城,要烧制出安土风的新瓦屋。"

"在下明白。"

尽管低头行了一礼,但信长说的安土风,新四郎根本一头雾水。于是他向小川介绍的木匠工头冈部又右卫门询问。

"听说这座城是南蛮式建筑,屋瓦也要这么做吗?"

又右卫门一时不知如何回答。

"虽然主君说是南蛮式建筑,但天主为唐式建筑与日式建筑的综合体。我只知道这种建造方式。我认为,只要能营造出南蛮的风格就行了,不过,关于屋瓦嘛……"

又右卫门还没想过屋瓦的事。

"南蛮的屋瓦是什么模样,您知道吗?"

"好像没有特别的设计。不过,得烧红瓦才行。"

"红瓦……"

"主君要的是鲜艳的红瓦,愈醒目愈好。就算站在远处看,这座城还是一样显眼。"

对奈良的瓦匠而言,红瓦是失败的作品。烧制成近乎蓝黑色调的银灰色泽,才是最高级的屋瓦,他们每天都潜心钻研烧窑的方法,以求达到这个目标。

"办不到吗?"

"不,不是办不到的问题……"

"那么,就先试做个样品吧。烧制出屋檐用的装饰屋瓦与红瓦,让主君过目。"

屋檐的装饰屋瓦与红瓦,在木造台架上一字排开。这是五十名瓦匠各自用心做出的样品。

信长缓步欣赏。时而拿在手上观赏,时而以拳头轻敲,细听声响。看过所有屋瓦后,他回到其中一名瓦匠面前。

"这瓦做得好。你叫什么名字?"

"在下名叫一官。"

在屋瓦后方伏身拜倒的,是一名肌肉结实的工人,操着一口浓浓的口音。

"他是从中国渡海而来的工匠,在下也认为他烧的屋瓦最为出色。"

瓦奉行小川孙一郎一脸得意。前些日子他才力夸藤原新四郎,不知是什么时候开始改口的。

一官烧制的屋檐平瓦,采唐草纹路,但唐草的线条简化,给人高雅、刚强之感。相较之下,其他屋瓦都过于讲究细部,线条过度繁复,甚至教人看了觉得不舒服。

瓦当则是雕痕深邃清楚的三巴纹。

"又右卫门,你怎么看?"

"这确实是能为安土带来新风格的屋瓦。"

又右卫门也认为如此作风大胆、细致高雅的屋瓦,应该能为天主点饰出壮丽的风格。

理应风风光光被任用的藤原新四郎,低头紧咬双唇。新四郎似乎经过一番刻苦钻研,甚至两眼都是黑眼圈,但他造出的屋瓦,由于唐草纹路过于纤细,反而不够显眼。任谁看了,都还是认为一官造的屋瓦匠心独具,与众不同。新四郎的懊恼不难想见。但已完成的作品给人的评价,根本无从改变。面对工匠这项工作的残酷,又右卫门也不禁暗自警惕。

"这是唐风吗?"

信长问。

"此乃安土风,中国也没有这样的屋瓦。是在下精心设计。"

信长用力点头,朗声向众人宣布:

"瓦匠工头,由一官担任。关于屋瓦的一切,都要听从一官的指挥。"

藤原新四郎伏身拜倒,全身微微颤抖。本以为他要说些什么,但他什么也没说。就只是低着头,很不甘心地紧咬嘴唇。

信长拿起红瓦仔细端详。五十人当中,就属一官的屋瓦最为红艳,但还是有种模糊泛白之感。

"中国有红瓦吗?"

"有类似的东西。以黄釉烧制的北京紫禁城屋瓦,是只有皇帝才允许使用的颜色。"

"是何种颜色?"

"像深色的棣棠花,不过与大人想要的红色有些许不同。"

"烧得出鲜艳的红瓦吗?"

"在下希望有机会一试。"

"那你就全力以赴,好好一试身手吧。"

信长愉悦地面带微笑,迈步巡视窑场。这是个风和日丽的好日子,从窑场仰望安土山,可以望见众多石墙巍然耸立。

信长陡然停步。

"只有这座窑形状和其他的不一样。"

现场一百座窑当中，除了这座窑之外，全都是模样像土馒头的方形平窑。以向前突出的窑口烧柴。

不过，唯独这座窑的形状不同，突出的窑口位于两侧。

"这是一官的窑。"

瓦奉行得意地频频点头。

"烧制法和其他窑不同吗？"

"这……"

小川一时答不出话来，一官代替他回答。

"这座达磨窑是从两侧添加薪柴燃烧，所以火势强劲，是平窑的三倍，一次可烧六百片瓦。此外，它不同于得花三四天才能烧好的平窑，它只要短短一个昼夜就能烧制完成。"

信长的视线刺向小川。

"为什么不一律采用这种窑？其他窑也马上改用这种方式。"

遭训斥的瓦奉行，脸色苍白，看了叫人同情。

烧瓦用的土，得先在以木板围起的池子里，掺水加以踩踏。一官一面踩踏，一面思考。

要烧出红瓦，黏土中的铁分与烧制时窑里的火候相当重要。

只要挑选含有适度铁分的黏土，再朝窑里送风，便能烧出赤红的颜色。一般的瓦要烧成银灰色，窑必须完全密闭，所以这是一种反其道而行的烧制法。

一官对黏土的铁分含量与窑内的通风情况做了各种组合，多方尝试。

虽然烧得出红色,但并不是颜色愈醒目愈好。铁分多,颜色就愈红,但要是用量掺得过多,瓦片则会变得脆弱。为了增加其硬度,他试着改变从延喜式[1]以来便固定以两成比例加以混合的沙子种类,但结果还是不令人满意。

最近一官面临瓶颈。屋瓦成形后,一直到烧制前,得花四五天的时间让它晾干。接着花一个昼夜烧制,得再等候两天,让窑自然冷却。为了确认新的构想,需要几天的时间。已经时日不多了。

"如何,烧制得可顺利?"

木匠工头冈部又右卫门前来窑场。他开心地观看一官踩土的模样。

"为什么这样笑?看造瓦这么有趣吗?"

"有趣啊。有趣得不得了。有能力的工匠工作的模样,光看就让人觉得很舒服。"

一官正准备走出池子时,又右卫门伸手加以制止。

"继续忙你的。我只是来看看而已,没别的事。"

一官继续踩土。

"其他的瓦匠都是交给徒弟去做,不亲自踩土。一官先生,你为何自己踩土?"

"因为这样子踩,可以了解土的一切。如果这土踩起来,觉得脚掌很舒服,那肯定能烧出上好的屋瓦。"

又右卫门一脸感佩地颔首。

---

[1] 平安时代中期编纂的一套律令条文。

在临时小屋里，工人正以桶子做的模具替平瓦塑形。将捏好的黏土缠在桶子模具上，一面拍打，一面让黏土缠紧。

"做得不错。一天可以做几片？"

"约两百片。"

徒弟如此回答，又右卫门再度感佩地用力点头。

回到池子边后，他蹲下身把手伸进池中，把玩着黏土。

"你可真是个怪人。"

冈部的天真，令一官感到不可思议。

"会吗？我只是看工匠们专注工作的模样，觉得很有趣罢了。看过之后，觉得腹中有一股力量源源而生。打扰你了。托你的福，我好像也能认真做好自己的工作了。"

留下这句话后，又右卫门就此离去。

虽然只是这样，但一官觉得自己之前遇上瓶颈，为之沮丧的心情，令他深感羞惭。又右卫门的笑容，令他感受到工匠的骨气。

我不能输给那名木匠。

一想到这里，脑中仿佛登时涌现出许多尚未尝试过的全新烧制法，连踩土都觉得快乐许多。倒不如说，真正得到力量的人是他自己。

"做得好。如果是这种色泽，就算离数里之遥，也看得到城堡。你这是如何做成的？"

满面喜色的信长，对一官赞誉有加。刚出窑，仍留有余温的屋瓦，烧制出宛如栀子花果实加深后的亮眼鲜红色泽。

"经过多次失败，最后我朝窑火撒盐，这才呈现出此等色泽。"

"令人钦佩。这样就能造出漂亮的天主。这全是你的功劳。"

"不,这都多亏又右卫门大人的赐教。是总工头的功劳。"

"你明明是个木匠,难道你也烧瓦吗?"

在信长的询问下,又右卫门摇头。

"属下岂有这等能耐?属下什么也没教他。"

"您教我明白工匠应有的态度。又右卫门大人对任何事都感到有趣,这份性情,让在下得以全心投入烧窑的工作中。"

一官是打从心底这么认为。能参与安土的筑城工作,他深感光荣。

"天下第一的工匠齐聚于此,建造天下第一的名城。"

信长朝安土山仰望半晌后,重新面向这两名工匠。

"这红瓦做得好。不过,有没有办法将天主装饰得更加金碧辉煌?"

信长细长的双眼,蕴含深邃的光芒。

又右卫门仰望安土山。山顶的天主台目前只有石墙,但仿佛已可清楚看见天主的样貌。

雨淋板的黑漆、屋檐的白灰泥、蓝黑色的屋瓦、八角堂的红柱、望楼的金柱、上面的红瓦。这样还想再添加什么装饰?

"檐瓦铺上金箔,最为绚烂。不过,因为得长期日晒雨淋,若不采用厚质金箔,马上便会失去原本的色泽。采用大量的黄金,不知可否?"

一官这番话,听得信长瞪大眼珠。

"要黄金的话,我多的是。檐瓦从下到上,全部用金色。中国有这样的城堡吗？"

"没有。"

"很好，还有没有其他构想？"

信长视线投向又右卫门。

"螭吻如何？若是在最顶端的中梁两端装饰螭吻，因为它是吐水的怪鱼，所以有镇火之效。"

又右卫门想起昔日尾张的叔叔曾在寺院念佛堂的佛橱上装饰木雕的螭吻。但没听说过用在城堡上。

"这构想好。一官，你烧出连鬼神也为之震惊的螭吻，然后用金箔让它散发光芒。"

"明白了，在下会用心制作。"

光是天主就要十万片以上的屋瓦，若是连安土城的所有城郭也算在内，粗估有上百万片，一官心里直呼痛快。

三十一

天主台地下仓库，已设好础石。

为了固定础石，使其稳固，会从架设好的高楼上方以绑好绳索的捣地棒撞向地面，然后往上拉，再次撞击，不断反复进行这项作业。这段时间会一直传来响亮的捣地歌，从不间断。然后拉好绳，摆上水准仪,测出准确无误的水平。

信长提出的要求,是地下仓库中央不摆设础石。

"天主台正中央可以不立柱吗?"

初次被这样问到时,又右卫门一时不明白其中的原因。

"挖一个宽九十厘米、深一百二十一厘米的坑洞,以此取代础石。"

又右卫门遵照指示派人挖洞,以灰泥加以固定。

地下仓库的地板并未以灰泥固定。为了不封住安土山蕴藏的强烈坤气,让它从这里直升天际。他深信这是合乎天地乾坤之理的筑城法。

"明天暂时停工一天。别让木匠和苦力们上山。"

信长在立柱的数天前,下了这道命令。天主台的石墙上,已架好立柱用的鹰架。以绳索绑好杉木,木匠们就此得以登上空无一物的天际。

这天,丹羽长秀封锁安土山。火枪队包围山脚,戒备森严。

又右卫门独自一人待在天主台上,信长在小姓的陪同下前来。

"把这个埋进里面。"

六名小姓合力搬来的木板上,披着一块白布。

掀开白布后,出现一个备前烧的大瓮。大小足以一人环抱,瓮口以黏土封住。

"可以询问里面是什么东西吗?"

"最好别问。"

信长简短的回答中,蕴含着惊人气势。又右卫门低头行了一礼。这不是工头该涉入的领域。

小姓以绳索缠好大瓮,缓缓放进坑洞底下。

小姓们挥动锄头,以土掩埋大瓮周边的缝隙。又右卫门偷偷朝洞里丢进一个小纸包,不让人发现。那是妻子田鹤的遗发。

就算会遭受责罚,他也要将它埋进这里。妻子日后将成为这座天主的础石之一。又右卫门忍不住流下一行热泪。

大瓮只有以黏土封住的瓮口露出地表外。

"在这上面围起栅栏,别让它被雨淋湿,也别让任何人碰触。最好别靠近它,就当作一靠近就会遭受天谴吧。"

信长这番话听起来无比严峻。又右卫门力持镇定。感觉就像被迫站在无处可逃的峭壁边。

信长仰望苍穹的神情,看在又右卫门眼中,仿如天界的魔王。

向阴阳师伊束法师询问过黄道吉日后,决定于八月二十四日立柱。戊申这天立柱大吉。

立起这十七米长的大通柱后,组装周围建材的工作将如火如荼地展开。唯有木头之间彼此以精准的卯榫嵌合,合力支撑,分散重量,大型建筑才能稳固。

要让工程能顺利进行,最重要的就是得准确地备妥所有建材。最基本的柱、梁、桁、楞木就不必提了,从地板下的短柱、格栅垫木,到顶端的脊桁条,若不都照正确的尺寸刻卯榫,便会引发问题。

又右卫门目前正忙着做最后的检查,看这一年来所雕刻的建材是否都齐备无误。

又右卫门让弥吉拿间竿和尺杖,仔细检查每一根建材。组装复杂的部位,会先实际试着组装,确认组装没有问题。

建材依照使用的楼层和种类加以分类排列后,再以草席覆盖。

"这都是我做的,还会有什么差错吗?"

以俊以开朗的声音说道。立柱在即,他似乎情绪特别激昂。

"这只是刻卯榫的部分罢了。接下来还得雕刻天花板、门槛、门楣、楼梯、窗户。像我这么能干的木匠可说是找不到了。"

这些玩笑话完全传不进又右卫门耳里。他让徒弟们拿着板绘图、账册、原尺寸图,确认组装的情形,定睛端详木材。并以尺杖比对,逐一确认有无雕刻错误。

建材仓库里弥漫着紧张气氛。又右卫门仿佛全身散发灵气,众木匠皆为之全身紧绷。

检查至第四层所用的地中梁时,又右卫门侧头露出纳闷状。

这是粗一尺八寸(约54厘米)、长两间(约4米)的横梁,同样形状的横梁会以两米的间隔并排在天守第四层外侧的屋顶下。这里的墨线是以俊所画。

又右卫门觉得怀疑,以间竿靠向前比对。然后又接连比对了另外两根。

"叫以俊来。"

一经叫唤,以俊马上赶来。

"什么事？不会是看我做得太好,大感钦佩吧?"

"这根梁长了五寸(约15厘米)。你是昏头了吗?"

"这怎么可能？不,绝对不可能。"

"你去冲个水,再仔细看一次。"

以俊自己也以间竿比对,为之愕然。的确长了五寸。

"三根都一样。我都惊讶得说不出话来了。"

这是人工作业,难保刻卯榫绝不会出错。孔位偏差、榫的粗细不对,是常有的事。年轻时的又右卫门也曾犯过错。

但梁的长度多了五寸,这就另当别论了。而且一次三根都出错。

"你这个蠢材。我看你是被女人给迷昏了头,才会这样。"

又右卫门心中一直隐忍不发的怒火,此时终于爆发。

"这和女人有什么关系!"

"你还有话辩解吗?"

"我才不会出错呢。"

"错误明摆在眼前。"

"这不是我的错。你仔细想想。这是两间长的横梁耶。只要用间竿比两次,正好是两间长,我怎么可能会弄错长度?"

"那为什么会比较长?这是你画的墨线。"

"是奸细。是奸细干的好事。爹,难道你瞎了眼,看不出来吗?"

"竟敢这样对自己的父亲说话。"

又右卫门握紧拳头,狠狠揍向以俊的颧骨。

"你跳到湖里,好好冷静一下。我不想再看到你的脸。"

倒地的以俊,以满怀恨意的眼神回瞪父亲。

三十二

雨音发现最近登代看她的眼神和以前不大一样。从事厨房的工作时,每当她感应到某个视线而回头,总会发现登代在看她。这种情形不止一次。

今天是天主立柱的日子,前来吃早餐的众人,谈笑比平时更为热络。雕刻了一整年的木材,终于要开始组装,想必心里很开心吧。

"庆祝大餐会有什么好菜啊?"

朝米饭淋上汤汁搅拌的弥吉如此问道。和登代之间没有儿女承欢膝下的弥吉,似乎很喜欢和年轻人一起吃饭。

"你要是这么在乎这件事,小心撞到柱子,头上肿了个包。还是把心思放在工程上吧。"

登代的玩笑话,逗得众人发笑。连平时少言寡语的市造,今天早上也是笑容满面。始终板着张脸,没半点笑容的人,就只有以俊一人。

昨晚他被屏除在参与天主工程的名单之外,对此大为光火。他没告诉雨音原因。在与雨音一番激烈云雨后,他狠狠臭骂总工头一顿。

看在雨音眼中,以俊变得比以前更无趣了。让这种男人拥在怀中,是她的宿命,她感到怨叹,但她也很清楚,自己无从反抗这样的宿命。

"今天有很多事要忙,别怠惰哦。"

送男子们出门工作后,登代吩咐准备晚上的庆祝大餐。

琵琶鳟、蚬、山药、芜菁、蘑菇等食材已送至厨房,堆积如山。接下来得手脚利落地加以烹煮才行。

"少工头怎么了吗?"

蹲在一旁的朱真一面清洗待会要拌芝麻用的菜,一面悄声询问。五名女佣当中,年轻女孩就只有朱真和雨音,其他都是中年寡妇。

"不知道。"

"到底是怎么了。难道你不去关心一下?……我知道了,昨晚有什么事对吧?"

朱真笑道,一副意有所指的模样。由于女佣们都睡同一间房,所以要是偷溜出去幽会,就算别人看起来好像已经熟睡,还是会被发现。朱真也曾晚上偷溜出去,然后一脸幸福洋溢的模样返回。

"朱真、雨音。过来一下。"

背后传来登代的叫唤。她们把茼蒿放在竹筛上,以围兜擦干双手。

"这里的工作先搁着,你们去打扫工头家。"

"是少工头吗?"

朱真问。

"不,是又右卫门先生。田鹤夫人过世后,他家一直都没好好打扫。难得今天是立柱的日子,要是他回到家里,屋里一片脏乱,那不是很可怜吗？你们去帮他好好打扫一番。"

两个女孩拿着水桶和旧抹布正欲前去时，登代又唤住她们。

"听好了。工头的屋子里有许多重要的设计图，那个架子就不用打扫了。记得不要碰哦。"

天明前便已起床的又右卫门，自己煮粥切菜。弥吉和登代邀他一起用餐，但年轻人爱吃的米饭，又右卫门觉得口感稍硬。自从病愈后，他觉得粥比较容易入口。

"田鹤煮的菜真可口。"

最近他总会不自主地自言自语。今天送来的桧木真棒……最近的年轻学徒啊……每当他谈这些事，田鹤总会在一旁附和。在如此平淡的一来一往中，夫妇相处的时间就此流逝。

"生死这件事，还真是不可思议啊。"

年轻时，从未想过此事。满脑子都是建筑相关的事。如今他才明白，自己以前过的是多幸福的日子。

又右卫门来到后院，裸身以井水淋浴。清冷的井水令他全身紧绷。

他仔细擦干身体，套上新的丁字裤。接着穿上新做的浅蓝色直垂，戴上风折乌帽子。

秋风徐徐，好个晴朗的清晨。红蜻蜓成群翱翔于天际。

登上山顶一看，立柱已完成准备工作。建材排放在天主台下的主城占地上，铺上五面木瓜纹[①]的帐幕。

[①]徽纹的名称，形状像木瓜的剖面，因而得名。

弥吉和众木工长也都身穿上过浆的直垂，满面春风。

以俊因刻卯榫出错，而不得参与建造天主的工程。现在应该是在贮木场数圆木。想必他正摆着一张臭脸。

信长与奉行众出席时，众人皆深深低头鞠躬。信长身穿一袭黑天鹅羽毛图案的无袖外罩，背后则是以白天鹅羽毛呈现出凤蝶的图案。

"在安土立柱，其功劳就像是在这黑暗的天下升起太阳一般。你们要好好努力。"

信长神威凛然的声音，令又右卫门挺直腰杆。

十七米长的大通柱，上头披着色彩鲜艳的南蛮织胴挂，上头缠上草绳结。祭坛供上近江丰收的稻米。又右卫门朗读祈求天主兴建顺利的祝祷文后，由热田请来的神官甩动币帛，清除柱子的一切污秽邪气。

"该不会什么事也没有吧？"

弥吉就像再也忍不住似的，朝又右卫门咬耳朵。又右卫门微微摇了摇头。最近戒备森严，没什么好担心的。

木匠们朝大通柱缠上绳索，将它扛起，重四百贯（1500公斤）的大柱缓缓立起。升上临时搭建的木板斜坡后，柱子前端插进天主台内，绳索挂在鹰架高台的滑车上。

"立起来！"

又右卫门以粗犷的嗓音大喊，木匠们合力拉绳。

大通柱在础石上垂直地立起。第二根、第三根也顺利地立起。

三根大通柱当中的两根，配置在中梁正下方的东西两侧，支撑着天主。另一根则是立在北边四米远处,防止建筑变形弯曲。这三根大通柱是天主的核心。

朝天际矗立的这十七米长柱,极为壮观。抬头仰望,秋天水蓝色的清澈天空深深烙进眼中。

"终于走到这一步了。"

弥吉眯起双眼。

"这算什么,接下来才要发挥真本事呢。从现在起,到架上中梁为止,要一口气把它完成。"

又右卫门暗自呐喊,双拳紧握摆在腰间。

三十三

市造在贺宴中,心里一直惦记着雨音。雨音端来酒菜时,乌黑的双瞳瞄了他一眼,他便感全身热血沸腾。

立柱的贺宴,是在搬出木材后的建材小屋里举行。从傍晚起,冈部一门便齐聚此地,举办热闹的宴席。

"疫病蔓延时,我还很担心会怎样呢。好在市造没倒下,今天才得以立柱。你的强健让你立了大功。"

爱喝酒的弥吉开心地大口喝酒,大口吃菜。众人唱歌跳舞,当陶杯零乱摆满一地时,市造发现雨音正向他使眼色。

市造耳听歌声、笑声在背后逐渐远去，来到了湖滨，雨音就在平时见面的那株松树下。细如丝线的新月已升至中天，草丛里传来阵阵虫鸣。

朝雨音身旁坐下后，她什么也没说，便自己靠了过来。

雨音的粉颈，犹如磨光的白檀木，在黑暗中仍无比白亮，同时散发迷人的体香。市造和她耳鬓厮磨，轻咬她耳朵，雨音的重量靠在他身上，感觉无比舒服。

"雨音……"

市造无比怜爱地叫唤她的名字，男人的精力狂泄。他陶醉在云雨的余韵中，雨音的指甲轻轻搔抓他的背。

"你真是个好女人。"

"我好开心。"

"为了你，什么事我也愿意做。要是你叫我去死，我也愿意为你而死。"

这是他的真心话。平时看起来很朴实的煮饭女佣，竟然暗藏豪放、妖艳的另一面，此种落差令市造为之着迷。

"你千万不能死。要是你死了，我也不想活了。"

"雨音……我不太会说话，不过，我是真的很爱你。如果你想要机密的天主设计图，我也可以马上弄来给你。"

雨音的乌黑眼瞳，静静注视着市造。雨音为何会主动对如此不解风情的他投怀送抱，市造深感不可思议。也许她是……会往这方面想，也是很理所当然的事。

"要是这么做的话，你会被杀的。"

"我不在乎。为了你,什么事我也肯做。"

雨音潸然落泪。

"别哭,我就是这么爱你。"

"谢谢你,我真的很高兴。"

"因为我不想把你让给任何人。"

雨音脸上闪过一丝踌躇之色。

"你和少工头之间……"

雨音用力摇头。

"我讨厌他。……他最讨厌了。"

"原来你讨厌他啊。既然讨厌他,又为什么……"

雨音应该和少工头有过肉体关系。市造几天前从女佣朱真那里听闻此事。一想到雨音对少工头做的事,他心中便燃起熊熊的嫉妒之火。

她也对少工头做那种事吗?

他想问个究竟,但始终说不出口。

市造想到自己做的事有多严重,顿感无限懊悔。市造第一次发现,自己体内潜藏着另一个自己,敢做出如此伤天害理的事,令他为之愕然。他明白这是雨音的魔性使然。尽管心里明白,但市造还是管不住自己。

少工头,请你原谅。

市造合上眼,暗自向以俊低头道歉。

市造合眼的表情相当粗犷,实在称不上俊男。若是论长相,少工头要端正得多,比较让女人心动。那些守寡的煮饭女佣们,频频夸赞少工头长得俊。

不过,雨音讨厌以俊。并不是因为他不够温柔。其实以俊对雨音更是温柔。

"……既然讨厌他,你又为什么和少工头他……"

市造不敢看雨音的脸,如此问道。

雨音摇了摇头,握紧市造的手。她喜欢这种骨节粗大的手掌。

"我只喜欢你一人。这是我的真心话,你要相信我……"

她所言不假。雨音是真心喜欢市造。

不论少工头再怎么温柔爱抚,雨音还是没任何感觉。因为和少工头燕好,并非出于雨音本愿。

不过,要是少工头真的打从心底爱她,把她当人看的话,或许就不会这样了。

女人是用全身的肌肤去感受男人。倘若男人的指尖只散发出欲望的气味,不管是再俊俏的男人,也只会让女人全身起鸡皮疙瘩。

"遇见了你,我第一次觉得自己也能当个普通人。市造先生,你是位很特别的人。"

打从第一次在岐阜看到市造,雨音便感到满心雀跃。

之前与她上床的,全都是冰冷又可怕的男人,令她寒毛直竖。她有生以来,从来不被当人看。

雨音从懂事以前,便在甲斐被那个男人养大。

早在她发育成熟前,便已受尽玩弄、威胁,学会各种取悦男人的本事,并学习尾张方言。只要是那个男人的命令,她一定都会遵从,因为她怕被杀害。不论逃到天涯海角,他也会追来。

男子塞钱给住在热田外郊的农民,让雨音充当他们的女儿。

农民透过关系,将雨音带进冈部又右卫门家中。雨音以家世清白的身份,被雇用为冈部一门的煮饭女佣,接着来到安土。

来到安土后,那个男人不时会来找她。有时假扮成农民,有时乔装小贩,有时则是以猿乐师的模样现身。男子与雨音擦身而过时,会在她耳边低语。

接近少工头,查探施工的日期。

一听到吩咐,雨音便像以绳索操控的傀儡般,和少工头上床,打听日期。

把粪便丢进木匠们的井里。

一接获命令,她马上依言而行。

盗出天主设计图。

这是最后接获的命令。少工头不可能带着设计图和她幽会,偏偏女佣又很少有机会可以接近工地。她知道工头又右卫门家中有设计图,但里面总是有五六名年轻工匠在场,将设计图摊在桌上工作。

她知道为人勤奋的市造,将所有设计图都重誊了一份,自己留着,但雨音不想窃取,也不想拜托他交出来。她对市造无比迷恋。断然不可能让自己迷恋的男人为难。

市造沉默寡言,又不善与人交际,虽然指节粗大,手指却相当修长。他使用墨壶和角尺时,手指的动作相当灵活。雨音偶尔到工地跑腿时,看到市造这样的一面,深感着迷。

她之所以在二重城郭的馆邸柱子上写下"崩城"二字，是想告诉市造，这一带有个危险的女人。"某个地方有这种秘术"像这种似有似无的事，其实一点都不重要。这两个字，是个有秘密想说，却始终说不出口的女人所写，宛如悲鸣般的情书。当时之所以马上拿起墨尺写字，是因为她有预感，自己要是继续这样下去，一定会为市造带来不幸。

　　如今，她觉得不幸已来到身旁。

　　"你想去京都吧？"

　　雨音的手指在市造的胸前轻抚。这句话来得唐突，但市造还是点了点头。

　　"京都不错啊，我还没去过呢。"

　　"我想从京都到堺去。然后从那里搭船前往遥远的南蛮。你去不去？我们一起去吧。"

　　"好啊。不论是南蛮，还是黄泉，只要雨音想去，我都奉陪。"

　　"真的？黄泉我可不想去。南蛮倒是不错。你真的愿意带我去？"

　　"我干嘛骗你。"

　　"那你现在就带我去。"

　　雨音坐起身。

　　"哈哈，现在不可能啦。等天主的工程结束后，我们就去。到时候我跟总工头请辞，我们一同搭船前往南蛮吧。你再等一阵子。"

　　这是当然的结果。这种像做梦般的逃亡，自己竟然一度认真思考了起来,说来实在可悲。

"愈来愈冷,我们也该回去了。贺宴就快结束了。"

市造站起身,但雨音却在原地不动。

"你怎么了?"

"你先回去……拜托你。"

雨音的眼神告诉市造——请不要问我原因。

市造朝雨音的双眸凝视了一会儿后,像是死心似的,不发一语地离去。

"到南蛮去真是个好点子,我也真想去呢。"

黑暗中传来某个男子的声音。那声音冰冷骇人,让人毛骨悚然。

在雨音面前现身的,是那名一身猿乐师装扮,自称迦楼罗的男子。在为立柱庆祝欢乐的夜里,他这身装扮不会引人注目。

"设计图偷到了吗?"

雨音撕破窄袖和服的下摆,取出一叠纸。男子似乎在黑暗中也能看得清楚,确认是设计图没错。

"给你个奖赏吧。躺下。"

雨音躺下后,男子跨坐在她身上,勒住她的脖子。

"因为你变成了坏女人,所以在奖赏你之前,得先教训你一顿。你爱上了那名木匠对吧?"

雨音任凭他摆布。她无法忤逆这名男子。一旦忤逆他,便会没命。她一直这么认为。这就是她的一生。

"请您原谅我。我不会再犯了。"

她几欲喘不过气来,断断续续地道歉,男子这才松手。

他粗暴地掀开她的下摆,朝雨音脸上吐了口唾沫。

"啐,被男人给操翻了,臭得熏人。"

男子压在雨音身上,极尽屈辱地张开她的双腿。他的腰部旋即开始抽动,显得相当猴急。

雨音忍耐了好一会儿,一直咬紧牙关,但接着她将右手伸向松树底下,握紧一个事先埋在沙中的东西。

雨音将它高高举起,狠狠朝男子侧腹刺下。

又右卫门听见男子的呻吟声,身子一震,旋即握着长枪冲出。

从刚才起,他便一直躲在暗处观察。就在他即将冲出时,雨音突然以某个东西刺向男子腹部。

"臭娘儿们……"

男子一脚踢开雨音,站起身,向后退步。他拔出插进左腹的刀子。这似乎是一把菜刀。

又右卫门疾奔而至。男子发现他,扬脚踢起飞沙,袭向又右卫门。男子以意想不到的速度扑了过来,撞向又右卫门。又右卫门躲过菜刀的攻击,但被男子按倒在沙地上。

男子以菜刀刺向他喉咙,又右卫门以双手抵挡。男子尽管腹部挨了一刀,但臂力还是一样惊人,菜刀的刀尖擦过又右卫门喉咙。

蓦地,男子的重量突然轻盈许多,就此仰躺倒地。雨音在他背后。她从背后抱住男子,缠住他的手脚。两名奸细交缠在一起,在沙地上打滚。

"快点刺他!"

在雨音这声尖叫下,又右卫门弹跳而起,重新握好长枪,瞄准男子刺下。枪尖准确地刺穿他心脏。男子胸口鲜血喷飞,很快便不再动弹。

又右卫门踢了男子一脚,让他滚向一旁,雨音坐起身。她抬眼望向又右卫门,双眼冰冷、空虚。

又右卫门威严十足地瞪视着她,雨音紧抿双唇,低下头去。

接着,她伸长脖子,面无表情地面向他。

又右卫门拔出腰间佩刀,踏步向前,一刀横扫而出。

雨音的首级落在沙地上,发出一声闷响。

一切经过全在黑暗中完成。配木匠实属可惜的名刀直江志津,并未在月光下散发光芒。

三十四

"出来吧。"

又右卫门手握佩刀怒喝。市造从他背后的黑暗中现身,双脚发抖。

"丢脸的家伙。看清楚,这就是奸细的末路。"

他敲打打火石,朝灯笼点火后,发现雨音滚落地上的首级。

市造拿起首级,紧紧抱在膝上,低声啜泣。

"你早察觉她是奸细对吧?"

"我只是隐约觉得她可能是奸细。但她从未问过我关于工程的事,也从没想要看设计图。"

"横梁的卯榫尺寸不对,是她命令你做的吗?"

"那是因为我嫉妒少工头,一时失去理智,才会那么做。做出这等错事,我深感后悔。"

"没将它刻短,很像是你的作风。因为刻长了,只要再重刻就行了。"

"真的很对不起。我因为太过迷恋这名女子,一时迷昏了眼。对我来说,她就像仙女一样……"

"她似乎也忘了自己奸细的身份,真心爱上了你。"

市造的啜泣声转为号啕。

"她是我的第一个女人。是我第一个真心喜爱的女人。"

"当初应该替你找个正经的媳妇才对。虽然是太过忙碌所致,但终究是我失察。原谅我。"

又右卫门又继续让市造哭了一会儿。

"等你哭够了,去叫以俊过来。"

"得先通知奉行众才行……"

"在那之前,得先做一件事。去把他叫来就对了。"

又右卫门在黑暗中等了片刻后,灯笼再次返回。

当灯光照出雨音的首级时,以俊倒抽一口凉气。

"你们两个跟我来。"

快步离开须田的湖边后,又右卫门朝观音寺山的山脚走去。登上长长的石阶,穿过桑实寺的山门。田鹤的墓,就在这座创立于白凤时代的古刹里。

他向僧房叫唤,借用他们的主殿。

他命两人坐下,朝前方的药师如来膜拜后,将短刀搁在以俊面前。

"你们依序切腹。我来帮你们介错①。"

以俊望着那把短刀,全身僵直无法动弹。嘴张得老大。

"少工头与女奸细偷情,你要我用什么脸跟主君禀报?你自己了断吧。"

"……"

"不用担心,被血弄脏的地板,事后我会重新换过。在湖边让你们切腹也行,但念在你们一个是我儿子,一个是我徒弟,我才特别施恩。你们两个快点切腹吧。"

又右卫门拔下短刀的黑鞘,以怀纸包覆短刀,让以俊握住。自己则是拔出长刀,摆出上段架势,气运丹田,不发一语。以俊全身发颤。握短刀的手抖个不停。

"你这家伙真不干脆。既然这样,那就直接斩首吧,快点做好觉悟,伸长脖子。不必再多想了。天主会顺利完工,你安心上路吧。"

当他举刀过顶时,前方的佛座发出一声巨响。

---

①切腹时,在一旁负责斩首的工作,以助切腹者解脱痛苦。

以俊大吃一惊,短刀落地。

仔细一看,有个插有白菊的铜制花瓶滚落至佛像旁,水滴向地面。又右卫门朝它凝望了半晌。不是人,也不是老鼠所为,感觉不出任何动静。水滴声传向耳畔。

又右卫门重新面向两人。

"不是只有你们死。等天主盖好后,我也会陪你们去。你们这群蠢材犯的错,全是我工头的错。快伸长脖子!"

他再次举刀摆出上段架势。

正当他准备一刀斩落时,一阵温热的风吹过主殿,灯火熄灭。深沉的黑暗与沉默包覆他们三人。

又右卫门身为之僵直。他维持上段架势,等候眼睛习惯黑暗。他呼吸变得急促。眼前朦胧浮现以俊坐在地上的身影。

"我要直接砍了。别动。要是动的话,会砍中哪里,我可不知道哦。"

当他再次吆喝一声,准备一刀斩落时,佛座微微发出钗的清响。

又右卫门紧绷的神经变得紊乱。他面朝漆黑的佛座,集中精神感应,但完全察觉不出人或动物的气息。

主殿附近传来猫头鹰的叫声。

"是田鹤吗……"

他缓缓放下刀。

"看来是田鹤不让我斩杀你们。"

又右卫门感觉力量逐渐从全身散去。这样的他已无法斩杀儿子和徒弟。

"我真是个不中用的工头。连处置门下败类也办不到。你们两个都给我滚,别再让我看到你们。"

"工头……"

市造呻吟似的叫唤着。

"我哪里都不去,请让我死在这里……"

"够了,你命不该绝。快点滚吧!"

"不,我已经切腹了。请帮我介错。"

市造的声音无比沙哑。

"什么?以俊,去僧房取火来。"

以俊朝纸烛点燃了火,奔了回来,只见市造将短刀插在腹部,血流不止。

"求您替我介错……"

又右卫门从市造手里抢下短刀,朝他脸上挥了好几拳。

"不过是划破肚皮的轻伤罢了,振作一点。你不必死……你不必死……"

待天明后,又右卫门拜访普请奉行的宅邸。

"我在湖边杀了一名女奸细和猿乐师。"

"刚才巡逻的人已向我回报,说发现了两具尸体。既然你发现了奸细,为何不先告诉我一声?如果能活捉,也许就能查出他们的同伴。你身为一名木匠,不该这么任意胡来。"

木村狠狠训了又右卫门一顿。

"你如何发现那名女子是奸细?"

"因为她的行径可疑,昨天派她到我家打扫时,她盗走天主设计图。不过那是无法建造的挑空设计图,完全不必担心。"

木村又向他叮嘱了一遍,下次绝不能再犯同样的错。

"应该没弄错吧？倘若是那名煮饭女佣勾引木匠们,从中查探出机密的话,像这种丑事,我可是不会放水哦。"

"我冈部一门绝不会有这种事发生。"

又右卫门摇了摇头,以坚定的眼神回望木村,如此应道。

三十五

立起三根大通柱后,工程以急流般的速度飞快进行。苦力们依序将建材仓库里雕刻好的建材运上天主台。

依照编号立起柱子,摆上地板的格栅垫木,穿过楞木,架上梁。松梁粗约六到九米,长四米四,重一千一百二十五公斤。这是得数十人合力才勉强搬得动的重量。以绳子套在鹰架的滑车上,小心翼翼地吊起。

卯榫刻得极为精细。大槌敲打木头时,发出清脆的声音,一听便知。

梁的榫穿过柱子的榫眼后,插入插栓,打进木钉,加以固定。每当槌声响起,天主就往组装完成之路多迈进一分。

不过,在六七根建材相互嵌合的角落,有时会无法顺利组装,一再重来。得花上一天半的时间加以组装的部分也不少。

从地下仓库到石墙上第二层的这段工程,以四米的间隔立起柱子。

这些柱子都是木曾上松的三十厘米方形木柱,上面有六十厘米粗的黑松牛梁、四十五厘米粗的梁纵横交叠,更上面则是第二层的地板格栅。

以如此紧密的木材集合成的物体,让人联想到的不是木头的组合,而是一棵刨空的巨树。

天主的木骨架充满震撼力,连每天前来视察的信长也看得为之陶醉。

"真惊人。看木头一步步组装在一起,便感到心底有股力量逐渐涌现。"

"这正是木头的力量。"

每当粗大的木材组装在一起,便会显现出每一根木头所潜藏的神秘力量。对如此众多的木头刻卯榫、组装的结果,竟然能产生此等活力和生命力,这对又右卫门来说,是全新的发现。木头就是有这么大的力量。

纵横交互嵌合的木头,外观给人一种目中无人之感,与其说是强韧,倒不如说是桀骜不驯。正因为是色泽亮丽的木曾上松桧木,所以才能从它展现的气势中感受到一股纤细之美。

冈部一门的木匠全体动员,朗声吆喝,推动工程的进行。就像要将先前雕刻了一整年的闷气一口气吐尽似的,每个人的吆喝声都充满劲道。

当中唯独少了以俊和市造。他们两人被屏除在天主的施工人员名单外,改派至贮木场工作。又右卫门请锯木工头庄之介将他们两人的腰杆锯直。看来,又右卫门暂时还不肯原谅他们两人。

"那是什么?"

信长指着装设在柱子上的小横木。

"是横楞。接下来会架上出桁,摆上屋檐的垂木。"

信长很感兴趣地望着木骨架。尽管每天都来报到,但似乎还是百看不厌。倒不如说,他看得一天比一天认真。又右卫门听说,在大阪石山本愿寺之战,松永弹正叛变,据守在大和信贵山城。信长似乎连这件事都给忘了,仍旧在工地里四处闲逛。

此刻他已登上鹰架的最顶端,环视四周。

可以望见山下的窑场。奈良的瓦匠们连夜赶工烧瓦。那袅袅黑烟,令又右卫门感到放心。只要有好屋瓦,就能做出好屋顶。

"这里将会有一座好城。一座出色的好城。"

城町在原本空无一物的草原上扩建。数万名男女居住其中。

"一切都是因为有主君的圣威。"

正因为有信长在,才能以石墙包覆这整座山,尽情聚集这满坑满谷的木材。正因为有信长在,才得以动员如此多的人。不论从哪个层面来看,这都是信长专属的城堡。

"木骨架何时可以搭建完成?"

"以这样的步调,还需要两个月。等到十一月,便会开始铺设屋顶。"

"是吗？"

信长走在梁上，伸手触摸那十七米长的大通柱。抬头仰望顶端。

"又右卫门。"

"在。"

"我很中意。如此雄伟的木骨架，我很欣赏。好好努力，要盖出一座出色的天主。一定要盖好它。"

"属下明白。"

又右卫门深深一鞠躬，将信长的话语牢记心中。

位于湖面对岸的比良峰，乌云低垂。风中饱含湿气。之前晴空万里的天空，转眼突然笼罩厚厚云层。

迈入十月后，天主第五层的组装已经完成。每一层都不惜成本，使用大量木材。如此极尽奢侈的木骨架，远望犹如刚硬的拳头，让人感到无比放心可靠。

目前正在兴建五层高楼上的双层望楼。就像要拿起高楼中央的中梁般，上面架设了八角形的外框。

在这样的高度下搭建完木骨架，事后要将木材往上运，可就难上加难了。

"喂，那边再抬高一点。"

弥吉派人吊起横梁。

架在鹰架滑车上的麻绳嘎吱作响，将粗大的牛梁往上拉。鹰架上的木匠合力去承接。

目前还没铺地板。木匠们扛着木材，走在鹰架上的细圆木或浑圆的梁背上,如履平地。这得要艺高人胆大才足以胜任。

用来立上方第二层八角堂柱子的柱踏,离地下仓库的础石有二十二米高。位在主城的人们,离这里有四十米远,大小看起来犹如米粒一般。

只要风一吹,就算是再熟练的木匠,也有可能失去平衡,从鹰架上跌落。比良峰的落山风,在无任何屏障的湖上增强了风势,吹向安土山。

"再这样下去实在没办法动工。今天就到此为止吧。"

弥吉向又右卫门唤道。

早上略微起风,但天气晴朗。在由秋转冬的季节,有时比良峰会突然被黑云覆盖,吹来强风。

木匠们的衣袖和下摆被强风吹得不住翻飞作响。下摆紧贴着腰间,行动不便。

"小心别被风吹跑了。"

要是勉强继续工作,可能会被风卷走。

"那根梁怎么办?"

"放下去,把它绑紧。"

要架上八角堂柱子上的横梁,正吊到一半。跟牛的身躯一般粗的粗梁,被风吹得摇摇晃晃。紧握绳索的三十名木匠,压低身子,肩膀和手臂使劲,缓缓将它往下放。

"掉下来了!"

一声大叫破空而来。传来几声木头相互撞击的闷响,地上有人放声大叫。

"抱歉。大槌掉下去了。"

年轻的木匠叫道。大槌东撞西碰,一路往下掉。

"小心一点,这样会害人受伤的。"

又右卫门呵斥道。在这等强风下,就算有人坠落也不稀奇。早点结束工作方是上策。

"慢慢放下来,不要急。"

横梁在风吹下缓缓往下放。

"好,就这样维持下去。别松手哦。"

风吹得更强了,晃动着横梁。木匠们受绳索拉扯。

"小心一点,别掉下去。"

"撑住!不会有事的。要撑住!"

只要降到第三层,等在那里的木匠们会接手。再差一点就到了。

"如果不撑住,会掉下来哦。"

"包在我身上。"

就在对方回答时,又一阵强风吹来,粗大的横梁随之晃动。

"糟了!"

就在又右卫门叫喊的同时,木匠们的身子也跟着浮向空中。

"危险!"

横梁掉落。麻绳以惊人的速度滑脱,木匠们的手掌都擦破了皮。鲜血飞散,溅向四周的白木。

正当又右卫门转身想看那根横梁落向何处时,这才发现脚下无处站立。

他右脚踩空,身子倾斜。

他伸手想抓住支柱,但手指还差几厘米才够得着。

他仰身坠落,耳闻风声飕飕。

他的左脚撞到某个东西,发出可怕的声音。他身体翻滚,继续往下掉。

他以双手护住头部。猛然想起五十年前,被父亲饱以老拳的那段年幼岁月。

他感到背后一阵猛烈冲击,就此失去意识。

三十六

"当时我真的吓到腿软呢。"

以俊的妻子瑞江喂又右卫门吃了一口粥。捡回一条命后,连这种话听了也觉得想笑。

"别再说这些闲话了。我要是一笑起来,全身疼痛,那可就惨了。"

"看您恢复健康,真是太好了。"

刚从岐阜赶来安土的瑞江,努力以开朗的态度让又右卫门保持愉快的心情。

瑞江是个美丽又贤惠的女人。当初又右卫门很欣赏这位热田神官的女儿,因而收她当儿媳妇。以俊似乎对他的自作主张深感不满。两人虽然有孩子,但称不上感情和睦。

又右卫门从高楼的第五层落至第三层的横梁。左脚骨折,右手严重撞伤。多年的木匠生涯,这还是他第一次跌落。

除了他之外,没其他受重伤的伤患。落地的横梁,把榫给撞断,不过这种东西再刻就有了。木骨架没受任何影响。如此坚固的天主,值得夸耀。

又右卫门躺在木板上被抬进家中时,气若游丝,瑞江当时似乎真的以为他已经没救了。

不知是因为当时以手护住头部,还是掉落方式的缘故,又右卫门并无大碍,大夫判断,只要脚部的骨折恢复,就能像之前那样工作。

现在他只能趴在薄榻榻米上休养。

我也老了。岁月不饶人啊。

如果是几年前,他应该不会这么难看地跌落。只要敏捷地一个翻身,抓住鹰架的支柱,他应该就不会跌落了。

又右卫门紧紧合上眼,就像在拒绝接受自己年老的事实般。

在坠落的瞬间,他想起以前被父亲殴打,以双手护头的往事,连他自己都觉得不可思议。为什么会想起那样的往事呢?

他躺在长屋里休息时,孙子宗光频频想来找他玩。当初离开岐阜时,他还只是个奶娃,但现在已经三岁,还会说话呢。尽管瑞江一再骂他,但宗光还是紧黏在又右卫门床边,不肯离去。

"爷爷,痛吗?"

"不,不痛。"

"因为你是工头,所以才不痛吗?"

"因为我是男子汉。男子汉就算痛,也不会喊痛。"

"工头很伟大吧?"

"是啊,木匠的老大就是工头。你以后也要当一个伟大的工头。"

"爹和爷爷谁比较伟大啊?"

"当然是爷爷喽。因为爷爷是工头。"

"那我爹不伟大喽?"

又右卫门一时无言以对。为了孙子,他勉强接话道:

"他当然伟大。他是个伟大的工头。"

端来柿饼的瑞江,摩挲着宗光的头。又右卫门并未向瑞江提到以俊被降级的事。

瑞江以无邪的笑脸望着儿子。

又右卫门咬了柿饼一口。感觉它的甘甜,就像他以往的人生态度般天真。

"最近纷争不断,真叫人头疼。"

引头弥吉上又右卫门家与他商量。

又右卫门卧病在床,由弥吉代理总工头的职务。来自各地的工头,底下各自有多名手下,所以每天一定都会有冲突发生。

"当中最棘手的人物,就属京都的池上五郎右卫门了。他根本没将我放在眼里,主城的建地,他爱怎么用就怎么用,把道路都给堵住了。三重城郭和其他城郭也纠纷不断,不断有人上门抱怨。"

狭小的山顶这块地，许多工程掺和在一起。搬运建材以及施工的场所受限，所以很容易引发冲突。

"要是我口才了得，或许能说服他们，加以压制，但我实在说不过那位老头。"

弥吉是位做事一板一眼的引头，他做木工的精准度甚至在又右卫门之上。由于深获冈部一门众木匠的信赖，所以由他统筹天主的工程，再适合不过了。不过，虽说是代理，但总工头势必得统筹整座山的全体工地才行。弥吉似乎拿池上五郎右卫门没辙。

"那个老头根本不把我说的话当一回事。"

弥吉底下有十二名木工长。个个本领出众，但一遇上要与人交涉，却都无法像使用角尺和墨斗那般利落。

"我去吧。"

又右卫门早已削好枴杖。虽然还得再等上一段时日才能拄着枴杖站起身，但一听闻此事，就算得抱着别人才能行走，他也非去主城一趟不可。

弥吉和瑞江欲加以劝阻，却挨他一顿臭骂。又右卫门扶着他们的肩膀站起身后，双脚一阵刺痛。剧痛令他表情为之扭曲。

他站着苦撑了一会儿，但始终无法跨出半步。

"您太勉强了。"

"是我不好，不该来跟你诉苦。工头，你好好休息吧。我会想办法解决的。"

"这怎么行！"

他重新躺下。要是让人背着上山，只会惹来池上五郎右卫门的讪笑罢了。届时情况将更为严重。

这是我冈部又右卫门毕生最大的失策。

他懊悔不已,但又无能为力。

弥吉低声提议道:

"可以交由少工头去办吗?"

"不行。不可以找他。我怎么可能原谅他。"

弥吉明白所有事情的始末。

"这我知道,但十二名木工长之中,没人可以管束得了其他派系的工头。要是再这样下去,会影响工程进行。"

"那个蠢材又能有何作为?"

"他可不像你说的那么没用。少工头的工作能力,一直是大家所认同的。"

"认同他是个蠢材是吧?"

"不。总工头你是宫庙木匠出身,所做做工精细,但动作也比较慢。少工头则是天生的筑城木匠,动作利落,那些年轻人都这么说。大家都很希望他能早点回工地上工。"

又右卫门沉默不语。

我是宫庙木匠,而他则是天生的筑城木匠?

仔细一想,以俊修炼木匠技艺的地点,全是在信长的工地。也许他一直用自己的方式全力投入工作中。

"弥吉。"

"在。"

"他是个蠢蛋,无可救药的傻瓜。"

弥吉开心地放声大笑。

"工头,你年轻时比他更蠢、更傻。"

"哪有这种事?"

"我从你年轻看到老。不会有错的。"

三十七

十一月三日的早上,终于架上天主望楼的中梁。从八月二十四日立柱至今,只花了短短两个月又八天的时间,堪称是一大壮举。

粗大的柱子、层层叠叠的梁、桁、横木、桁条、垂木等,错综复杂地组装在一起,巍然而立。从地底喷发的坤气,赐予木头力量,看起来就像从山顶不断涌出一般。

"干得漂亮。"

信长从主城仰望天主,龙心大悦。富丽堂皇的歇山式大屋顶博风板,以及它上方的望楼,让人印象深刻。而在最顶端的屋顶,看得到木匠们正在祭祀。

"他们看起来就像白云之子。"

天主台石墙高逾二十五米。上面立着一座高三十五米的天主木骨架,他们就在上面。

"站在那里,想必视野绝佳。快点建好阶梯吧。"

"属下会命木匠们进行。"

丹羽长秀颔首。

"又右卫门康复了吗?"

"已无大碍。应该很快就能康复。"

"原本还担心他儿子没这个能耐,没想到那小子挺有一手的。让我对他刮目相看。"

架上中梁一事,似乎令信长相当开心,尽管是天寒地冻的日子,他还是整天在外头检视天主的施工情形。

他站在望楼上,当真是睥睨天下。湖面平静如镜,翠缘的比良峰上积着皑皑白雪。

身穿直垂的以俊和市造,在中梁的两端装饰除魔的弓箭,并供上酒和五谷祭拜。

引头弥吉将一对长达三尺的雌雄鲤鱼摆在原木供盆上,摆在正前方。此乃信长所献的供物。

找来的神官,吓得双脚发软,无法站立,在天主台上朗读祝词。身穿直垂的木匠们,个个都恭敬地垂首而立。

"真是谢天谢地啊。"

在中梁上完成祭神仪式后,以俊重新俯瞰脚下的木骨架。他每天从日出看到日没,非但百看不腻,甚至日渐沉迷。

"什么谢天谢地?"

弥吉问。

"像如此浩大的工程,就算担任主君旗下的木匠,一生也难得有这样的机会。如今终于也建造至这一步了。真是谢天谢地,教人泫然欲泣啊。"

完成架中梁的工作后,以俊也松了口气。

"组装至这一步后,离完工已经不远了。"

虽然离完工还久,但工人们都按部就班地铺屋顶、铺地板、抹墙,建材都已准备妥当。只要耐心地持续进行这项作业即可。如果之前算是冒险的话,接下来将会持续过着稳当的日子。这不是件简单的工作,但看得到成功就在眼前。

"只花了两年就走到今天这一步。不过,整座山的样貌全变了。原本一座小山峰,就此摇身成为矗立于国家中央之地的城堡。是集结众多苦力和我们这群工匠的力量,才得以达成这个目标。真是谢天谢地啊。"

以俊无限感慨地望着眼前的寒冬湖国。今天是个阳光普照的日子。

弥吉笑了。

"有什么好笑的?"

"不,没什么。少工头说的话和总工头很像,所以我一时忍不住……"

弥吉毫不客气地扑哧笑出声来。以俊也不禁露出苦笑。

"身为父子,会相像也是理所当然。这是没办法的事。"

虽然不觉得开心,但感觉还不坏。此时父亲没在场,是最值得庆幸的事了。

架上天主的中梁,完成阁楼的木骨架后,接下来开始着手铺设屋顶薄板。

朝排列整齐的屋顶垂木铺上屋顶底板,上面再仔细铺上花柏薄板,以竹钉钉牢。仅只三厘米厚的木板多层相叠,以此阻挡雨水。再朝木板钉上挡土横板。原本只有木骨架的天主,在钉上一片片的薄板后,感觉愈来愈像人住的建筑。

天正六年的新年,开始正式铺上屋瓦。

瓦匠朝屋顶薄板上叠土,摆好平瓦,接着再摆上圆瓦。

望楼的屋顶用的是一官潜心烧制的红瓦。中梁两端设有贴满金箔,尾鳍上扬的螭吻。檐瓦金箔辉煌,绚烂亮丽,宛如龙宫宝殿。

依序由上层逐一往下铺设屋瓦。铺好屋顶,抹上粗灰泥墙,让雨无法淋进来后,便开始铺设地板。这时泥水师已加入,开始架设作为墙底的编竹。垂木上缠绕麻绳,为了在屋檐底下涂漆。

着手铺设大屋顶的薄板时,冈部一门突然有三名木匠失去下落。

"是失踪吗?"

以俊询问,弥吉摇头。

"难道是被奸细带走?"

"他们是自己逃走的。"

三人都是从热田找来的年轻人。

"逃走……为什么?"

以俊不明白他们为何失踪。弥吉流露困扰之色。

"少工头,你没听说吗?我当那些传闻是空穴来风,没去管它,但他们可能听了之后觉得害怕吧。"

"听了传闻感到害怕？什么样的传闻？"

"有人散播流言，说知道天主工程秘密的木匠，最后都会被杀。工作多年的木匠听了一笑置之，但新加入的木匠似乎信以为真。"

"竟然有这种离谱的谣言。如果知道天主的秘密就会被杀，那我们冈部一门岂能一直工作至今？"

以俊不自主地扯开嗓门，弥吉为之怯缩。他实在不该对弥吉大吼。

"我也这样说服过他们，但有人谣传，说这次不同于以往的筑城工程，是南蛮式天主的新设计，所以情况特别。"

以俊觉得有股苦涩之物在胃中翻涌。

三天后，一次有五名年轻木匠失踪。看来，他们一样是担心被砍头。

"搞不好还有奸细混在里面呢。"

弥吉向以俊咬耳朵道。

"怎么可能。不是已经处决很多人了吗？"

"不见得是我们冈部一门的人。也许有人暗中四处散播谣言。"

以俊无力地垂落双肩。他向信长保证过，要在一年内完成一切内部装潢。要是人手不足，恐难达成。

他强忍住想向人咆哮的冲动，伫立在喧闹的工地中。

"就近细看，它又更加出色了。"

瓦匠一官来到天主内。天主的屋瓦，他已全部烧制完毕。一官登上五层楼,满意地望着大屋顶上黑压压的屋瓦。铺屋瓦的瓦匠,全由一官负责统筹。

"对了,大家都听说某个传闻呢。"

"你是指这个吗?"

以俊以手刀比了个砍头的动作。

"没错,甚至还传进了窑场。"

倘若连山脚下的窑场也有传闻,那就得做好心理准备,恐怕全城的人都已听闻。如此无聊的传言,为何会扩散至这种地步?

"是奸细刻意捣乱吗?"

"如果是这样,他们可就得逞了。年轻人纷纷逃走,令人伤透脑筋。也许还会陆续有人逃走。"

"调查过谣言是从哪儿传出的吗?"

"要是查得出来,就不必这么辛苦了。"

"坐而言不如起而行。若只是坐着愁闷,情况只会更糟。"

眼下的确只能愁闷、苦恼,想不出解决之道。究竟该如何查探谣言的出处呢?

"你得冷眼观人,冷耳听语。看究竟是谁散播谣言。只要仔细调查,应该就能查出是谁散播的。"

从这天起,以俊开始四处向木匠们询问是从何人那里听闻谣言。有人提到几位可疑人物的名字,但案情依旧不太明朗,不过,以俊循线仔细追查,最后逐渐浮现出一条线索,那就是"从池上的木匠们那里听闻"。

要上天主的工地,势必得通过主城。很可能是在这种情况下,被池上一门的木匠唤住,从他们口中听闻此事。

那个臭老头。

以俊不禁怀疑是那名瘦小的五郎右卫门暗中散播流言。

就和他当面谈判吧。

尽管心里这么想,但他马上摇头打消念头。这终究只是传言。就算真是池上在背后兴风作浪,也很难找出证据加以谴责。

经过一夜思考,以俊前往主城工地拜会池上五郎右卫门。主城也已架好雄伟的木骨架。想必会是一座富丽堂皇的馆邸。

"怎么啦,有什么事吗?"

池上一脸懒得搭理的表情。

"我有个秘密要告诉你。有条龙从很久以前便一直栖息在这座安土山中。"

"这什么啊?"

"听说那条龙讨厌爱说谎的男人,只要一发现这种人,他便会在没有月亮的暗夜出现,把人吃了。"

"这是什么故事。"

以俊态度沉稳,双目圆睁,瞪视着池上。

"那条龙是我,爱说谎的男人是你。"

他故意压低嗓音加以威吓。这时要是池上敢出言反驳,他打算扑向前痛殴他一顿。这个老头以为我是个年轻小伙子,瞧不起我。

池上沉默片刻后,别过脸去,伸手摩挲着脸颊。

"跟傻瓜似的,听不懂你在说什么。"

"听不懂就算了。我说的是我对天主投注的气概,希望你别忘了。"

"说什么呢?"

池上的嘴角下垂,一脸很不甘心的神情,但他没再多说。

"天主和主城是邻居。虽然无法和睦相处,但互相切磋琢磨,比赛看谁能造出漂亮的建筑,这才是木匠应尽的本分。希望你也能这么想。"

撂下这句话后,以俊离开主城。反正谣言已经传开,现在灭火已晚。他只想好好提醒池上一番。

如此向池上威吓后,以俊感到畅快不少。

三十八

以俊每天早上都比其他木匠早到工地。他在天主台入口处双手合十膜拜。父亲以前惯有的动作,很自然地成了他的习惯。

他环视天主,目前的施工进度还算差强人意。

铺好屋瓦的望楼,泥水师已开始抹上粗灰泥墙。铺屋瓦的工作,已移往底下的楼层。

底下的楼层正在各柱子间编竹,制作抹墙要用的墙底。屋檐底下,绳子缠得像网一样紧密,正准备要抹上灰泥。这项工作是由高层楼逐步往下进行。粗犷的木骨架即将转变为馆邸的样貌。

铺设屋顶的瓦匠、抹墙的泥水师,到处都挤满了工匠,工地一片混乱。

四处巡视后,发现许多问题。每次一发现问题,他便会提醒负责的人注意。

"这里没打扫干净。木屑要全部清理干净。"

要是一再提醒依旧不改,他便会怒火中烧,很想痛殴负责的人一顿。

只要发现有学徒用脏手碰木材,他会马上踢对方屁股一脚。

"这是天主用的重要木材。先把你自己弄干净。"

施工情形渐入佳境。工作多得做不完,不许稍有延迟。只要想到这点,他便忍不住想发火。

以俊从黎明到日落,不断来回巡视天主。他满脑子想的都是工程的进度,脑袋都快撑破了。

许多工匠和苦力来来去去,运来屋瓦、屋顶用土、竹子、绳索、木材,按照设计图装设。聚集在天主上的人潮,比安土市集还多,喧闹无比。一发现有工匠停手歇息,他便会咆哮呵斥。

"偷懒的人,一天两升米的工资减半。勤奋的人,则加为四升,当作奖赏。好好努力。"

训斥这些工匠们,令他情绪激昂,从中获得亲身参与建造天主的真切感受。

入夜后,得准备材料、分配人力、确认设计图的细节,总工头要做的事多得数不清。以俊连好好睡个觉都不可得。

自从造好临时阶梯,信长和奉行众常上来巡视。每次以俊都精神紧绷,担心信长会说些什么。

信长会突然现身,下达琐细的指示,吩咐他修改。

"这里为何做成墙壁?要做成板门。"

经他这样吩咐后,以俊拆除编竹,正要装设门槛时,突然又被唤至二重城郭。

"我看那里还是设墙壁吧。设墙壁比较好。"

以俊又得依照他的命令更改。

以俊忙得连吃饭时间都没有,四处巡视天主,向弥吉与十二名木工长下达指示,训斥年轻学徒,重画设计图,听取信长的吩咐。

某天早上,他发现自己尿血。排出葡萄色的尿液时,以俊大吃一惊,但他仍旧无法休息。他常感到胃往上顶,胃的闷痛始终无法消散。他食欲不振,视力模糊。

"内部装潢,全部要在今年内完成。明白吗?"

这是信长的命令。他一定得依约完成才行。

他心想,父亲总是板着张脸站在工地,难道是因为面临许多无法明说的难题,在心中暗自和它们对抗吗?

明明已精疲神困,但以俊脑中还是相当清醒。不管戒备再怎么森严,还是担心奸细会趁晚上纵火,有时甚至直接睡在工地里。疲劳令他更加焦躁,以俊一早便对木匠们咆哮。

建造壮丽天主的喜悦,已抛至九霄云外。它成了一个非得完成不可的沉重负荷。

安土已是渐感春意,开始有群蝶飞舞的时节,但以俊却反而觉得工地里的空气益发冷冽。明明人手愈来愈多,却感受不到丝毫暖意。一些小事故、受伤意外、施工疏失,陡然增加许多。

他问弥吉,之前那个砍头的谣言是否还在流传。

"现在根本没人在乎这件事了。"

他问市造,也是同样的答案。

"现在已没人在谈那件事了。"

"你不觉得最近工地气氛不太平静吗?受伤的人增多,弄错木板尺寸和装设错误的情况不时发生。"

"那是因为工头不在的缘故。"

市造说出以俊最不想听到的话。

我才是工头。

他想如此大喊,但最后还是忍住了。

"是吗?说得也对。"

的确,父亲在工地时,就连一个小小的槌打声,听起来也觉得很轻盈。地上没半点木屑。

"我搭好了木骨架,却无法搭起人心。"

他如此喃喃低语,不过,市造早已转向一旁,没有回答。

天黑后,以俊下山。他已累得跟条狗似的,没心思顺道去探望因骨折休养的父亲。

打开家门一看,妻子瑞江正在骂孩子。

"怎么了?"

"孩子没规矩,我正在教训他。"

也许因为是热田神官的女儿,瑞江凡事都一板一眼,不懂得什么叫放松。连骂儿子宗光的时候他也是中规中矩,严厉训斥。她总是举止端庄,连床笫之事也从不放纵。这令以俊感到喘不过气来。

"适可而止吧。我已经很累了,不想再听你发脾气的声音。"
"对不起。"
瑞江低头道歉,汲了桶水,替以俊洗脚。
晚餐是白饭配蚬汤、炖小鱼,没有以俊爱吃的酱菜。
淡红色的日野酱菜,清爽够味,要是少了它,今天就不算有个好的结尾。
"没有日野酱菜吗?"
"现在已是春天了,要等到今年冬天才会再有。"
这句话令以俊觉得扫兴。
"你应该知道我爱吃吧?为什么不先多腌一点?"
"那就像腌萝卜一样,放不久。"
瑞江笑着回答。明明个性一板一眼,却又总是面带微笑,当真是匪夷所思。以俊此刻觉得瑞江的笑脸是在瞧不起他,心里很不是滋味。
"这我知道。我说的是,你为什么不稍微多腌一点。"
瑞江才刚从岐阜来这里不久,由她来说明近江的日野腌菜,这令以俊满肚子火。早在以俊放声怒吼之前,手里的碗已顺势抛出。
汤汁和蚬贝散落一地,碗砸中瑞江前额。宗光当场吓哭。
"啰唆。叫他别哭了。"
瑞江以悲戚的眼神望着他,以俊看不顺眼,怒火直冲脑门,扬手打翻餐盘。

他也觉得自己做得有点过火,但他不想道歉,索性就此走进房间。

他看了一会儿设计图,思考明天要处理的事,但还是怒火难消,于是他叫唤瑞江。

"来了。"

妻子打开拉门露脸。她带着端正的微笑。

"你为什么总是这样面带微笑。我拿碗丢你,你不生气吗?"

瑞江双手撑地,低头行了一礼。

"如果我有不周到之处,我向你道歉。"

"我没叫你道歉。我是问你,为什么笑得出来。你一直都是这样,不管发生什么事,都还是面带微笑。我就这么可笑吗?我被工作要得团团转,还拿你出气,看起来很蠢是吧?"

"才没这回事呢。这是家父对我的教导。他从小就教育我,女人是家里的太阳,不管发生什么事,都要面带微笑。"

"哼,真是一对好父女啊。"

"家父告诉我,女人不会笑的家庭,就像一个太阳没升起的家,所以要努力保持笑容。如果这样惹你不高兴,请你原谅。"

"既然这样,那你就多笑一点啊。笑啊,放声笑啊。"

以俊忿忿不平地说道,瑞江的乌黑大眼登时泪如泉涌。

"怎么啦。为什么哭?要违背你父亲的教导是吗?快笑,笑不出来吗?"

豆大的泪珠从瑞江眼中落下。

"你不想了解人心吗？在微笑的背后，一个人是强忍着多大的痛苦，你明白吗？"

瑞江放声号啕，以俊大为吃惊。多年来，一直以为她是个中规中矩，只重表面的妻子。这还是第一次看她流泪。

"你也会哭啊。"

"难道你以为我是木人石心吗？不论男女，每个人都会哭。唯一的差异，就只是看你要在人前流泪，还是要以微笑来掩饰。"

以俊这时候觉得，哭得全身发颤的瑞江，也许是个可爱的女人。他静静望着瑞江哭泣。

那一晚，瑞江白皙的身躯，第一次在床上完全解放。妻子展现出意想不到的奔放，那缭乱之姿，令以俊深感着迷。

翌晨，以俊站在天主台入口时，现场第二个到来的弥吉向他唤道。

"哦，你今天显得特别容光焕发呢。"

"会吗？从今天起，我决定要化身成恶鬼。"

"说恶鬼未免太夸张了吧……"

"我是恶鬼，冈部一门的众人是福神。这样如何？自从代替我爹掌管这里后，我一直想用训斥的方式指挥众人，但我发现这样根本管不动。"

"不过，你刚才提到福神，表示你已下了相当大的决心呢。"

"不，我还没达到那种晓悟透彻的境界。我只是想用这样的想法来试试。"

"少工头也愈来愈有工头的样子了。"

"还差得远呢。弥吉,你也要多多指教哦。"

以俊朝来到天主台的每一名木匠问候。他并不认为这么做就能改变什么。只是觉得自己非这么做不可。

"市造,你娶个媳妇吧。我帮你找个好对象。"

"我就免了吧。"

市造笑道。

"为什么?"

"少工头,你没有识人之能。我要请总工头帮我找。"

"我爹他也没有识人的眼光吧?"

"哪儿的话。总工头可会看人了。只要是和我们冈部一门的木匠有关的事,他无所不知。像我的事,全被他给看穿了。"

市造这番话,令以俊才刚萌芽的工头自尊心迅速萎靡。不过,他压抑自己想咆哮的冲动,后退一步,改为观察众人工作的情况。

他觉得这平时看惯的工地景致变得新鲜了许多。

木匠有形形色色的人。这指的不只是经验的差异。尽管是熟练的工人,也有动作快慢之分,不同的人,对不同的工作有擅长与不擅长之分。有人工作认真,也有人手握锯子,却心不在焉。有人少言寡语,有人净是爱说浑话,有人好讲理,有人重直觉,也有人脑袋里什么也不想。有人空有干劲,却笨手笨脚,有人则是整天只想偷懒,有人一脸倦怠,也有人只想混水摸鱼。各式各样的男人齐聚一堂,打造这座天主。

这理所当然的事,以俊如今才猛然察觉。

组装木头是木匠的工作,而整合人心则是工头的工作。

工头该做的事，他似乎有点明白了。他这么想之后，连工地响起的敲槌声听起来也变得轻盈不少。他真切感受到，自己正站在众木匠形成的圆圈中。

三十九

抬头仰望，天主望楼的红瓦在火红的夕阳照射下，显得更加红艳。屋檐边的金箔金光灿然，更加凸显出它的绚烂。尽管现在只有上面几层铺好屋瓦，鹰架更是显得不太美观，但要是一切都完工后，会是一座多么壮阔的天主，众人都不难想象。

以俊穿过普请奉行木村次郎左卫门宅邸的大门时，抬头仰望金光闪闪的天主，感到无比自豪。他还是第一次被邀请至木村的宅邸。这是一场特别的款待，木村说要请他吃饭，边吃边聊。

"又右卫门的情况怎样？"

"也许是上了年纪的关系，恢复得比较慢，但应该很快就能重回工地。"

他腿部骨折，且全身撞伤，尽管骨头已接上，但还是无法起身，最近好不容易可以拄着拐杖行走。

"你代替令尊的工作，每天都相当辛苦。你盖八角堂时，想必在画墨线时用了什么秘术吧？"

"其实没您说的那么夸张。只要善用角尺,就没什么难的。"

以俊说了如何搭配角尺来用墨线画出八角形的组装角度,但木村似乎兴趣缺缺。

"像我就看不出个中端倪,不过,各行各业都有个中高手。要不是有冈部一门,不知道这次的工程会是什么结果。"

木村闲聊了一会儿后,小姓端来菜肴。治部煮①鸭肉锅、鲤鱼生鱼片,都是平时难得一尝的珍馐。以俊生平第一次尝到野鸭肉的美味,大为惊艳。

"这野鸭,是主君赏赐的猎物。你尝尝味道。主君只吃猎鹰捕获到的野鸭。"

"为什么?"

"被猎鹰袭击的恐惧,会让鸭肉紧实,变得更加可口。如果是冷不防被火枪或弓箭射中,就没这等滋味了。"

待酒过三巡,渐感微醺时,木村陡然拿起扇子一拍,将它折好。

"账本带来了吧?"

木村吩咐以俊要带木匠们的工资账本来。他说要边吃边谈的事,似乎就是这个。

以俊解开摆在身旁的藏青色包袱,递上二十多本账本。不只是冈部一门的账本,包括池上、中井在内,所有工头们的账本也全都在此。上至工头,下至木工长、木工、学徒,哪个工地有几个人上工,账本上全都记载得清清楚楚。

---

①金泽的典型本地特色菜。把鸭肉切成薄片,然后涂上面粉或淀粉,加入汤汁里用微火炖煮。

工资账本固定由总工头统一保管，每月月底送交木村底下的负责人审核。

木村次郎左卫门借着灯光翻阅账本。他不时会停下动作，像在思索些什么。

"冈部的木匠现在有一百五十人是吧？"

随着工程日益繁忙，他们不断从尾张找人来，所以不知不觉间成了一个庞大的组织。

木工长一人指挥十余名木工，称之为"一方"，如今冈部一门已多达十二方。

一方上工十天为一轮，配合实际上工的轮数发放白米，普请组奉行木村正是其统筹的负责人。

冈部家从信长那里获赐尾张赤池的三百贯知行。若换算成白米，约有六百石，这样实在很难养活这群木匠。

为了养活这群木匠，必须报告上工的轮数，接受白米配给。一天的工资为工头一斗，木工长四升，木工二升。

"架中梁仪式，是主君出的钱吧？"

除了工资外，遇上重要仪式，还会给木匠们赏金。立柱时有赏，架中梁时，除了信长的打赏外，甚至还送总工头又右卫门一匹配有马鞍的骏马。

然而，冈部家的经济并不宽裕。

又右卫门除了工作外，没其他嗜好，不过，他对工具很舍得花钱。一遇上好的铁匠，就会花大钱请对方打造凿子、刨刀、锯子。

木匠的工作靠的不只手艺，还有工具。

他总是如此说道,毫不吝惜地将做工精细的工具送给同门的木匠们。所以同门里有不少人手里的工具比又右卫门还好。获赠比工头更好的工具,自然不能把工作搞砸。所以冈部一门的木匠工作特别仔细,每项工程总是都做得尽善尽美。此事木村也很清楚。

"又右卫门爱买工具的习惯,还是一样对吧?"

"是的。连新找来的木匠,他也会送他们顶级的整组工具。"

"钱不够用吧?"

"我们都会努力想办法筹措。"

木村拍打着扇子。

"外头有传闻,说冈部私卖木材。"

以俊马上酒醒,当真是晴天霹雳。

"在下发誓绝无此事,是有人恶意中伤。难道是……"

他想道出池上五郎右卫门的名字,但感到踌躇。他无凭无据。

"别担心。我也不相信。如果怀疑你们的话,就不会请你喝酒了。世上就是有人会暗中造谣。"

木村复又拍响扇子,转头面向一旁。

"只要从下个月起,你在工资账本上多写成两百五十人就行了。"

"您这话的意思是……"

木村神经质地眯起眼睛。

"你反应可真慢。真是没默契。"

"此等不法之事,请恕在下无法配合。"

以俊双手撑地行礼。

"真是个死脑筋的家伙。不过是账面上做做样子罢了。工程有许多得花钱的地方。因为没有支出的名义,所以才会便宜行事。说什么不法之事,真是笑死人了。"

"可是,这势必得篡改账本才行。"

"和你谈不来。下次我再找又右卫门商量,你下去吧。"

木村板着脸,走进屋内。

离开木村的宅邸后,以俊前往父亲居住的长屋。步履无比沉重。

又右卫门正在土间磨刨刀,他似乎打算重回工地上工。以俊朝入门台阶处坐下,告诉他木村说的话。又右卫门边听他说,边磨刨刀。

"真搞不懂他在打什么主意。木村大人是个坏蛋,他想窃取主君的钱。如果是必要的花费,只要依照正当的步骤领取即可,不是吗?"

又右卫门什么也没说,只是持续磨着手中的刨刀。

"爹,你怎么了?好歹说句话吧。我对他的答复,你觉得不满意吗?"

"不,这样对,是该拒绝他的要求。不过……"

"不过什么?"

"木村大人并非坏蛋。如果照你的想法来看,世上有九成的人都是坏蛋。之前我隐瞒你、市造以及那名女奸细之间的事,那我也算是坏蛋。"

"你的意思,是要我配合他的要求吗?"

"我没这么说。这是常有的事,没必要因为这样的事而动肝火。"

"这算是常有的事吗?"

"我老早就听腻了。"

又右卫门注视手中的刨刀。他端详片刻后,又再度磨刀。钢铁与磨刀石悦耳的摩擦声传进以俊耳中。

从那天起,以俊觉得自己眉间总是皱在一起,就和父亲一样。

四十

来到安土后,樱花盛开的时节第三度来临,樱花随风飞舞,枝叶开始变得繁茂。原本是风日晴和的好日子,但傍晚时突然刮起强风,降下倾盆大雨。原木的桧材,溅起豆大的雨滴。是春季的暴风雨。

"看来会是一场惊人的强风。"

以俊望着西边的天空。湖面被厚厚的黑云覆盖,看不见远方。近处的水面在强风豪雨的侵袭下,立起白浪。

"快点收拾,以免被风吹跑。今天收工了。"

才刚重回工地的又右卫门,向木匠们吼道。虽然双脚还站不太稳,但这样远比在家里躺着要畅快多了。

木匠们迅速整理材料和工具,跳进屋顶底下。

屋顶上的瓦匠们也纷纷离开。身上衣服全湿透了。

收拾好工作的木匠们,走下天主台。因为乌云的缘故,四周漆黑一片。

催促众人赶快收拾的又右卫门手里提着灯笼,穿上蓑衣,头戴斗笠,反向往楼梯上走去。

"爹,你要做什么?"

"这还用说。当然是去看天主的情况啊。这种大风的日子,最适合查看高楼盖得怎样。"

蓦地,一道黄色闪电照亮了四周。接着响起一阵轰天雷鸣,似乎就落在附近。风强雨急,尽情肆虐,闪电在湖面上的幽暗天空窜流。又一阵令人耳膜疼痛的雷鸣响起。

"真拿你没办法。"

以俊嘴里这样说着,但还是披上蓑衣,戴上斗笠,走上楼梯。

来到望楼,豆大的雨滴正打在抹好粗灰泥的墙上。雨从四方敞开的门口和没装格子窗的窗口吹进里面,积了一地。

"来了,来了!"

又右卫门的声音听起来似乎相当开心。

"大呼小叫,跟小孩子似的。"

"像这样的强风可不常见啊。这是给天主的考验。实在太有趣了。"

并不是现在才这样,以俊最近见识到不少以前从未见过的父亲的另一面。

以前父亲总是摆着张苦瓜脸,站在工地,但最近他就像离笼的小鸟,步履无比轻盈。

相对的,倒是以俊的表情开始显得闷闷不乐。工地里每天都有无数的难题发生,全都等着以俊来解决。他势必得沉着张脸不可。

"你可真轻松啊。不过话说回来,真的不会摇晃吗?"

以俊低语。要是吹来强风,最顶端应该多少会摇晃吧,他一直很担心这件事,但完全没有摇晃的迹象。

"不管怎样,从底下到第五层确定很牢固。不仅铺好了地板,在屋顶的重量下,木头也彼此牢牢嵌合。不可能会摇晃。"

"你可真有自信啊。爹,你也是第一次盖七层高的高楼,竟然敢这样虚张声势。"

"我负责的工程,绝没半点缺陷。你有什么担心的理由吗?"

由于风雨强劲,这对父子的对话变成了咆哮。尽管以手按住斗笠,还是差点被风给吹跑。

"原来你们在这里啊。"

身穿蓑衣的弥吉登上望楼。

"我已经巡视过了,全部都已收拾妥当。不过话说回来,这雨可真大啊。"

雨从望楼的檐瓦化为飞瀑流泄。雨水落向八角堂的屋顶,溅起飞沫,再从那里化为飞瀑,落向第五层的大屋顶。雨势强劲,水量惊人。

"疏雨道没问题吗?"

以俊一面确认,一面往上走。就连还没铺设屋瓦的楼层,雨水也是流经原先预设的场所,从上层的屋檐流向下层的屋顶。由于设有不少千鸟式和唐式的博风板,所以疏雨道的设计并不简单。

"市町好像有几户人家的屋顶被风掀跑了。"

山下的町屋是木板屋顶,只用石头压在屋顶上头。遇上强风,下场往往很凄惨。

"遇上这样的强风,那也是没办法的事。是哪里的木匠盖的?"

以俊胸口一震。该不会是他一开始盖的町屋吧?

"是近江的木匠。好像是木板太薄的缘故。"

以俊松了口气。

"工头要彻夜在这里留守对吧?我也留下来陪你。"

"不,今晚有以俊在就行了。你回家睡觉吧。"

弥吉开心地笑道:

"怎么啦?有什么好笑的?"

"不,很久没看到工头这么有活力。"

弥吉用力点着头,留下一句"请多小心"后,便步下楼梯。

随着外头天色渐暗,风雨也更加强劲。闪电划过漆黑的夜空,雷鸣震天。每次雷声响起,天主粗大的梁柱便会产生共鸣,可怕地震动着。

"不会被雷打中吧?"

"怎么可能?难道你盖的方式,有可能会被雷打中吗?"

"盖的方式和会不会被雷打中没关系吧?只要是盖在山上的高楼,就有可能会被雷打中。"

"为了加以防范,一官在中梁上加设螭吻。这样怎么可能还会被雷打中呢。"

身上覆满刚硬的鳞片和带刺的背鳍,长六十多厘米的螭吻,似乎真具有这等神通。但它那圆睁的大眼、露出口外的利牙、大大的胸鳍和尾鳍,全都贴满了金箔,这样反而有可能招来雷击。

"爹。"

"什么事?"

"为什么你有这样的自信?为什么一点都不担心。"

"担心……担心什么?"

"自己盖的建筑有什么缺点,工头自己最清楚。雷有可能会落在什么地方?大风吹来时?哪个屋檐会被吹跑?哪个部位的卯榫雕得不够精准?工头全都知道。怎么会不担心呢?"

"为这种事担心受怕,又有什么用?"

这种口吻一点都不像父亲,所以以俊定睛望着他。父亲斗笠下的脸庞,带着微笑。

"我知道你会担心。建造者的确最清楚建筑的弱点。不过,一旦盖好后,就没办法改变了。"

"话是这样没错啦。"

"既然这样,就忘了它吧。尽最大努力做好你能做的事。找出天下第一的柱子,以天下第一的手艺盖好它,再来就没什么可以做的了。这座天主就是我,如果它倒了,我也会跟着一起倒。如此而已。"

父亲的话听起来相当洒脱。

"可是,没有任何事会令你担心吗?"

"当然有,多着呢。年轻时特别多。当时我比你还要担心上百倍,担心得睡不着觉,还不时半夜上工地查看。不过,一旦盖好后,就没办法改变了。自从发现这个道理,我就只专注于眼前的工作,绝不马虎。这是木匠唯一能做的事,没什么其他事该做了。"

以俊觉得有理。他对此没有异议,所以只是默默思索父亲这番话。

"难道不是吗?"

"嗯……没错。我明白了。"

以俊第一次为自己身为父亲的儿子感到高兴,第一次感到自豪。父亲也曾有过各种内心纠葛,以男子汉的身份跨越这重重障碍的父亲,以俊深深以他为傲。

"还不能松懈。疏雨道检查过了,接下来要检查屋檐和屋顶底板。屋檐受强风吹袭,也许会松脱。某些地方可能会漏雨。"

又右卫门手持灯笼站起身。

"明白了。"

雷声愈来愈响,闪光将这处湖国天地照得可怕骇人,但以俊的内心却有一股昂扬之气,直冲天际。

四十一

率领奉行众巡视天主的信长,见昨晚惊人的强风没吹走一片屋瓦,屋檐的金箔一样在朝阳下灿然晶亮,对此大为满意。

"从今天起,将开始上第五层楼的荒土。"

又右卫门向信长一行人说明。望楼的粗灰泥墙已经抹好,泥水师开始要抹第五层楼的粗灰泥墙。先将揉成大圆球状的土丸子塞进编竹里,以抹刀抹匀。这是以稻草掺混,存放半年的最佳壁土。由于稻草溶化后带有黏性,所以不必担心墙面会有裂缝。粗灰泥墙抹好后,若不放两三个月等它干,便不能进行接下来填补缝隙的工作。在最后涂漆之前,得反复涂上灰泥,总共将近二十次之多。

信长在一旁看泥水师工作,突然低语一声。

"等一下。"

"大人有什么吩咐是吗?"

"墙有多厚?"

"配合柱子,做成三十厘米的厚度。"

早在很久以前,这就是信长裁示的规格。如今就是在这样的计划下抹上粗灰泥墙。

"墙壁重抹。"

信长的一句话,令又右卫门心头一震。奉行众纷纷望向信长。

"要如何重做?"

"墙壁愈厚愈好。编竹做成双层,中间塞满碎石子。最近有愈来愈多敌人拥有三百七十五克[①]、七百五十克的火枪。光只有土墙

[①]在这里是以一颗子弹的重量来表示枪的口径。

叫人不放心。"

"石头要填满九厘米的厚度吗?"

"这样不够。要二十一厘米。"

"上面再抹上泥土,这样墙壁将厚达五十一厘米。"

"办不到吗?"

又右卫门深感为难。塞满碎石的二十一厘米宽土墙,到底会有多重呢?如此可怕的重量,天主的木骨架承受得了吗?

经这么一提才想到,听说信长曾命九鬼水军打造铁甲船,作为攻击石山本愿寺之用。据说南蛮船上搭载的大炮,可以发射数公斤重的炮弹。要是遭受那种武器攻击,只有土墙确实教人不放心。

远离战场,在这里埋首建造天主的这段时间,战斗的方法也有了很大的改变。

"如果是二十二点五克、三十七点五克的子弹,它可以充分抵挡,不过……"

也许现今的时代,光是防御这种程度的子弹,已守不住城堡。

"请给属下一些时间考虑。不必等到明天。只要几个时辰,属下就能给您答复,请主君稍候。"

又右卫门决定争取些时间,经过深思熟虑后再回复。

"爹,你打算怎么做?要是在墙里塞进碎石,会因为过重而压断横梁。为什么不当场拒绝呢?"

以俊焦急地问道。

"梁柱都不会断,它们没那么脆弱,你少插嘴。我已经做好结论了。天主的事,只能透过天主来聆听。"

又右卫门多次在天主里上上下下，一会儿摸柱子，一会儿耳朵贴向横梁。虽然这木骨架坚固无比，但它究竟能承受多大重量，他想向木骨架问个清楚。

根据事前的计算，天主所用的木材有一千六百八十立方米，约八百零六吨重。连同屋瓦和壁土的重量一起计算，整座天主粗估约重达一千四百四十吨。

如此惊人的重量，若是再加上石头重量，结果会怎样？这些重量当然全都会加诸于那三根大通柱上。

这已超出计算的范畴。

到底撑不撑得住呢？答案只有其中一个。这就像在叫他要下定决心似的。

"要是之前先吩咐的话，好歹我们也能增加柱子的数量。"

以俊撇嘴说道。

"如今炮术已今非昔比，远非当初建造时所能预料。这也是没办法的事。"

"可是，过重的墙壁很危险啊。"

"柱子用的是三十厘米粗的木曾桧木。不管再重，它都以二点一米的间隔支撑着全体。梁是以六十厘米宽的黑松木垂直架上。梁柱的数量已经没办法再增加了吧。"

"话是这样没错。"

"让我一个人静一静。这样我没办法和天主沟通。"

如今搭建完成的，绝不是脆弱的木骨架。倒不如说，它比过去这个国家建造过的任何一座城堡高楼都还要坚固。

这座天主绝不能因为大炮的攻击而被破坏。唯有抵挡得了任何攻击,保护住在天守里的主人不受弓箭炮弹所伤,这样的城堡才有意义。又右卫门一面思忖此事,一面走在天主中。伸手碰触柱子,倾听木头的声音。

他抚摸大通柱,心中做好决定。

他决定在墙里塞满二十一厘米厚的碎石,做成约四十厘米厚的墙壁。

只要将编竹改作里外两层,让壁土往外多二十一厘米就行了。在柱子外侧装设九厘米的台座,像盔甲般朝土墙的表面钉上三厘米厚的雨淋板。这么一来,不论遭受什么样的大炮炮击,也可高枕无忧。当真是宛如铜墙铁壁。

决定了。

一旦下定决心,便觉得这座天主没有这般厚度的墙壁,便不够完美。坚固的木骨架,应该可以稳稳支撑厚实的墙壁吧。

为了尽快将这个想法传达给人在二重城郭的信长,又右卫门来到主城。主城馆邸已铺好桧皮屋顶,展现出富丽堂皇的姿态。

前方喧闹无比。二十名木匠聚集,互瞪着彼此。当中有人卷起衣袖,抡起拳头,弥漫着一触即发的气氛。

又右卫门凑近一看,发现儿子以俊和池上的引头正在争吵。

"住手,这是怎么回事?"

又右卫门推开群众,冲进人群中。

"啊,爹。你来得正好。池上的引头说话口气太过嚣张,我正要处罚他。"

"住手。你应该知道这里严禁打闹生事的规矩才对。"

"这不是打闹生事,是处罚。他竟敢羞辱主君的天主,说八角堂的造型太落伍了。"

又右卫门按下以俊抡起的拳头。

"你的身份好歹也是总工头辅佐,这样像什么话。"

"就是这样才不能饶恕啊。说什么落伍,我实在无法一笑置之。"

"你真的这样说吗?"

又右卫门转头望向池上的引头。

"我只说这种品味真怪。他听了之后就以此当借口,向我挑衅。"

"我明白了。算了,此事到此为止。没事了,大家解散,回去工作。"

听见又右卫门那低沉沙哑的声音,木匠们后退一步,但还不散去。

"还不快解散!"

又右卫门一声呵斥,众人这才散去。

"以俊。"

"我可不道歉哦。是对方不对,他确实说我们落伍。"

"随他们说吧。有什么关系。"

"被人这样羞辱,你还能坐视不管吗?"

"那要怎样你才满意?饱以老拳、把人踢倒在地,你才高兴是吗?要把人杀了你才甘心吗?"

"我才不会杀人呢……"

"那就咽下这口气。"

"……"

"咽下就对了。建造出新奇的建筑,总会引来各种看法。不见得每个人都会夸赞。也有人会出言批评,甚至是引来谗言。如果每件事都计较,只会让自己心浮气躁。要咽下这口气,将它咽下,化为粪便排出体外。"

以俊凝望父亲的脸。虽然平时都待在他身边,但感觉自己好像许久不曾像这样仔细端详父亲的脸。黝黑的肌肤上深邃的皱纹,诉说着父亲有许多苦全往肚里吞。

"总工头。"

池上五郎右卫门的瘦脸凑近。

"刚才那场骚动是怎么回事?听说你家的少工头挥拳打人是吧?你要是不管好他,我们可伤脑筋呢。像这种情况……"

"住口!"

又右卫门以强悍的目光瞪视池上。

"如果你自认是足利家的御用木匠,以此自豪,就该教导旗下的木匠们什么是礼仪。如果只会口出恶言,有损工地士气,我将毫不犹豫地挥刀斩杀,此乃我织田家的战法,你最好牢记在心。"

池上忿恨地紧咬牙关,暗啐一声,就此退下。

"爹,你怎么没咽下这口气?"

"情况不同。你的情况只是私愤,我则是依规矩行事。工地上的规矩,得和战场一样严苛才行。"

又右卫门也不看以俊是否点头同意,便径自往二重城郭走去。

四十二

接获织田军大举进攻甲贺的通报后,六角承祯立刻投奔伊贺。现在他寄居在伊贺的友田山内宅邸。

织田军的目的不是要占领甲贺,而是要对建筑展开掠夺。

众多步卒转眼便将甲贺平松长寿寺内的三重塔与佛殿拆解,运上货车。柏木神社的楼门被拆下带走,有些寺院甚至被搬走了仁王像。

六角承祯没有兵力加以阻止,只能坐视一切发生。探子回报,现场已被搜刮一空,只留下础石。

"那些木材被怎么处置?"

"是。被拆解的三重塔、佛殿、楼门,都在安土山顶重新组装。"

"在山顶……要在城内重建仁王门和三重塔是吗?"

"是的。"

六角承祯完全无法理解信长的思考模式。如果是祠堂或神社倒还另当别论,但要在城郭内建立一座立有佛堂和高塔的寺院,当真是前所未闻。

"为什么要在城内建造这种东西?"

"可能因为是西南边的山峰,要镇守里鬼门①吧……"

单膝跪在友田宅邸外廊前的年轻奸细,侧着头说道。

活下来的都是这种没用的家伙。

如果是甲贺望月家的间谍左平次,就会说出合情合理的推测。眼前这名男子没这等智慧。

"其他工程进行得怎样?可顺利?"

"现在已逐渐呈现出全貌。山的南面斜坡有坚固的石墙,而且还盖有德川、羽柴、前田等重臣的宅邸,那壮观的景象实在难以用言语形容。至于天主方面,屋瓦已全部铺设完毕。檐瓦金光闪闪,秀丽至极。"

承祯冷哼一声。会夸赞敌人城堡的奸细,肯定是个草包。

"春天时,塞进碎石抹好的粗灰泥墙已大致干了,目前正在装设雨淋板。他们依序从上面的楼层涂上最后修饰的白漆,虽然是敌人,不过如此精细的做工……"

"住口!"

"是。"

"住口!住口!住口!"

"……"

这名年轻奸细再次侧头感到纳闷。

"惹大人您不高兴是吗?"

"世上哪有你这种夸赞敌人城堡的笨奸细啊!"

"可是,它确实是铜墙铁壁,传说一点都不假。尽管目前仍在

---

①译注:与东北方的鬼门反方向,位于西南方。都是阴阳道中忌讳的方向。

施工中,但要攻陷相当困难,更别说是完工后了,整座山将化为一座易守难攻的要塞,恐怕连南蛮都会听闻其威名。信长建造出如此前所未闻的巨大城郭,实力确实非比寻常。绝非易与之辈。"

承祯摇头叹息。

夏去秋来,伊贺的天空晴朗,卷积云飘浮空中。想到自己目前手下只剩这种会夸赞敌方大将的愚蠢奸细,便感虚脱无力,甚至提不起力气大声痛骂他。

"城堡兴建的情形就不必再说了。可有打听出对方的弱点?"

"弱点是吗?"

"没错。攻打安土时,该如何进攻才好?有没有什么方法?"

"正面的正门至今仍未完工,所以我方要是有三万精兵,可从正面直接奔上正门大路的石阶,迅速逼向主城和天主。此刻织田的主力军团正远征摄津本愿寺,城内防守薄弱。守备的士兵仅数千人。可先朝城下町纵火,再趁乱……"

承祯强忍哈欠。他哪来的三万大军?

"我明白了。辛苦你了,下去吧。"

奸细低头行了一礼,站起身,这时,他突然像想到什么似的,再次跪地报告。

"对了,有件事我很在意。"

"说吧。"

"是。听说在天主地下仓库中央,凿了一个洞,里面埋了一个大瓮。"

"那是什么?"

"之前曾大费周章地屏除众人，只有信长、工头以及数名小姓在场。"

"难道是埋活人当祭品？"

"不，没有。从那之后，便一直谣传参与天主工程的木匠会被砍头，不过，那个坑洞现在似乎仍罩着盖子，四周还围着栅栏。"

"难道里面埋着黄金？"

"大瓮只是障眼法。据推测，其实是防备敌人来袭，偷偷挖掘可以通往城下的地道。"

承祯侧头沉思。如果是地道的话，承祯以前也曾想在观音寺山挖掘，但只挖了约二十米长便放弃。要挖出长一两百米，可以通往山下的地道，是一件大工程，不可能暗中挖掘。

承祯盘起双臂思索，还是想不出个所以然来。也许里面藏匿了大量黄金……

他仰望天空的卷积云，长叹一声。

安土城和白云一样，都是如此遥不可及。一想到这里，便感到自己的心情缓缓沉向那沉淀已久的泥淖中。

四十三

拆除望楼四周鹰架的天主，看起来比想象中还要迷人。站在山下仰望的又右卫门,一再揉着眼睛,以确认自己不是在作梦,眼前看到的不是幻觉。

檐瓦和最上层的柱子所贴的金箔光芒万丈,八角堂的柱子与栏杆已涂好红漆。蓝色的鳍板上,有狩野永德所画的飞龙与螭吻跃然其上。

"真美。望楼的红瓦配上红漆,美不胜收。"

以俊身穿一袭直垂礼服,一面往山上走,一面夸赞。

天正七年的新年悄悄到来。

织田家派五万大军将摄津有冈的叛将荒木村重团团包围,安土山和城下显得尤为悄静。

在阵头指挥大军的信长,于岁末时返回安土。

又右卫门和以俊登城恭贺新年。

"这下终于能抬头挺胸地向主君问安了。"

天主的工程顺利进行,似乎令以俊喜不自胜。又右卫门也松了口气。如同当初所约定,再过不久,天主就能入住了。

地板铺上木纹桧板,至于天花板、格子窗、楼梯、扶手,全都用顶级桧木打造。再来只要打造栏间、架子、装饰雕刻、钉隐[①],安装门和榻榻米,一切便大功告成。装饰用的金属物品,由京都的后藤平四郎与体阿弥负责,榻榻米则是伊阿弥新四郎一门负责,打造得极尽奢华。这么一来,如果没打造出一座美轮美奂的馆邸,反而奇怪。

---

①隐藏钉子的装饰。

来到安土已迈入第四年,满整整三年,能走到这一步着实不易,连又右卫门也感到难以置信。

为数众多的城郭里,数百栋的家臣宅邸比邻而建。巨大的城堡与耸立此地的天主,的确可说是信长这个男人的远大梦想所结的果。是又右卫门将它转为真实的形体,他很想夸赞自己一番。

二重城郭的馆邸里,已有前来贺年的来宾。他与堺的富商津田宗及算是第一次见面,不过,画师狩野永德则算是熟面孔了。

奉信长之命,在安土城内制作障壁画①的永德,考虑到自己的画也许未能得到好评,因而事先将京都的宅邸和家业让给弟弟,才前来安土。此等过人的决心,令又右卫门大感折服。永德是位年约三十五岁上下,相貌聪明的男子,又右卫门看过他的画后,对他的大胆深感着迷。

"来得正好。又右卫门,这边坐。"

道完贺,信长招手要他过来。似乎要他坐在自己位居高处的座位。

又右卫门移膝向前,避开原先摆好的坐垫,坐在一旁后,小姓打开外面的纸门。

冷风流入大厅内,可以远眺近江的景致。初春清晨的近江,晴朗宁静,棕耳鹎喧闹地鸣叫。

枯黄的原野前方,可以望见正三角形的三上山,与三年前盖好这座馆邸的时候相比,景致完全没变。唯一的差异,就是山下的住

---

① 画在拉门上的画,以及贴在墙上的壁贴画之总称。

家增多,已形成一座广大的市町。

大厅内的拉门从两侧阖上。这三年来一直都只是一片白净的拉门,现在上面已绘有图画。是狩野永德擅长的细腻风景画。

阖上的拉门,绘有从三上山到湖边的这段近江景色。乃是将刚才看到的真实风景,如实加以呈现的精细写生画。

"打开左门。"

信长一声令下,小姓打开一扇拉门后,眼前出现的是三上山。

"啊……"

又右卫门不自主地叫出声来。

"很有意思对吧?"

真正的近江山水,原原本本地呈现在画上。三上山山脚下的辽阔田园,一路连往湖边的风景,全画在拉门上。他以一种被狐狸迷惑的感觉欣赏这幅画,接着左门关上,右门敞开。

左边拉门画的三上山,一路连往真正的近江湖边。

走近拉门仔细一看,湖对岸的坂本和坚田等市町自不待言,连知名的唐崎松以及在湖边戏水的一对白鹤也清楚描绘其上。正因为是活用浓淡晕染画法的水墨画,会让人误看成是真正的远景。

就算是空气清新的季节,大津和唐崎毕竟还是过于遥远,肉眼无法望及。即便是打开拉门,实际的风景也会隐没在朦胧的白茫之中。永德画出人们肉眼看不到的风景,仿佛它真的存在于眼前一般。

"此等画功,称得上是出神入化啊。"

听信长如此赞许,永德伏身拜倒。

"在下愧不敢当。"

又右卫门朝拉门的风景画左觑右瞧。虽然同样是"匠",但永德的画风,就算又右卫门整个人倒转,也挤不出他这等特质。

他画风纤细,运笔不显一丝迟疑,展现出无比的洒脱。这并非只是运使笔尖所画出的图案,当中满盈惊人气势,仿佛永德高洁的灵魂就此凝聚其中。

图中洋溢着天地之生气。感觉仿如有风从图中的山间吹来,鸟禽欲振翅飞离湖面,生气勃勃。

"真是令人感佩。精彩绝伦。"

又右卫门坦然说出心中感受。

"永德应该可以将天主布置得美轮美奂。画题已经有腹案了吗?"

"在此。"

永德从怀中取出奏折,由小姓转交给信长。信长看了一会儿后,命小姓取来红笔,直接在纸上画线修改。

"最上一层的释尊图,佛教的意味过于浓厚。与第二层交换。"

"明白了。"

"其他就维持原样。你告诉众人吧。"

永德接过后,朗声宣读。

最上一层　三皇五帝　孔门十哲　商山四皓　七贤

第二层　释尊说法之所　释门十大弟子　外廊处饿鬼　恶鬼　外头鳍板螭吻　飞龙

第三层　小屋楼梯　无画

第四层　岩石配树木　龙虎之战　竹　松　梧桐配凤凰　许由洗耳　巢父牵牛返家之所　八仙花树　庭园配猎鹰

第五层　花鸟　从葫芦里变出马匹之所　仙人吕洞宾　牧马　西王母

第六层　梅　远寺晚钟　爱雉之所　鸽　鹅　中国儒者

选定以中国仙人、贤者、花鸟画为中心。

"没有南蛮风的画题吗？"

堺的津田宗及提问。

"在下倒也不是没想过，不过，即便画能模仿，但含意却不明确，教人无法静心。几经思量后，最后决定采中国式画题。"

永德曾看过葡萄牙商人载运的葛布林织壁画，考虑南蛮式的画题，但最后还是作罢。因为他无法将这种画题消化吸收。

"无妨。我原本想要一座南蛮式天主，而命人建造，但是经日本的木匠打造后，乍看之下，却是很寻常的日式望楼。"

又右卫门的眉毛因信长这番话而起了反应。比起池上说的落伍，信长这句"寻常"，更令他感到在意。

"顶着八角堂的七层天主，看起来真是非比寻常。堪称是出人意表，古今无双的构思啊。"

津田宗及的赞美，令信长眉开眼笑。没想到信长也爱听人奉承，这令又右卫门略感意外。

"难得今天风和日晴，你就带津田去参观天主吧。"

在信长的命令下，由又右卫门带头，一行人前往天主。

吊着金灯笼的地下仓库显得昏暗，但沿着楼梯登上第二层后，除了直棂窗外,还有大大的采光窗,采光明亮。由于尚未摆上门窗,所以东西二十五米、南北二十三米的空间相当宽敞。这里是信长平时的居住空间。

铺有十二张榻榻米的居所,已建好付书院。

"居所是搭配梅花的图画对吧?"

"是的。从这里到那一带,在下考虑要画一株枝叶繁茂,横跨四片拉门的老树。"

想必会是一幅画风大胆华丽的梅花图,又右卫门颇为期待。

"付书院的纸门,会画上远寺晚钟图。"

这是信长亲自指定,以描绘洞庭湖水景的潇湘八景图其中的一景作为画题,最适合耸立于湖畔的安土城。

"第三层和第四层也有许多拉门,所以在下会大显身手,描绘中国的贤者和仙人。"

永德一面登梯,一面以充满骄傲和自负的神情说道。

登上八角望楼后,由于外柱涂上红漆,射进室内的光线略带红光。内柱所贴的金箔与金饰金属,反射出红光,夺目耀眼。

"从底下往上看也很特别,不过,真正置身此地后,还真不知该怎么形容才好呢。这里放一幅释尊说法图,主君感觉一定就像置身天界一般。"

津田宗及笑着踏上通往最顶楼的陡梯。

"不过,上面还有居所,看来主君是想将释迦牟尼压在屁股底下了。"

最上一层每面宽六点三米的房间,内部的墙壁、柱子、天花板全都贴上金箔,光线反射在涂满黑漆的地板上,感觉说不出的庄严。

"这里将画上伏羲、神农、黄帝、老子、太公望等帝王、智者以及贤者。"

"率领着所有智者,不知主君会在这里想些什么呢。"

听了津田宗及这番话,信长笑而不答。

信长朝外打开那扇双开门,冰凉的天上之风吹进屋内。近江的天地,开阔地呈现眼前。

"真是绝景啊……"

津田宗及瞪大眼远眺。

"待在这里,感觉宛如羽化登仙,来到仙界。"

信长的低语,听起来不带任何矫饰。

"一点都没错,能盖出如此雄伟的天主,的确不简单。这都是总工头的功劳。"

永德转头望向又右卫门。

"这项大工程非一人之力所能完成,若说是工头的功劳,实在僭越至极。"

"您太谦虚了。"

"这不是谦虚。我只觉得是天地的精气化为一滴甘露,落在这座安土山上。"

如同受到他的含糊低语影响般,永德转头眺望这处湖国天地。

四十四

最早发现天主出现异状的人,是以俊。

"屋顶是不是往下陷?"

经他这么一说,又右卫门伸手遮在眉前,眯起眼睛仰望天主。确实感觉整座天主重重地陷进天主台内。墙壁下沉的情况比预料来得严重,会使天主呈现出不协调的样貌,看起来显得歪斜。外人应该不会发现才对。这是只有建造者才会感觉到的微妙异状。

以俊拿来准绳测量地面斜度。

"你看,这么倾斜。"

他在第五层的小屋楼梯处,从屋子中央朝四面墙壁拉绳。底下摆放准绳后,便可清楚看出地板的斜度。屋子的中心与外围之间,有多达六厘米以上的落差。就像斗笠一样,呈现中间隆起的状态。

"墙壁太重了。怎么办?"

儿子注视着父亲。眼中带有以前未曾见过的认真目光。

又右卫门并未答话,只是凝望着墙壁。

他依照信长的吩咐,在墙内塞满了碎石。

比当初预定增加许多重量的墙壁,将柱子、摆放柱子的柱踏、屋檐、横梁,全都往下压,重量加诸下一层楼上。

"四面墙壁全往下沉。只有中央比较高,是因为有十七米长的大通柱支撑的缘故。但现在它反而是个麻烦。"

木曾上松麝香泽的桧木,稳稳地支撑着天主。就像樵夫之首甚兵卫的毅力在此咬牙苦撑一般。以俊说得没错,这正是地面弯曲的原因之一。

"怎么办?要是墙壁继续下沉,会出现缝隙或裂痕,搞不好还会崩落。最糟的情况,是梁、柱、桁的卯榫承受过大的重量,因而断折或脱落,就此倒塌。爹,你当初想得太天真了。"

以俊的指责,听得又右卫门咬牙切齿。虽然他说得没错,但他从没想到会有这么一天,轮到儿子来指责自己工程的缺陷。

"再这样下去,后果不堪设想啊。"

"别慌。"

"可是,不赶紧处理不行啊。"

"暂时还不会有什么事。"

因为屋顶和墙壁的重量,使得整座建筑往下沉,这当然是预料之外的事。屋顶摆了十万片以上的厚瓦,横梁会因为这份重量而下沉,所以在所有木材组合的地方都抹上了墙壁。墙壁的重量又会进一步让整体往下沉,他预料这么一来便能取得协调。如此巨大的建筑,连六十厘米粗的横梁都还是会有些许受到压迫挤缩的情形。这种事他自己也很清楚。

然而,它的重量远超乎预期。

"天主的事,只能透过天主来聆听。当然要再次聆听它怎么说。"

又右卫门决定要在天主里住上一晚。以俊也陪同。不安像细小的波纹般,向外扩散,但又右卫门决定先下山,好好填饱肚子后再上山。以俊也饱餐了一顿。

白天时,雕刻师、涂漆师、金箔师、榻榻米师傅、绘师等众多工匠进进出出的喧闹,如潮水般退去后,天主连同黑暗,一起被寂静所包围。

这对父子手提灯笼,缓缓检查每个细部。

嘎吱、啪吱、啪嚓,不时传来木头受挤压的声音。

不管何种建筑,刚组装后木材都会发出声响。卯榫承受重量,木头发出迸裂般的声响。

这座七层高的天主,声音更是响亮。

又右卫门走进阁楼,仔细检查梁柱的卯榫。每一层的横梁都朝周边倾斜,固定榫头的插栓极度紧绷。

"这边也是。"

以俊发现超出负荷的地方,向又右卫门通报。不显一丝揶揄或顶撞之色,就只是平淡的报告,这令又右卫门颇感欣慰。

又右卫门来到地下仓库,耳朵贴向大通柱。

"你这是做什么?"

"和柱子讨论。"

又右卫门把耳朵贴得更紧。透过桧木那亮泽的木纹,感觉仿佛传来天主难以承受过重负荷的悲鸣。

"你打算怎么做?"

"你只会说这句话吗？难道就没有什么解决的办法？"

以俊摇着头。眼中布满恐惧之色。

"我万万没想到事情会变得这么可怕。我终于明白木匠这项工作是多么有意思，但也从中晓悟它有多可怕。这座巨大的天主实在可怕。远远超出人类的智慧。"

又右卫门颔首，朝大通柱旁坐下。他双手抱住柱子，轻轻抚触。

"今晚好好听聆柱子的声音吧。听听看该怎么做才好。"

翌晨，又右卫门宣布天主的工程暂停。以俊则是负责对来到天主台入口的工匠们告知此事，并遣他们回去。

"今天停工一天。"

"发生什么事？"

"没事。只是要对天主进行检查罢了。各位明天再好好干。"

他遵照又右卫门的吩咐，无论如何，都不能让任何人靠近。

一整天的时间，冈部一门全员都聚在昏暗的天主地下仓库里。一些老手们早已感觉到天主的异状。

"今天要进行天主的最后工程。四边墙壁下沉的情形比预料中来得严重，但大通柱仍稳稳地撑住，情况相当不利。因此，我决定将这三根大通柱底部锯短十二厘米。"

众人当中最惊讶的，就属以俊了。

"这么做没问题吗？"

他代替现场的每一位木匠说出心中的疑虑。

"据说建造五层佛塔的奈良木匠，当初在立中柱时，事先在中柱与础石中间嵌入木钉，待一切完工后，再挥动大槌取出木钉。这座天主,墙壁下沉的情况比想象中来得严重,所以我们要采取同样的手法。"

"这是孤注一掷的危险赌注啊。"

又右卫门静静地摇了摇头。

"木匠的工作,岂能孤注一掷?这是我聆听柱子的声音所得到的结果。它叫我把它锯短。要谨慎小心地锯。"

到底该不该锯呢?又右卫门思考了一整晚。当然,诚如以俊所言,这确实是危险的赌注。将大通柱的根部锯去十二厘米,像这种蛮干的做法,他也不认为会成功。

不过,又右卫门清楚地听见声音。是木曾甚兵卫的声音。是田鹤的声音。他们两人的声音附在桧木上,轻声对他说"锯吧"。

"该锯的地方,要事先画上墨线。三根同时锯下十二厘米,并嵌入红橡木作成的木钉。最后在我一声令下,一起挥动大槌,拆除木钉。"

地下仓库立着九十一根柱子。明亮的大蜡烛火焰,将亮泽的桧木表面照得满是红光。

木匠们分组对大通柱展开施工。

础石上方十二厘米处,已先用墨线画好水平线。以锯刃从此处锯下,朝柱子中央锯进三分之一处时,改用凿子。凿除锯痕底下的木头,取出木片。然后在它与础石间形成的空间,以大槌嵌入木钉,接着再从另一侧以锯子和凿子除去木片,嵌入木钉。四面都以这种方式处理,将中间仅存的木芯凿出后,木钉承受重量,发出可怕的嘎吱声。

手伸进柱子底下的狭缝处,用凿子削除底部的以俊,在木钉承受重量发出巨大嘎吱声时,脑中顿时一片空白,甚至微微失禁。他惊恐不已,担心自己的双手会就此被夹在大通柱底下。数根嵌入柱中的红橡木木钉,承受整座天主的重量,虽然不断发出嘎吱声,但还是挺住了。

谢天谢地。

以俊打从心底感谢树木的强韧和可靠。

柱子底下的缝隙极窄,手无法行动自如。

"进行光付作业。"

又右卫门下令。所谓的"光付",是配合础石的凹凸状况,削制柱子底部以使其吻合。

"你也太狠了吧!"

以俊不禁大叫,木匠纷纷露出苦笑。现场紧张气氛顿时放松不少,工作进行起来更为顺利。削制大通柱底部,花了不少时间。每个人都满头大汗,不想说话。横梁不时发出巨大的嘎吱声响。他们心里感到恐惧,要是失败,现场全员将被天主给活活压死在地下仓库里。

一切准备妥当,来到拆除木钉的阶段。众木匠注视着又右卫门。他的胃就像有人拿针刺一般,感到阵阵刺痛。

他高举右手挥舞。

"拆除木钉。"

木匠们挥动大槌。朝木钉抵上板条,用力敲下,只听见一声闷响,木钉从柱子底下脱离。一个、两个、三个,每次依序拆除,重量就会加之于剩下的木钉上,所以这群强壮的男子,鼓起肩膀的肌肉,举起大槌一挥而下,好不容易才将它拆除。

"拆除最后的木钉。"

在又右卫门的命令下,大槌挥向那最后的木钉。

从两侧嵌进各个柱子的木钉,在同时被拆除的瞬间,比死还要冰冷的静寂笼罩现场。甚至听得见某人吞咽口水的声音。

此刻待在地下仓库里的人,全都倒抽一口冷气,注视着大通柱底部。

三根大通柱浮在础石上方十二厘米,静止不动。

沉不下来吗?

又右卫门的胃差点从口中蹿出,揪成一团。

直到数至二十左右,大通柱才缓缓降下,无声地与础石密合。感觉犹如时间静止一般。

紧接着下个瞬间,头上的横梁发出嘎吱声。声音之大,几欲让人停止心跳,但其实声音没那么大。微微有木屑从梁上飘落。

接着什么事也没发生。所有人呆立原地,仰望横梁,但只不时传来微微的嘎吱声,接下来沉静犹如置身海底。

"调查每一层楼。"

从地下仓库到第七层的阁楼,仔细确认过卯榫、地板水平度、柱子垂直度后,查无任何异状。而且之前不自然的挤压和拉扯全没了,每一处卯榫和插栓都不再有紧绷感。地板也恢复原有的水平。墙壁的灰泥也不见有缝隙和裂痕。柱子与墙壁也都紧密贴合。

接着木材又持续发出巨大的嘎吱声,但没过多久便恢复平静。

今年春天,信长远征摄津,长达两个多月。将叛变的荒木村重围在有冈城内,实际带兵攻打的,是信长来自岐阜的长男信忠,他自己则是每天放鹰狩猎玩乐,欣赏箕面的瀑布,过着悠闲的生活。

五月时,信长远征归来,又右卫门向他报告远征时发生的这件事。

"属下锯除天主大通柱的一小段。"

又右卫门详细说明事情的始末后,信长的胡须为之一震。

"这样没出任何状况吗?"

"没有。"

信长感到不可思议,在怀疑的驱使下,他亲自巡视天主,提出各种质问,但最后明白又右卫门确实所言不假,这才低语道:

"世上就是有这么不可思议的事。而能成功办到的,唯有智者。木匠之精妙,我打从心底佩服。"

他赐冈部一门的木匠们三桶酒,以资慰劳。

天主终于来到最后完工阶段。

信长一天前来天主数回,多方叮嘱。楼梯的扶手高度、墙壁置枪架的位置、尺寸,他一一下达合理的指示,有不中意的地方,便命人修改。又右卫门用心施工的结果,这七层天主的每一处细部,已无任何可让信长挑剔之处。

涂上灰泥的土门、木板门、拉门、纸门等门窗都已安装,地面也铺上了香气扑鼻的榻榻米。拉门和墙壁的图画,接下来会由狩野永德精心描绘。

"五月的吉日为十一号,最适合迁居。"

在伊束法师的建言下,迁居天主的日子就此决定。

连日的阴雨已经放晴,天主的红瓦、红柱、金箔、蓝色鳍板,甚至是黑瓦,都在初夏的阳光下熠熠生辉。

为了可以直接从主城前往信长位于天主第二层的居所,而不必经过地下仓库,特地造了一座越过石墙的回廊。

又右卫门和以俊身穿直垂礼服,在天主入口恭迎信长。

"辛苦了。盖得好。又右卫门堪称是日本总天主工头。"

"感谢主君。"

又右卫门很想向信长道谢。让他从事这么有趣的工作,他打从心底感谢,但他还来不及接话,信长已走进天主内,奉行众和小姓们紧跟在后。

天主竣工后,就没有又右卫门登场的机会了。

信长在众多奉行和小姓的包围下,快步地来回巡视。如果有什么施工上的吩咐,他会传唤又右卫门,但现在应该已经无处可挑剔了。

安土山顶的馆邸,全都以设有屋顶和墙壁的游廊相连。

小姓们来回奔忙,为搬迁至天主一事感到兴奋不已。

"有刀要过。快让路!"

有人朗声叫唤,快步奔过走廊,原本摆放在二重城郭馆邸的木箱、长柜、泡茶道具等,转眼都已移至天主各层的储藏室。

信长不肯安分地待在第二层的居所内,不断在天主内走动,从物品的收放场所,乃至于小姓们的待命处,全都巨细靡遗地下达指示。

又右卫门打消向信长道谢的念头,带着以俊登上望楼。

最顶层那间各边宽六点三米,金碧辉煌的房间,仍留有梯子。

"梯子忘了拿走。"

"是故意留在这儿的。"

又右卫门将它架向长押,爬上梯子,拆下一片天花板,钻进阁楼里。以俊紧跟其后。

全新的阁楼里,桧木的芳香扑鼻。

又右卫门爬上其中一根横梁,凑向正中央的一根短柱。

他从怀中取出笔墨,缓缓在栋札上一笔一画地写着。

天正七年己卯五月十一日建立

天下太平　许愿者　正一位征夷大将军织田信长

日本总天主工头冈部又右卫门以言

"主君何时受封正一位征夷大将军?"

信长去年春天卸下右大臣的职务后,便没有任何官职。

"总有一天会的。"

"真是个傻老爹。"

以俊苦笑。他心想,父亲要是年轻时就表现出如此逗趣的一面,或许自己就不会这么常和他起冲突了。

不过,他马上改变想法,正因为不能展现出这样的一面,才是自己的父亲。

"祈愿文这样就行了吗?主君可是标榜天下布武呢。"

"这是用来为天下万民带来太平的城堡,不然还会是什么?"

"真是个任性的老爹,我实在惊讶得说不出话来了。"

"既然这样,你就别说话。"

以俊在父亲的名字旁写下自己的名字。

他觉得,比起父亲那歪斜、粗犷的毛笔字,自己写的字好看多了。

四十五

耶稣会东印度巡察使范礼安骑马靠近安土山时,频频眨眼。起初他以为这是一座形状古怪的山,后来他才发现是一座人工盖成的城堡。

"这个国家竟然有如此巨大的城堡。真令人惊讶。"

整座山被石墙包覆的安土城,其壮阔的程度,与他一路从欧洲、非洲、亚洲的印度,一直到日本所见过的每一座都市城堡相比,毫不逊色。

眼前矗立于山顶散发金光的这座城堡,虽然与他祖国的建筑样式不同,但看起来像是座巨大的高塔。

"如此巨大的城堡,竟然只花三年便建造完成。信长的力量可真强大,就连所罗门王也不过如此。"

奥尔冈蒂诺以意大利语回答道。身为那不勒斯王国的贵族,同时与罗马教宗和枢机素有交谊的巡察使,不喜欢与同行的日本修道士或信徒说话。

"本以为这个国家满是废墟与贫民窟,现在终于遇见一个像样的城市了。这个城市或许有可以一面喝酒,一面用餐的餐厅。"

巡察使似乎很喜欢自己开的玩笑,笑了好一会儿。

范礼安是从岛原半岛的口津上岸,对这个受尽战火摧残的岛国,他已见识过太多悲惨的场景。这个岛国到处都没有像样的城市。

"因为连皇都和其他城市,也都满目疮痍。"

"就算没有战乱,这个岛国原本还是一样贫穷。他们称之为住家的地方,大多比养牲畜的屋舍还糟。"

"现在这里才是实质的首都。准许我们传教的,不是皇宫,而是织田大人的官厅。"

随着他们一步步走近,城堡与高塔的样貌也愈来愈清晰。

湖畔的丘陵,几乎完全被石墙所包覆,为数众多的建筑从山脚一路往山顶绵延。正面是坚固的石造大门,仿佛以上百头大象冲撞也无法撼动它分毫,共有四扇。他们从前方一条宽广的道路笔直往山顶走去。

高塔建在山顶上。

"真是座奇妙的高塔,就像小孩子喜欢的甜点一样。"

涂满金、红、蓝、白、黑等五彩的高塔,很难让人衷心夸赞它有多美,但确实是富丽堂皇。那模样让人联想到的不是建筑,而是高耸入云的意志。

巡察使想起信长在京都接见他时,那张个性暴躁,带有一点忧郁的脸。这位支持他们传教的岛国君主,听说不像是贤明的所罗门王,而是残暴有如尼禄的暴君。也许哪天会突然作风一改,成为基督教的打压者。

"抵达了。"

离城堡正门不远处的填湖地,上面的神学院已经完工。是罗马式建筑,里面有奥尔冈蒂诺设计的高大钟楼。

数十名日本学生加入后,他们在礼堂外另外加盖一座三层楼的木造校舍。屋内有洁净的大厅以及可供学生和来宾住宿的房间。

可从三楼的窗户眺望田园风景和渠道。

前方耸立着那座石墙城堡。范礼安朝它凝望了半晌,还是不知道该说它是秀丽,还是俗气。

"这个国家的美学,有点难以理解。"

"是吗?"

"你认为那座塔怎样?"

"与其只看外观,不如明天到里面观看,您一定会很惊讶。"

奥尔冈蒂诺平均一个月拜访信长两次。接受信长的请托。

每次前往拜访,信长总会请他进天主内,让他欣赏一名拥有过人描绘力的画匠所制作的图画。

"前几天,装饰望楼的图画刚完成。最顶楼的冥想室里,四周画的是中国的智者和贤者,第二层画的则是神佛和恶鬼。"

"不能请他画圣像吗?"

"我也想请他画,但那名画师画不出来。"

巡察使在胸前比了个十字。一想到耶稣和玛丽亚画在佛像旁,他便感到背脊发凉。

"他是我们的庇护者,还是恶魔?"

早在三年前,奥尔冈蒂诺便一直思索同样的问题。

荒木村重叛变时,基督教大名高山右近也是他的同党。

信长找来奥尔冈蒂诺,命他说服右近。若说服成功,便同意他们在每个城市设立修道院,但要是失败,便要断他们的门派,驱逐传教士和信徒。

奥尔冈蒂诺和日本人修道士罗连索一起前赴高槻城。尽管当中有许多人难以说服,但最后终于还是说服成功。

右近日后备受信长礼遇,还在安土拥有自己的宅邸。信长也遵守承诺,对他们的传教活动展开庇护。

当时信长押着耶稣会的四名圣职人员当人质。

好在当时顺利地化解危机,如今每次回想起,便觉得毛骨悚然。要是当时稍有差池,茹斯特右近持续叛变的话,信长应该会大为震怒,不但人质遭殃,连高槻的一万八千名信徒肯定也会全部没命。

自圣方济·沙勿略以来,之前的传教士一再赞扬的这座理想岛国,一旦从事传教的工作后,发现它和其他国家一样,问题不少。

现今的日本传教长卡布拉尔向总部报告说"我从未见过像日本这么傲慢、贪婪、不稳定、虚伪的国民",而他也实际遭受过日本的背叛。可以确定的是,这岛国的居民善良,但同时也是不能轻忽的民族。

然而,奥尔冈蒂诺却对这岛国的人民有极大好感。对日本了解愈深,愈觉得日本人比欧洲人还要聪明、感性,令人尊敬。

"在建造那座高塔前,有位年轻建筑师曾来向我咨询。我让他看圣彼得大教堂和比萨大教堂的素描。

"然后他就建造出这座……"

范礼安在脑中挑选适当的说辞,以避免伤了这位袒护日本的神父。

"难得一见的高塔是吗?"

"没错。他是位聪明而且又有才干的建筑师。我认为这是一座美丽的高塔,比欧洲的高塔更纤细、优美。"

"我不否定你这种看法。它确实带有一股东洋的神秘。"

就这位最喜欢梵蒂冈权威的巡察使来说,这已是最大的让步和赞美了。

"不过,唯独这座塔的名字,我不太喜欢。"

"它叫什么名字?"

"天主。在日语里是神的意思。"

"竟然有这种事……"

范礼安回头望向山上的高塔。原本已开始对这座塔有些好感,但现在因为这句话,它转瞬化为一座魔王城。

耸立在眼前的,不过是异教徒之王与恶魔合谋建造的古怪高塔。

盘桓四个月后,范礼安告诉信长,他想离开安土,前往九州,但信长并未马上准许他出发,而是命他再多待十天。

"是有什么事吗?"

"有个叫盂兰盆会的异教徒火祭。根据佛教的说法,当天晚上要点亮灯火,送死者的灵魂前往灵界。"

奥尔冈蒂诺回答。

"要把我和死灵一起送走是吗?"

范礼安苦笑。

巡察使在安土停留的这段时间,信长多次邀他进城。范礼安最惊讶的,莫过于前次来访时仍空无一物的空地,这次造访时,已盖好一座气派的宅邸。

"你说的没错,日本的建筑师确实很优秀。转眼就能盖出一栋干干净净的建筑。造型也还不差。真的很不简单。"

那座怪塔的美感姑且不谈,范礼安不得不承认,信长的宫廷极为奢华洁净。就连马厩也打扫得一尘不染,宛如贵人的游乐场般豪华。而且打扫的都是身穿绢质华服的少年。

"那名画匠的手艺也不错。"

信长命狩野永德精准地将安土城与市町画在屏风上,送范礼安当作带回罗马的礼物。金屏风上的城堡与市町画得出神入化,连挑剔的范礼安也赞叹不已。

火祭之夜,神父们从神学院的窗口望着城堡。

太阳下山后不久,那座七层高塔点缀了红、黄、蓝、紫、绿等各种灯笼。由于色彩缤纷,使得整座塔显得华丽无比。

城下的群众手持火把,群聚于道路两旁。高举着大火把的年轻武士在路上奔跑。飞散的火花染红道路,这幅景象美不胜收,同时带有一股莫名的哀愁。

高塔和市町的灯火燃烧了好长一段时间,火祭的高潮这才落幕。信长一行人从神学院前面走过。校内的神父、修道士、学生们,纷纷出外问候。

"这祭典如何啊?"

"非常精彩。"

巡察使深深一鞠躬,得体地夸奖祭典的华丽。

翌晨从安土出发时,巡察使低语道:

"恶魔的庆典终于结束了。"

奥尔冈蒂诺并未附和,就只是仰望山顶的高塔。

四十六

天正十年(1582)元旦,安土城上挤满了人。

城堡终于完全兴建完成,除了织田一门的亲属、大名、旗本外,信长还同意非武士身份的人们进城参观。因庆贺新年而欢欣鼓舞的人们,从各国蜂拥而至,大排长龙走进城内。

人潮从西南方的百百桥登上石阶,前往摠见寺。穿过仁王门,望向三重塔,会觉得这不像城堡,倒像是寺院。

群众看着佛殿旁的立牌,对兴建这座寺院的用意既惊讶又佩服。

一、向盆山膜拜。富者膜拜后益富,贫者膜拜后得富。必能子孙繁荣,武运长久。

二、皈依本寺者,长命八十,有病自愈,心想事成。不皈依者,将为劫火所灭。

三、主君寿诞之日,不分贵贱,皆应前来参拜。

佛殿正面的须弥坛,供奉着一尊造型普通的毗沙门天像。

"盆山在哪里?"

参拜者询问,卫兵不发一语地指向佛殿二楼。众人都看不到的二楼,才是真正的主神安置处。

那里放有盆石①。与小孩头一般大的盆石,信长称之为"盆山"。盆山平时都摆放在天主居所的付书院里。

当初以桑木削制盆山的台座时,又右卫门向信长询问这颗石头的由来。

"这是葡萄牙语里的祝福之意。这颗石头是我向众生施恩的表征。"

耶稣会的人告诉他,人们会因为神的祝福而得到幸福。信长以日语中同音的"盆山",当作是自己赐予人民祝福的表征。

众多前来朝贺的人潮,从摠见寺沿着尾根道前往黑金门,然后一路行经二重城郭、主城。由于一次太多人涌进,山边的石墙崩

①将天然石摆在盆上,仿效自然风景。

塌，闹出人命。

信忠、信雄、源五（有乐斋）、信包等织田家的亲属，在主城馆邸排成一列，朝前来的群众问好。

群众从主城绕过三重城郭的江云寺大殿，到厨房参观，将一百文的礼金递交给站在马厩前的信长。

满面春风的信长亲手接过金币，抛向身后。小姓们准确无误地以筛子接住钱币的光景，也相当值得一观。

"这太华丽了，不妥。"

又右卫门穿上一件藏青底色，大胆地配上黄色闪电图案的窄袖便服，一脸为难。

"过年华丽一点有什么关系。主君赏赐的窄袖便服，可由不得你挑剔哦。"

去年秋天，又右卫门和以俊与狩野永德父子、筑城相关的工匠之首，一同获信长赏赐窄袖便服。他在元旦这天试穿，但由于第一次穿如此华丽的窄袖便服，深感难为情。

以俊的窄袖便服绣有木锛和凿子图案，怎么看都像是小姓将他们父子俩的衣服送反了，但以俊始终不肯交换。

冈部一门的木匠们全员出动，一整天都在建筑物前站岗。

"今天是我们风光的日子。"

诚如以俊所言，又右卫门生平就属今天感觉最为风光。

人潮不断传来"天下第一"、"古今无双"等夸赞。他很难为情地聆听。

在世人面前露脸后，又右卫门打从心底松了口气。他觉得总工头的一切责任终于都已完成。

待红轮西坠,人潮退去,又右卫门和以俊回到屋里,这才恢复平静的心情。

如今他们在安土山西边的山脚处,建造一座有工房的宅邸,并在此安居。山脚下那座用来雕刻大型木材用的建材仓库已不在了。运建材到山顶的搬运道路,已叠好石墙封闭,一部分改建成跑马场。各地的木匠们都已回归故里。

"感觉就像庆典结束了。"

又右卫门感到一丝落寞。

"要是不结束,就无法展开下一个工程啊。"

以俊这番话,令又右卫门心头一震。我还能建造下一座新城吗?

"这么一来,终于能享受真正的过年了。"

瑞江笑容可掬地端来装菜的托盘。又右卫门和以俊从昨晚起,便忙着以竹子编栅栏、拉绳索,为新年朝贺的准备工作忙得团团转,今天早上根本无暇好好品尝杂煮。

托盘里摆满年菜。有又右卫门爱吃的鲫鱼寿司、大块的干烧鲤鱼。安土因近湖之便,过年的食材比尾张或岐阜来得丰盛。

最近瑞江和以俊这对夫妻感情颇为和睦,两人接着又生了个女儿。

以俊向又右卫门敬一杯屠苏酒。

"先说声恭喜。"

以俊近来变得比较寡言。不该说的话,几乎都不会多提。

"是啊,值得庆贺。"

"爷爷,恭贺新禧。"

孙子宗光跪地拜年。他今年已经八岁。

"哦,恭喜恭喜。"

"宗光最近常画天主呢。"

瑞江向又右卫门笑道。

"哦,真厉害。爷爷瞧瞧。"

宗光拿来几片木板。他自己刨削工房里用剩的木材,并在上面作画。虽只是孩童幼稚的笔触,但画的却是十二层高的天主。

"这可厉害了。要叫你爹盖吗?"

"不,我长大后要自己盖。"

"有志气。"

又右卫门眼眶为之一热。这么点小事就红了眼眶,表示自己真的上了年纪,真是丢脸。以俊也已发现。

"爹,你可真怪。是因为整天东奔西跑,太累了吗?"

"这算得了什么。我哪会这样就累倒啊。等春天一到,主君又要出征甲斐、诹访。他指名非要我负责工程不可,我要是做事拖拖拉拉,成何体统。"

又右卫门最近气色红润。耗时许久的栏间和柱子的雕刻,也全都圆满地完工。永德的障壁画不用说也知道,自然是令人叹为观止。

信长也龙心大悦,身为总工头的又右卫门,度过生平最满足的一次新年。

又右卫门和以俊举杯共饮。略感微醺的以俊低语道：

"最近我深深觉得，很庆幸自己身为一名木匠。"

"哦，是吗？"

"这世上恐怕再也找不到这么有意义的工作了。武士得借由杀生，取人首级，才能立功。但我们筑城木匠的工作，却是为了天下而建造修缮。"

"这种话，等你能独当一面之后再说吧。"

又右卫门挑起粗眉。他的双眉已略显花白。

"我这样还不算独当一面吗？"

"嗯，还差得远呢，你还只是个半桶水的小鬼。"

大过年的就被泼了桶冷水，令以俊颇感不悦。觉得他自讨没趣。

我和爹果然合不来。跟他真是八字不合。

屠苏酒顿时变得苦涩难咽。

"爷爷。"

孙子宗光眼露精光。

"什么事，宗光？"

"就算是爷爷，我也不许你说爹的坏话。我爹是了不起的工头。哪是什么半桶水嘛。"

又右卫门先是一惊，接着舒颜展眉，露出微笑。

"是爷爷错了。没错，你爹当然是了不起的工头。你说得没错。"

宗光重重地点头。

"不过宗光，有件事你要牢记在心。我们木匠的工作，没有人可以独当一面,自认一切都是满分,而自我满足。就连爷爷也还只是半桶水。每个木匠在入土前,都是半桶水。要是认为自己可以独当一面,而心生骄傲的话,绝对盖不出什么像样的房子。明白了吗?千万别忘了哦。"

"是,我会谨记在心。"

"唯有认为自己是半桶水,才能借助木头和人的力量,建造出屋子和天主。只靠自己一个人,什么事也办不成。"

"爹。"

"什么事?"

"你以前好像没讲过这种话。我记得你好像说过,木匠靠的是骨气。"

"也许是吧。最近我抬头仰望安土城,总觉得人类是无比渺小的生物。难道不是吗?"

"不知道,或许吧。"

"爷爷,我有不同的想法。"

"哦,哪里不同?"

"最先想要在那座山上盖天主的人,是主君和爷爷对吧?就算是再渺小的人,只要有骨气,也能盖出那么巨大的天主,不是吗?"

"你说得没错。"

"正因为有骨气,才会建造出有生命的天主。"

"有生命的天主……这话怎么说?"

"那是一座有生命的天主。我每天都一再仰望天主。太阳升起时,它被染成微红;中午时,因阳光而闪亮;黄昏时,它会返照红光；在有月光的晚上，则是散发出金黄色的光芒。"

"说得也是。"

"这是因为天主拥有生命的缘故，不是吗？唯有获得天地和大自然的精气，才能每天都如此闪耀。"

"真是个聪明的孩子……"

"他是我儿子，所以像我一样聪明。"

又右卫门和以俊，深信他们的接班人将来会是个优秀的木匠，对此颇为开心，举起屠苏酒开怀畅饮。

四十七

天正十年六月一日深夜，在黎明将至的时刻。

一度醒来的又右卫门，尽管躺在床上，却难以入眠。位于京都四条坊门的本能寺里，有上百名信长的马回众在此过夜，三更已过，四周的黑暗中仍不断传出响亮的鼾声。

又右卫门睡不着，并非鼾声的缘故。如果是鼾声的话，又右卫门的音量也不小。他并没那么娇弱，会在乎别人的鼾声。

之所以睁着双眼，无法入睡，是因为傍晚时信长的一句话，在他脑中勾起无限念头。

"接下来要在摄津石山筑城。要盖得比安土更为用心。"

"属下明白。"

他旋即低头行礼。又可以筑城了。身为木匠,再也没有比这更幸福的事了。

他曾跟随信长前往摄津石山。这座被淀川、猫间川等多条河流包围的丘陵,面积宽广,坡度平缓,可以建造壮阔的城郭。

城堡首重地点。地点正是城堡的关键。

又右卫门认真思索这个问题。

之前取得岐阜稻叶山,建造了一座最适合用来谈论天下事的稻叶山城。它背靠美浓、飞驒群山,从三河到伊势湾、关原,全部尽收眼底,所以稻叶山城乃支配美浓、尾张的要城。

取得紧傍湖畔的近江安土后,建造了天下布武的安土城。正因为扼守水运和中山道,所以安土城成为支配畿内,进而睥睨天下的城堡。

如果接下来是摄津石山,西国将会收入眼界中,也能看见通往南蛮之路。

石山土地辽阔。应该能像南蛮那样,建造出外面以城墙包围的市町。城内可以造一座悠闲的都市,比安土还大上数倍的市町。他仿佛已能听见在那里工作的工匠们敲锤的声音。

到底什么样的天主才适合这样的大城郭呢?一想到这个问题,他便辗转难眠。躺在一旁的以俊似乎也是同样的心思,感觉得到他还没睡。

"爹。"

"嗯?"

"热得睡不着呢。"

"是啊……"

"要不要出去乘凉一下?"

两人爬出房间,来到外廊,朝篝火旁坐下。京都夏季特别闷热,没半点风。

"你看这个。"

以俊递出一张折好的纸。

"我看看。"

又右卫门在篝火下摊开纸张。

纸上是外观七层的天主图,不知以俊是何时画好的。底下四层稳稳地建在丘陵上,上方的三层望楼,每一层都采八角设计,屋瓦和柱子全是红色。虽是有点天马行空的构想,但这样的设计叫人印象深刻。

过去一直以为儿子既不成熟,又不成材,但曾几何时,他已设计出远胜过自己的天主。

"还不坏。"

"你可真不会说话。难道你不知道,人要夸奖才会成长吗?"

"如果有不错的地方,我自然会夸奖。"

"你这个样子,木匠们竟然不会抱怨,还都乖乖地跟随你。"

以俊苦笑,站起身伸了个懒腰。

真是个顽固的父亲。从以前就这样,今后恐怕也是吧。自己身上也流着他那顽固的血脉。自己看在儿子眼中,恐怕也是这样的父亲吧。他并不在乎。

"这次的设计图,由你来画。"

又右卫门道出惊人之语。

"听到了吗?"

父亲的话,令以俊感到难以置信。他满心以为这次父亲也会亲自画设计图。

"曾几何时,你也有自己的一套了。"

如此低语的父亲,看起来变小许多。

篝火里的木柴塌陷,扬起火粉。群聚在火焰旁的飞蛾四处飞散。远方传来马鸣声。

"对了,听说白天时,三足蛙香炉发出叫声。"

摆在信长居所的中国铜蛙发出叫声,这项传言又右卫门也有耳闻。据说持续发出可怕的叫声,直到盖上蜀江锦的包巾,它才停止鸣叫。

"这种传言你相信吗?"

"有许多人都听到了。希望不是什么征兆才好。"

"当然是主君完成天下布武的祥兆。"

"是就好了……"

正当以俊语带模糊地结束话题时,近处传来马鸣声。感觉黑暗的前方有某个巨大之物不断逼近。

"有没有什么异状?"

他朝卫兵叫唤,卫兵头上的黑色阵笠点了点头。

寺院正面传来叫喊声。枪声响起。

"什么事!"

从梦中惊醒的马回众,开始大呼小叫。

一名步卒打开大门旁的小门走进。

他上气不接下气,听不懂他在说些什么。经过他一再反复,又右卫门才听懂。

"敌袭……有敌袭。快通报……主君……"

"有敌袭?是哪个家伙?"

又右卫门喊道。

"旗印为桔梗图案……"

桔梗是明智光秀的纹章。

围墙上出现梯子,身穿盔甲的武士现身。他们手持亮晃晃的刀子和长枪,跃进寺内。本能寺虽已改建成城郭的样貌,但周围的护城河却只有四米宽。

弹跳而起的马回众,穿着睡衣直接抵挡敌军,但终究还是敌不过众多盔甲武士。大门的门闩被打开,成群的士兵涌进寺内。

"不妙。先前往主君的寝房。"

又右卫门推着以俊的背。奔过走廊,穿过客厅,终于抵达信长的寝房。信长刚从被里坐起身,蹙着眉头,静静望着空中。五名小姓守在信长四周。

又右卫门和以俊伏身拜倒,信长默默以他那细长的双眼望向他们两人。

"属下已备好梯子。看主君要架在什么地方都好,请快逃离此地。"

又右卫门说完后,信长冷笑一声。

"没用的。明智这号人物,怎么可能让我逃脱?这里将是我的丧之所。"

又右卫门喉头一紧,说不出话来。

"关于安土城……"

"是。"

"你们父子快赶回安土,好好守住天主,不能烧了它。绝不能让它付诸一炬。"

"属下明白了。"

"地下仓库底下的大瓮,里面塞满了火药。我考量到日后或许会需要马上烧了它,才特地准备。只要切断金灯笼,让它往下掉,便会马上爆炸,起火燃烧。"

又右卫门这才得知信长潜藏心中的秘密:他始终都抱持与死神相伴的心境,住在天主里。

"没必要烧了它,把火药丢了。只要有那座天主在,我就能超越生死,永远君临天下。"

"属下明白。"

又右卫门和以俊朗声应道,伏身拜倒,接着旋即起身。

信长那熟悉的脸庞,此时看起来特别苍白。

"属下告辞。"

又右卫门和以俊身穿内衣和短裤,就此冲向寺院后方。那里有梯子。

他们马上架向围墙往上爬。往外一看,外头已被兵马团团包围。

"好多士兵啊。"

"找寻人数较少的地方。"

拂晓将至,东方已露鱼肚白。以俊静静观察四周,悄声道:

"西边。"

西边的堀川方向,有零星几户人家,夏草茂密。只要跳进那里,也许可以逃脱。

他抱着梯子移往西边。架上围墙后,迅速往上爬,确认是否士兵人数较少。

正当以俊准备往下跳时,背后传来一声呻吟声。底下的武士,以短枪刺进父亲的腹部。

又右卫门的表情因痛苦而扭曲。武士想拔出短枪,改向以俊下手,但又右卫门握紧短枪,不肯松手。

"临死前还这么不干脆。"

武士暗骂一声,将短枪朝左右使劲扭动。又右卫门的腹部鲜血狂喷。他的内脏应该已被割得血肉模糊。

又右卫门扬起浓眉,咬紧牙关,使劲将枪柄靠向自己。短枪贯穿身躯,枪尖从腹部另一侧刺出。

快走!

虽然发不出声音,但他微张的嘴巴如此说道。

"爹……"

以俊心中叫唤着父亲,从围墙上跃下。跳进草丛里,不顾一切地往安土城奔去。

四十八

抵达安土城大门的以俊,脚皮早已磨破,血流不止。但他完全感觉不到疼痛。

他告诉看守虎口的卫兵:

"我是织田家的木匠冈部。主君在京都遭明智袭击。"

"你说什么?我看你不是疯子,就是乞丐。少在这里胡说八道,快滚一边去。"

卫兵以长枪驱赶,以俊却不为所动。他气喘吁吁,喉咙沙哑。黎明时冲出京都,一路狂奔,此刻连上午十点都还不到。

他调匀呼吸,慢慢地说道:

"主君在京都本能寺遭明智大军袭击,请转告木村次郎左卫门大人。"

两名卫兵面面相觑。

"你没疯吧?明智大人没道理袭击主君啊。"

"是叛变……明智叛变了。快带我去见木村大人,我已经走不动了。"

卫兵叫来队长。听完以俊的陈述后,队长命卫兵背起以俊。他亲自带头,往正门大路的石阶上奔去。

在二重城郭馆邸的庭院白沙处,队长朗声报告,木村出面接见。负责在城内留守的蒲生贤秀也在。

"这不是冈部吗?发生什么事了?"

"明智叛变,主君遇袭。"

"这怎么可能……"

"这是千真万确的事。我们在黎明时被包围。"

"主君是否平安无事?"

"结果怎样,在下不清楚。可能已经战死……"

"一时之间,实在教人很难相信。此话当真?"

"最后主君命在下要保护天主。请将地下仓库的门锁打开。"

"你要做什么?"

"里面装设了用来紧急烧毁天主的火药,必须将它丢弃。"

木村望向蒲生贤秀。正当两人拿不定主意时,黑金门一带传来喧闹人声。一群人扛来一名浑身是血,披头散发的武士。

"明智叛变,主君自尽……自尽了!"

因连日梅雨而湿漉漉的山上,传来武士的喊叫。

二重城郭一阵喧闹。女人们的叫喊声,益发突显出事情的严重性。

"跟我来。"

以俊跟在木村身后,前往地下仓库。五名小姓随行。

打开铁制的沉重大门,地下仓库里一阵寒意袭来。分成几处堆放的金条,在金灯笼的火光照耀下,熠熠生辉。

"在那下面。"

往栅栏内窥望,里面有个以黏土封住的瓮口。有一条粗大的导火绳往外延伸。那是只要一点火就会引发大爆炸的装置。

小姓慢慢拨开黏土,发现里面果然塞满火药。他们将火药移至桶中,陆续运出。

想到信长平日就睡在如此大量的火药上头,这等过人胆识,令以俊呆立原地。

天明前袭击本能寺的明智光秀,在京都市内四处追杀逃亡的敌兵,接着当天立即挥军安土城。

由于驻守势多(濑田)川的山冈景隆把桥烧毁,所以光秀在坂本城等候。三天后,桥终于修复,他这才抵达安土。

在正门前迎接的,是木村次郎左卫门。

"只有你留下来吗?"

"是的。在下虽然兵力微薄,但一直抱持死守此城的觉悟,迎接新主的到来。"

木村展现的气势,令光秀觉得很倒胃口。

"妇孺们上哪儿去了?"

"蒲生贤秀大人命他们撤退至他的日野城。"

城主刚被弑杀的巨城,里面空荡荡的,安静得出奇。丹羽长秀、柴田胜家、羽柴秀吉等精锐部队,各自在外地远征。城内的各个城郭、宅邸,仅剩下少许留守的差役和下人。

光秀骑马登上正门大路,来到主城馆邸后,向木村下令道:

"打开天主的地下仓库。"

命他打开门锁后,光秀第一个进入。

看到堆积如山的黄金后,光秀静静地颔首。

"你没动过吧?"

"这是当然。"

木村说。当得知信长已死的消息后,留守的将士有人提议要运走金银财宝,然后放火烧城。

"这是多年来,我们尽心尽力,以无数金银嵌制而成,天下无双的城堡。若是将它烧成一片赤土,未免过于可惜。再者,若是随意拿取金银珠宝,将沦为乡下人的笑柄。"

真正无欲无求,完全没碰珠宝,就此撤退的人,是蒲生贤秀,但木村却把它说成是自己的功劳。

"全部运走。"

所有财宝全摆在主城,光秀大方分发给众家臣。连加入他阵线的近江阿闭、京极、山崎等人,他也慷慨分赏。

家臣们对这意想不到的好运欣喜若狂,光秀留下他们,独自在天主内巡视。

他登上望楼,但六月的近江,天地尽被封闭在迷蒙灰雨中。只有雨声在耳畔喧闹。

他欣赏永德的画。虽然觉得出色,但并未触动他的心弦。永德充满自信的笔触,反而令他看了心烦。

光秀朝第二层的居所内坐下,感觉如坐针毡。

他不觉得这是自己的城堡,没那种满足感。这座城堡与他的想法无法吻合。

他发现居所外廊的角落,有个身穿灰色袖细的男子,伏身拜倒在地,一动也不动。

"他是什么人?"

"听说是城堡的修缮木匠。"

随从如此应答后,男子抬起头来。

"在下是安土城的木匠,冈部又兵卫以俊。不论谁当城主,这座天主的修缮工作,请永远都交由在下处理。"

这名面容憔悴、苍白的男子,看在光秀眼中,宛如天主的付丧神①一般。

一直静静蹲踞原地的以俊,抬头一看,发现居所内有一名身穿华丽牡丹莳绘盔甲的武将。他的汗水化为白粉,凝固在解开发髻的宽阔前额上。

他一脸憔悴。看在以俊眼中,仿如被瘟神附身一般。好似灵魂与身躯分离,痛苦地挣扎。此人就是这般形疲神困。

"是你建造这座天主吗?"

"是家父与我们冈部一门所建造。"

"你父亲现在人呢?"

"在本能寺丧命了。主君在临终时,吩咐要永远守护这座天主,所以请将一切修缮工作交由在下负责。"

光秀脸上蒙上一层黑雾。

"退下吧。"

"是。在下就住在山脚的木匠小屋里,有事请尽管吩咐。"

---

①指物品放置多年,吸收天地精华、积聚怨念或感受灵力,所化成的妖怪。

"等一下。"

以俊转身一看,光秀一脸严峻之色。

"爬上高处屋顶的木匠,要是梯子被人拿走怎么办?"

"这个嘛……会叫人来,重新架上梯子。"

"如果都没人来怎么办?"

"与其勉强跃下,扭伤了脚,不如等人来救援,这才是明智之举。大人有什么指教吗?"

"朝廷官员们将梯子拿走。我被天皇给耍弄了。此刻我满腔怒火。"

光秀自言自语道。听他的口吻,好像在说他是受天皇与朝廷官员的唆使,才会杀了信长。

光秀像在赶狗似的,挥退以俊。以俊无事可做,就此返回山脚的宅邸。

市町的居民早已逃逸,以俊也命瑞江他们返回热田。

在明智大军抵达前的这三天,整个市町乱成一团。人们慌乱地四处逃窜,抢夺、火灾等骚动层出不穷。城下顿时沦为阿鼻地狱。

此刻,这悄无人迹的市町,下起了滂沱大雨。

以俊在临时小屋里召集留下来的木匠们,命他们保养工具。他强迫年轻的木匠们返回尾张,但坚持要留在安土的木匠,共有四十人。

"就像在做梦一样。"

"是啊,宛如一场梦。"

以俊低语，市造颔首。市造四年前也已娶妻生子，以俊同样也命他们返回热田。

弥吉闻言，摇了摇头。

"少工头，这哪是梦啊。城堡还好端端地在这里。主君和工头丧生，确实很令人遗憾，但不管将来是什么样的天下，这座城和天主，千年后还是一样耸立此地。我们完成了这项伟大的工作，不是吗？"

"没错，你说得对。"

木匠们都赞同弥吉的说法。

"没错，它将在此耸立千年，让世人明白主君、工头以及我们冈部一门的力量。"

一想到这里，他顿感力量源源涌现。

"这是结合众人之力所建造的天主。是大家的功劳。如今它完好地保留了下来。真的很感谢各位。"

一起同甘共苦，建造出这座天主的男人们，对以俊来说，是最珍贵的宝藏。

"对我来说，比起天主，各位肯留下来的这份心更令我感到欣慰。"

"说这什么话嘛。身为木匠，岂能丢下工头，自己逃命去？"

"你这句话，真希望工头也能听见。"

"少工头，你现在就是我们的工头啊。"

市造拍着以俊的背，以俊望向那四十名男子，逐一确认他们的表情。他端详众人时，热泪盈眶，每个人的脸都因此变得模糊。

原本正忙着对备中高松城展开水攻的羽柴秀吉,已带兵返回京都,这个消息于六月八日传回安土。

光秀当天便率领大军出击。打算在京都南郊与秀吉交战。

光秀的女婿明智秀满,率领三千名士兵留守安土城。

在连日降雨中,日子就此慢慢流逝。

"蒲生贤秀、细川藤孝、上杉景胜,似乎都拒绝与明智结盟。最后的希望就只剩大和的筒井顺庆。"

看守城堡正门的步卒们告诉以俊这个传言。光秀的大军从安土城出兵至今,已过了五日之久。

"也许今天就会和羽柴军交战了。"

步卒说得好像事不关己似的。

"不知道谁会赢呢。"

"虽然很想说明智军会赢,但是和羽柴同一阵线的人似乎不少。明智军要获胜恐怕不易。"

"要是输了怎么办?"

"当然是弃甲逃命喽。"

聊完的翌晨,以俊人在木匠宅邸里,从阵阵雨声中听见马鸣声。他奔向正门一看,发现头戴阵笠,全身湿透的队伍,正要离城而去。

"你们去哪儿?"

以俊奔向一名认识的步卒,向他问道。

"去坂本。啐,根本没时间逃。"

"那祝你武运昌隆。"

"这种东西,留着擦屁股用吧。"

秀满的部队离去后,城内只剩木村次郎左卫门的军队驻守。

空荡荡的城堡,令以俊备感阴森。

"明智大人会回来吗?"

以俊如此询问,但只见木村表情扭曲。他双臂盘胸,不发一语,凝望着明智的部队在大雨中离去的道路。

信长的次子织田信雄,在伊势松岛听闻本能寺之变的消息。

"别开玩笑了。我爹怎么可能会死?"

这事叫他一时难以置信,但从安土宅邸火速赶来的母衣武者①神情肃穆。

"在下亲眼目睹明智大军进入安土城。同时也已派手下赶赴京都打听,应该不久就能查明情势。"

说得慷慨激昂的母衣武者,仔细地说明安土混乱的情形。看来,父亲与兄长信忠的死,是不容置疑了。

"他们两人都死了吗……"

"应该不会有错。"

信雄以双手抹脸。他并未感到半点哀伤。反而有一种畅快的感觉,仿如罩在他头顶的厚厚乌云散去,照进一道明亮的白光。

"我爹和大哥都死了吗? 真的死了吗?"

"看来是这样没错。得举兵为他们复仇才行。"

重臣生驹式部少辅移膝向前。

---

① 母衣是一种防具,以长长的布系在背后,骑马时布面会受风鼓起,可抵挡飞箭。

"我们有多少可用之兵?"

信雄受封为南伊势知行,奉禄二十万余石,总兵力五千人。其中有半数出兵参与弟弟信孝的四国征战。

"可以出兵近江的人数,顶多只有一千五百人。"

"据说明智有一万五千名士兵,外加五千名近江众站在同一阵线。如此庞大的人数,根本无法打。"

"虽然敌众我寡,但还是应该越过铃鹿,进军近江。号召各地的大名小名,等士兵聚齐后,再包围安土即可。如今主君与嫡子皆已亡故,继承织田家业的人,非大人您莫属。只要您一声令下,众人都将涌入您的旗下。"

"你说的一点都没错。除了我之外,还有谁能号令群雄呢?"

于是信雄便依照生驹的建议进军。

当他们越过铃鹿峰,来到甲贺时,每个村庄都弥漫着紧张气氛,不时会有子弹飞来。

"六角的余党不时在此猖獗横行。若不小心提防,恐怕会遭遇袭击。"

信雄在甲贺土山上扎营,朝各地派出探子和间谍。连日大雨,令人心浮气躁。他们一面提心吊胆,怕甲贺武士展开袭击,一面静静等候。这时母衣武者带来意外的消息。

"从山阳路率大军回师的秀吉,与光秀交战,结果光秀大败。已经败逃了。"

"什么?光秀已经输了?"

不只是这名母衣武者,连他派去京都查探的间谍,也都传回同样的情报。光秀确实落败了。

至安土侦察的间谍,入夜后也已返回。

"明智秀满的军队已从安土城撤退。现在安土是一座空城。"

"你的意思是,连一名士兵也没有?"

"只有近江的木村以两三百名士兵驻守原地,人数不多。"

"马上前往安土。立刻准备。"

信雄一声令下,部队趁夜在雨中行军。翌晨,连下数日的雨终于停了。尽管湿漉漉的道路阻碍行进,信雄的士兵们仍朝安土前去。

六角承祯接获报告时,难以抑制心中的兴奋。信长为明智光秀所杀,而光秀又被秀吉打败。这么一来,短时间之内肯定很难平静。

"就是现在。要出兵就得趁现在。下令出兵,召集所有士兵!"

他派武者前往伊贺、甲贺一些重要的村庄,下令出兵。召集的伊贺众、甲贺众虽然只有一千人左右,但只要趁乱出击,以这样的人数便能获得丰硕的战果。

承祯自己也从伊贺前往甲贺,打探情况。

"信雄的军队已越过铃鹿而来。粗略估计有一千五百人。"

承祯听到间谍的回报后,不屑地冷笑。

"不过才一千五百人,也敢出兵。我方占尽地利。我要吓吓他们。"

伊贺、甲贺的武者们,以火枪攻击在甲贺山谷行进的信雄部队。

信雄的部队来到土山后，便就地扎营，按兵不动。承祯接获消息，感觉自己已许久不曾这么痛快了。

"可恶的信雄，你就这么钉在那里吧。问题是留守在安土的秀满的三千名士兵。"

如果只有区区三千人，只要拟好作战计划，或许能一口气夺下安土城。倘若是一把火烧了它，那又更简单了。

正当他在心中盘算时，又有新的军情传来。那是十四日半夜的事。

"原本留守在安土城内的明智秀满大军，已经离城了。推测是前往坂本。"

"这么说来，安土现在不就成了一座空城？"

"信雄的军队已经从土山前往安土。明天一早便会入城。"

"真嚣张。不过才一千五百人的兵力，根本不足为惧。马上编制精锐的袭击部队，从后门进攻。如果攻不下来，就放火烧了那座城。"

六角承祯大声喊道，同时因为涌上心头的喜悦而朗声大笑。

以俊站在安土城正门的高楼上，凝望近江的原野。雨歇云开，露出一小块蓝天。

以俊和木匠们守护明智秀满离去后的这座城堡。

摠见寺的仁王门和后门的厨房通道也有安排人守卫，并命人在天主望楼上警戒。冈部一门不过才四十人，根本守护不了这座城，但他们还是想防止偷窃或纵火等情形发生。穿上武士盔甲，插上腰刀后，感觉精神更加紧绷。

"这些武士还真不可靠。"

诚如弥吉所言,最后留在城内的木村次郎左卫门,昨晚已和部下们逃命去了。

"武士得坚守节义才行。木村大人一度曾加入明智麾下,所以才无法继续厚颜无耻地待下去。武士真是麻烦,我还真有点同情他们。"

木村是个清楚利之所向,行事机灵的男人。连木村也被这波大浪给吞没,就此消失了踪影,不禁让人联想到风水轮流转这个道理。

"接下来到底是谁会来呢?"

以俊也不知道。如果是日野城的蒲生贤秀,或是堺的丹羽长秀回到城内,那就放心多了。以俊心中如此暗忖,注视着西方。

突然一名木匠冲进高楼里。

"有军队来了。人数有上千人之多。还看不到对方的旗印。"

是在望楼上警戒的市造派来的传令。

以俊定睛细看。想知道来者是谁的军队。

"到底是吉是凶呢?"

当大军的队伍出现在安土町前方时,一名背上插着永乐通宝旗印的骑马武士,策马直奔正门前。

"城里的守备辛苦了。织田左近卫权中将信雄大人的队伍抵达,请即刻开门。"

以俊抚胸吁了口气。如果是信雄的军队,那算是大吉。

"明白了。"

沉重的正门朝两侧开启。队伍已经逼近。

"城内所在何人？"

骑马武士问。

"只有我们冈部一门的修缮木匠。"

"什么，只有木匠驻守？当真好胆识。"

以俊引领信雄和其家臣们进城。骑在马上的信雄，身穿南蛮盔甲，头戴唐人笠头盔①。

信雄朝天主的居所坐下后，摘下头盔，露出比他父亲更端正的面容。听说信长从生驹家迎娶的吉乃，亦即信雄的母亲，生来体质纤弱，美貌好比水仙。

"仓库里有兵粮吗？"

信雄问。

"没有，地下仓库原有的金银财宝等值钱的东西，全被明智大人带走了。"

"真是个愚蠢的男人。他以为背叛我爹，就能达成目的，根本就是异想天开。"

"本以为他是聪明人呢。"

"要看透一个人还真是不容易啊。"

信雄和重臣们为成功入城庆贺，开始举杯共饮。以俊默默坐在角落。过了半晌，信雄才出声叫他。

"喂，木匠。这座天主是你盖的吗？"

---

①形状像中国斗笠的头盔，有外缘，中间突尖。

"是的。"

"此刻重新看过后,还真是古怪。它充分展现出我爹这个人的怪异。感觉就像我爹在瞪我似的,看了真不顺眼。快点重建。"

仔细一看,信雄满脸通红,已醉得不轻。

"如果是我,就不会盖这种土里土气的望楼,而是盖成全部涂红漆、贴金箔的高楼。如何,这样才是天下无双的城堡吧?"

"说得是,这样才漂亮。"

重臣们异口同声地吹捧信雄。

"从这点小地方就看得出来,我爹这个人个性狂妄,让人很看不惯。派我去杀生染血,自己则是忙着放鹰狩猎。"

信雄不断说信长坏话。

十二岁送到伊势北畠家当养子的信雄,十九岁那年奉信长的命令,悍然消灭北畠一族,谋杀他岳父以及北畠一族的主要成员,独揽大权。之后在兄长信忠的指挥下,参与杂贺、大阪、播磨、有冈等战役。三年前,他私自攻打伊贺,吃了败仗,因而受信长责罚,在家闭关反省一段时日。

"为了我爹,我做了多少事,你们应该很清楚才对。"

"不管什么硬仗,我们都会陪在大人身边。"

"你们的辛劳终将会有回报。既然我爹和大哥都已过世,织田的家业自然由我继承。这就像长期压在头上的重石终于取下,痛快极了。"

信雄以开朗的神情举杯一饮而尽。

"您继承家业,是理所当然的事。"

"秀吉那家伙,在讨逆复仇的战役中立下功劳,西国就赏他吧。生驹,东国赐你当领地。我在这座城里,等候你战胜的好消息。"

随着醉意渐浓,信雄也变得饶舌了起来。

"我爹凡事都靠威吓,所以才会种下败因。他玩弄武,却又因武而死。我绝不会像他那么傻。刚柔并用,才是兵法的极致。"

信雄得意扬扬。

以俊看准机会退出。没人发现他离去。他沿着山路返回木匠宅邸。既然信雄的军队已经进城,他就只能待在这里。

"今后会怎样呢?"

弥吉问。傍晚时分,再度降下倾盆大雨。闪电交错,雷声大作,令木匠们深感不安。

"是啊,会是怎样呢?"

没什么好说的。众人一起生火,以锅子煮粥。这几天,衣服总是湿的,未曾干过。像这样烤火、喝碗热粥,身体便感到平静不少。

当他们随兴地闲聊时,雨突然停了。在这月圆之夜,空中挂着几朵碎云,仿佛在催促些什么似的,从空中飘过。

感觉远方微微传来枪声以及人们的呐喊声。

以俊站起身仰望山上。从这里看不见山顶。

"怎么了?"

"你没听到什么声音吗?"

他觉得心神不宁。心中忐忑不安。就像自己的孩子在受苦般,传来几不成声的悲鸣。

"我去巡视看看。也许是某种不祥的预感。"

以俊爬上木匠宅邸后方弯弯曲曲的石阶。只要爬上石阶,便可抵达黑金门。

来到山脊后,发现天主附近有几处小小的火光,也许是火箭。后门传来零星的枪声。

他不由自主地往前冲。黑金门紧闭,他拍门大叫。

"我是修缮木匠冈部。我看到某个地方失火,请让我进去。"

石墙上的高楼露出铳口和枪尖,接着有名圆脸的武士探头。

"天主失火了。请让我进去。"

"我不能让你进来。"

"我不是什么可疑分子。我是城里的木匠。天主起火,是敌袭吗?"

"好像是,但人数并不多。"

"请让我进去,求求您。"

武者望着以俊,以俊眼神坚定地回望对方。

"你身为木匠,为何想前赴战场?"

"那是我建造的天主。不管发生什么事,我若不在一旁守护它,就不配当一名木匠。这样我对不起主君。求求您,请让我进去。"

圆脸武士沉默了一会儿,注视着以俊。以俊抱持恳求的心,凝望着武士。

"因为是上头的命令,我不能开门。不过,要是有人攀登那边的石墙,我可能不会发现。因为山里有猿猴。"

"感激不尽。"

以俊马上攀登门旁的低矮石墙。其他木匠紧跟在后。

站上石墙后,可以望见天主第二层的直棂窗被火焰染红。

他直接冲进主城,发现信雄和重臣们人在庭院的白沙处。他们坐在折凳上,默默凝望天主窗口喷出的火焰。

"是敌袭吗?"

"原来是木匠啊。六角余党的伊贺众、甲贺众从后门攻过来了。不过你别担心,他们人少,已经全部被杀光了。"

一名亲信说道。

"可是,天主失……失、失火了。烧起来了。得快点灭火才行。"

"他们胡乱射火箭。看来,他们也很不喜欢这座天主。"

信雄举杯一饮而尽,以手背擦拭嘴角。他似乎已经喝醉,眼神迷蒙。

"这样正好。替我那任性胡为的父亲送葬,尽情地烧吧!这是上天对我那狂妄自大的父亲所下的惩罚,真是痛快。"

也许是出自想摆脱父亲咒缚的念头,信雄面带微笑。在火光的照耀下,以俊从他脸上看出他心底的疯狂。

"请恕在下告辞。"

以俊低头行了一礼,冲上主城馆邸。火从后门开始燃烧。非灭火不可。

"水,快运水来!"

他从主城经走廊绕至厨房城郭。地上排列整齐的大瓮,里面装满了水。众人合力抬起大瓮,想往外搬时,不小心撞到柱子,大瓮就此破裂，水流满一地。

"装进桶里。用桶搬。"

他们收集四周的木桶，把瓮里的水装进桶中。

以俊捧着装满水的木桶，顺着游廊的阶梯往上冲。冲进天主第二层楼一看，居所已是大火熊熊，满是黑烟和高温。

他朝拉门泼水灭火。枝叶繁茂的梅花图已惨遭烧毁。

"水，还要更多的水。"

火烧毁居所的纸门，沿着门楣和外廊向外蔓延。木曾桧的柱子起火燃烧，发出噼啪声响。

木匠们拼命泼水，但火势未因此减弱。

"再多运些水来。"

"厨房已经没水了。已派人去底下的水池运水。"

从底下五十米远的水池运水，太花时间。火舌烧遍门楣，向天花板延烧。火焰的热气和浓烟相当骇人。四周已是一片火海。

"已经没救了。"

弥吉一脸茫然地低语。以俊脱去身上的袖细，与烈焰对峙。他以衣服拍打门楣上的火焰，熄去火焰。接着踢倒纸门，防止延烧。但火势还是愈来愈强，就像在嘲笑以俊般，不断燃烧。

木匠运来了水。把水泼向烈焰直冒的柱子，但火势未减分毫。

"没用的……已经无法扑灭了……"

"快点灭火！绝不能让它烧起来！"

以俊一面叫喊，一面拼命挥动衣服。火烧向衣服，连以俊的眉毛都烧焦了。

但以俊还是不断以衣服拍打火焰。他无论如何都不想让这座天主付诸一炬。

四十九

奥尔冈蒂诺在本能寺之变的半个月后返回安土的神学院。他雇用一名武士当护卫,顶着大雨,和修道士柯斯美卯吉一起在近江路上赶路。

当他看到神学院的屋顶时,先是因喜悦而雀跃,但旋即转为失望。

"本以为织田大人的大门前,是最安全的地方,没想到……"

柯斯美卯吉沮丧地垂落双肩。神学院内已被抢夺一空,风琴、祭坛等物品就不用提了,就连榻榻米、门窗,以及为了盖教会而存放在后院的木材,也全被洗劫一空。留下的只有屋顶和墙壁。

"只要还留有命在,就该感谢主。在那场宛如最后审判日的混乱情势中,幸好大家都平安无事。"

安土町陷入一片混乱时,奥尔冈蒂诺和修道士们带着三十名学生,雇了艘船,逃往湖中的一座小岛。但岛民突然变成强盗,一行人勉强逃离,保住了一命。最后好不容易在京都的南蛮寺落脚,但奥尔冈蒂诺还是很在乎神学院的情况,因而再次返回此地。

"盗贼好像已经离开了。"

"那可不一定。得小心提防才行。"

神学院内已经全被搜刮一空。只留有盗贼泥泞的脚印。

"我羞愧得想哭。为自己身为这国家的子民感到羞耻。"

"每个国家的人们心中都住有恶魔。你不必引以为耻。"

"安土町今后会怎样呢?"

柯斯美卯吉从三楼的窗户望向眼前悄无人迹的市町。几天前,它还是个比京都更热闹的市町。

"既然信雄大人已经进城,应该就不会有什么问题了。有如此气派的城堡,今后这座市町应该也会恢复往日的繁荣才对。我们也来替神学院装设门窗、榻榻米,重建祭坛吧。到时候又能大家一起学拉丁语了。"

今天早上刚进城的信雄,人们都说他不太聪明,但他决定不这么想。

奥尔冈蒂诺望着城堡与高塔。

安土山的城郭旁,云雾围绕。这座七层的高塔置身云雾中,巍然而立。如此造型奇特的高塔,世上绝无仅有。

"信长大人当初建造这座高塔,不知在想些什么。他是想让自己成为神明吗?"

卯吉问。

"这只有天知道。"

奥尔冈蒂诺含糊带过。信长可能真是这么想吧。不过,以人类来说,这种想法实在过于傲慢。

白日将尽,安土传来一声雷鸣。他和武士一起煮了一锅没什么馅料的热汤,借此暖暖身子。

"用完餐后,我们来做神操吧。"

奥尔冈蒂诺催促卯吉。耶稣会创立者依纳爵·罗耀拉,独创了一套以冥想来锻炼灵魂的方法,就像以体操来锻炼身体一样。配合各自的信仰层次,反复进行神操,以摆脱罪恶,长保纯洁,更进一步接近上帝。

今天奥尔冈蒂诺的课题,就是冥想从橄榄山升天的耶稣。天使向人们低语道:

加利利的人们啊。为什么你们一直仰望天空呢?虽然耶稣已经升天,但总有一天,他会和之前一样重回人间。

复活后展现各种神迹的耶稣,缓缓升天。

每次想象这幕光景,奥尔冈蒂诺总是特别容易落泪。

在想象中,与加利利的人们站在一起的奥尔冈蒂诺,清楚地望见耶稣升天的身影,为之热泪盈眶。

这时,柯斯美卯吉的声音,打破了他的冥想世界。

"我看到火了。就在山顶上。刚才我就一直听见枪声,原来是有人打过来了。这里安全吗?"

奥尔冈蒂诺中断神操,奔向窗边,抬头望向山顶。

安土山山顶确实透着朦胧红光。七层高塔底下火光闪动。在可怕的红光背后,整座高塔清楚地映照出黑影。

火焰缓缓向外蔓延。

"那座城堡像巴别塔①一样,招惹神怒是吗?这座市町,也会像所多玛与蛾摩拉一样,被来自天上的硫黄烈火烧成灰烬吗?"

奥尔冈蒂诺默而不答,就只是静静凝望山顶的火焰。始终无法移开视线。

他静静仰望烈焰。卯吉和担任保镖的武士们也同样静静凝望。

七层高的高塔已完全笼罩在火海之中,天上的云被染为赤红。

火焰化为巨大的火舌,将夜空烧得焦红。七层高塔浮现在烈焰红莲中的阴影,显得既美丽,又骇人。

"不过话说回来……"

奥尔冈蒂诺话说到一半,突然噤口。

"怎么了吗?"

"不,没什么。"

奥尔冈蒂诺心想,古今中外,不论是历史上哪座高塔起火燃烧,都没有眼前这座高塔向天际延烧的火焰那般凄美。安土夜空的熏天烈焰,就显得如此庄严。

"不知道那名建筑师怎么了。"

尽管信长的傲慢不断扩张,冒渎了上帝的尊严,但将他的野心付诸形体呈现的建筑师,其真诚的心灵却是截然不同的另一番样貌。奥尔冈蒂诺诚心祈祷,希望那名年轻又有才干的建筑师不要被卷入这场悲剧中。

---

①巴别塔,据圣经记载,是当时人类联合兴建,希望能通往天堂的高塔,后来被上帝阻止。

"木匠他们住在山脚下，应该很安全。"

卯吉回答。

"如果真能平安无事就好。下次见面，就请他帮我们兴建大教堂吧。"

奥尔冈蒂诺如此喃喃自语时，卯吉打断了他的话。

"刚才我在火焰中看到圣母玛丽亚的身影。难道是从那座山升天吗？圣母离去后，这个国家会变成怎样？"

昔日圣方济·沙勿略在萨摩上岸时，为这座岛国献上圣母玛丽亚。从那之后，圣母便一直守护着这座岛国。

"怎么可能。"

"是真的。你看，就在那里。"

奥尔冈蒂诺定睛注视那几欲把眼球烤干的烈焰，但始终没看见圣母的身影。

"是你自己想多了。"

奥尔冈蒂诺摇了摇头，接着打了三个大喷嚏。

住在这座岛国上的，是一群像神的新娘般，纯真又可爱的人们。

他如此暗忖，以手帕擦了鼻涕后，满天火粉飘向夜空。在一声轰然巨响下，那座七层高塔就此崩塌。

附录

— 一厘 = 0.3厘米

— 一分 = 约3厘米

— 一寸 = 约3.03厘米

— 一尺 = 约3.03厘米

— 一丈 = 约3.03米

— 一丁（町）= 为60间，109米。
（通常武家宅邸的一间为1.8米，皇宫的一间则为2.1米）

— 一里 = 3.927千米

— 一坪 = 约3.3平方米

— 一石（木材）:10立方尺 = 约0.28立方米

— 一贯:约3.75公斤

— 一日本两:约3.75克